iniciada

iniciada

Amanda Hocking

tradução
Priscila Catão

Título original
ASCEND

Esta é uma obra de ficção. Todos os personagens, organizações e acontecimentos retratados neste livro são produtos da imaginação da autora e foram usados de forma fictícia.

Copyright © 2011 *by* Amanda Hocking.
"Ever After", *Copyright* © 2012 *by* Amanda Hocking.
Todos os direitos reservados.

Direitos para a língua portuguesa reservados
com exclusividade para o Brasil à
EDITORA ROCCO LTDA.
Av. Presidente Wilson, 231 – 8º andar
20030-021 – Rio de Janeiro – RJ
Tel.: (21) 3525-2000 – Fax: (21) 3525-2001
rocco@rocco.com.br | www.rocco.com.br

Printed in Brazil/Impresso no Brasil

Preparação de originais
DENISE SCOFANO MOURA

CIP-Brasil. Catalogação na fonte.
Sindicato Nacional dos Editores de Livros, RJ.

H621i
Hocking, Amanda, 1984-
    Iniciada / Amanda Hocking; tradução Priscila Catão.
Primeira edição. – Rio de Janeiro: Rocco Jovens Leitores, 2014.
    (Trylle; 3)

Tradução de: Ascend
ISBN 978-85-7980-192-1

1. Ficção americana. I. Catão, Priscila. II. Título. III. Série.

13-07993
    CDD: 813
    CDU: 821.111(73)-3

O texto deste livro obedece às normas do
Acordo Ortográfico da Língua Portuguesa.

A todos os leitores – obrigada pelo apoio de vocês.

UM

anistia

Eu estava de costas para o quarto, olhando pela janela. Um truque que aprendi com minha mãe – algo que me fazia parecer no controle. Elora me deu muitas dicas nos últimos meses, mas as mais úteis estavam relacionadas a comandar uma reunião.

– Princesa, acho que está sendo ingênua – disse o chanceler. – Você não pode virar a sociedade inteira de cabeça para baixo.

– Não é o que estou fazendo. – Voltei-me, lançando um olhar gélido para ele, que baixou os olhos e enrolou o lenço nas mãos. – Mas não podemos continuar ignorando os problemas.

Examinei a sala de reuniões, fazendo o máximo para parecer tão fria e imponente quanto Elora. Eu não tinha a intenção de ser uma governante cruel, mas eles não dariam ouvidos à fraqueza. Se eu queria fazer uma mudança de verdade, tinha que ser firme.

Como Elora estava incapacitada, eu estava administrando as atividades diárias do palácio, o que incluía muitas reuniões. A junta consultiva ocupava boa parte do meu tempo.

O chanceler havia sido eleito para o cargo pelo povo Trylle, mas estava nos meus planos fazer uma forte campanha contra ele assim que o mandato acabasse. Ele era um covarde calculista, e nós precisávamos de alguém bem mais forte ocupando seu cargo.

Garrett Strom, o "confidente" da minha mãe, estava presente, mas ele nem sempre comparecia às reuniões. Dependendo do estado de saúde de Elora, muitas vezes ele preferia ficar cuidando dela.

Minha assistente, Joss, estava no fundo da sala, fazendo anotações sem parar durante as discussões. Ela era uma pequenina jovem humana que cresceu em Förening como mänsklig e trabalhava como secretária de Elora. Como agora eu estava administrando o palácio, tinha herdado Joss como minha própria assistente.

Duncan, meu guarda-costas, vigiava da porta; era onde ele ficava durante todas as reuniões. Ele me seguia por todos os cantos como uma sombra e, apesar de ser pequeno e desajeitado, era mais esperto do que as pessoas achavam. Nos últimos meses eu tinha passado a respeitar e a apreciar a sua presença, ainda que ele não fosse capaz de substituir completamente o meu último guarda-costas, Finn Holmes.

Aurora Kroner posicionara-se na cabeceira da mesa, e Tove, meu noivo, estava ao lado dela. Normalmente ele era o único que me apoiava, e eu gostava de tê-lo ao meu lado. Não sei como eu seria capaz de governar se me sentisse completamente sozinha.

Entre os presentes também estavam a marksinna Laris – uma mulher em quem eu não confiava, mas uma das pessoas mais influentes de Förening; o markis Bain, encarregado da escolha das moradias dos changelings; o markis Court, tesoureiro do palácio; e Thomas Holmes, o chefe dos guardas, encarregado da segurança e de todos os rastreadores.

Havia mais alguns funcionários importantes ao redor da mesa, todos com expressão solene. A situação dos Trylle estava ficando cada vez mais calamitosa, e eu propunha mudanças. Eles não queriam que eu mudasse nada – queriam que eu apoiasse o sistema existente há séculos; mas o sistema não estava mais funcionando. Nossa sociedade desmoronava, e eles se negavam a reconhecer o papel que desempenhavam nesse colapso.

– Com todo o respeito, princesa – começou a dizer Aurora, sua voz tão meiga que quase escondia o veneno nela –, temos problemas mais graves no momento. Os Vittra estão ficando cada vez mais fortes e, com o fim da trégua se aproximando...

– A trégua – interrompeu-a a marksinna Laris, suspirando. – Como se isso tivesse feito algum bem para nós.

– A trégua ainda não acabou – falei, endireitando a postura. – Nossos rastreadores estão lá fora cuidando dos problemas neste exato momento, e é por isso que eu acho tão importante que nós tenhamos algo preparado para o momento em que voltarem.

– Podemos nos preocupar com isso *quando* eles voltarem – disse o chanceler. – Agora é hora de nos preocuparmos em salvar os nossos próprios traseiros.

– Não estou pedindo que haja uma redistribuição da riqueza, nem que a monarquia seja abolida – afirmei. – Digo apenas que os rastreadores estão lá fora, arriscando suas vidas para nos salvar, para proteger nossos changelings, e eles merecem ter uma casa de verdade ao voltarem. Deveríamos separar dinheiro para isso *agora*; assim, quando tudo acabar, nós vamos poder começar a construir casas de verdade para eles.

– Por mais nobre que seja a sua intenção, princesa, nós devemos poupar nosso dinheiro por causa dos Vittra – disse o markis

Bain. Ele era quieto e educado, mesmo quando discordava de mim, e era um dos poucos membros da realeza que de fato parecia querer o melhor para todo o povo.

— Não podemos fazer os Vittra nos deixarem em paz usando dinheiro — interrompeu Tove. — Isso não tem nada a ver com dinheiro. Tem a ver com poder. Todos nós sabemos o que eles querem, e alguns milhares, ou até *milhões*, de dólares não vão fazer diferença para eles. O rei Vittra vai recusar.

— Vou fazer de tudo para manter Förening em segurança, mas todos vocês têm razão — falei. — Ainda temos que encontrar uma solução razoável para o problema dos Vittra. Ou seja, isso pode terminar virando um conflito sangrento, e, se chegar a esse ponto, precisaremos cuidar de nossas tropas. Elas merecem ser bem cuidadas, e isso inclui moradia adequada e acesso aos nossos curadores caso se machuquem durante a guerra.

— Curadores para um rastreador? — disse a marksinna Laris, rindo, e alguns outros também riram. — Não seja ridícula.

— Por que é ridículo? — perguntei, esforçando-me para não usar um tom de voz gélido demais. — Nós esperamos que eles morram por nós, mas não estamos dispostos a curar as suas feridas? Não é certo pedir deles mais do que estamos dispostos a oferecer.

— Eles são inferiores a nós — disse Laris, como se eu não entendesse o conceito. — Nós estamos no comando por um motivo. Por que diabos deveríamos tratá-los como iguais se na verdade somos diferentes?

— Porque é o correto — argumentei. — Podemos até não ser humanos, mas isso não significa que temos que nos comportar sem um pingo de humanidade. É por isso que o nosso povo está abandonando nossas cidades e preferindo viver entre os humanos, deixando seus poderes morrerem. Temos que dar um pouco de felicidade a eles ou então por que é que eles ficariam aqui?

Laris resmungou baixinho, com o olhar frio fixo na mesa de carvalho. Seu cabelo preto estava penteado para trás, preso num coque tão apertado que seu rosto parecia esticado. Provavelmente era de propósito, mais para destacar sua força.

A marksinna Laris era uma Trylle muito poderosa, capaz de produzir fogo e controlá-lo; e uma força tão grande pode desgastar quem a possui. Os poderes dos Trylle os enfraqueciam, tiravam um pouco de suas vidas e os faziam envelhecer de maneira prematura.

Porém, se os Trylle não os utilizassem, as habilidades agiam no interior da cabeça deles, corroendo seus pensamentos e fazendo-os enlouquecer. Isso era ainda mais válido para Tove, que sempre parecia disperso e rude quando não encontrava vazão para sua psicocinese.

– É hora de mudarmos – disse Tove, falando em voz alta após a sala ter sido tomada por um silêncio incômodo. – Pode ser gradual, mas vai acontecer.

Uma batida na porta impediu que houvesse qualquer contra-argumento, mas, pela cor avermelhada do rosto do chanceler, ele parecia ter algumas palavras a dizer.

Duncan abriu a porta, e Willa colocou a cabeça para dentro da sala, sorrindo com hesitação. Como ela era uma marksinna, filha de Garrett e minha melhor amiga, tinha todo o direito de estar ali. Eu a convidara a comparecer às reuniões, mas ela sempre recusava, dizendo que tinha medo de atrapalhar mais do que ajudar. Achava difícil ser educada quando discordava das pessoas.

— Desculpem — disse Willa, e Duncan deu um passo para o lado para que ela pudesse entrar. — Não queria interromper. É que já passou das cinco e era para eu vir buscar a princesa às três para a festa de aniversário dela.

Olhei para o relógio, percebendo que a reunião havia demorado bem mais do que eu tinha planejado inicialmente. Willa aproximou-se de mim e sorriu para todos na sala como quem pede desculpas, mas eu sabia que, se não terminasse a reunião, ela me arrastaria à força, mesmo se eu esperneasse.

— Ah, sim — disse o chanceler, sorrindo para mim com um desejo perturbador nos olhos. — Tinha esquecido que amanhã você completa dezoito anos. — Ele lambeu os lábios, e Tove levantou-se, bloqueando-me propositalmente da vista do chanceler.

— Desculpem — disse Tove. — Mas a princesa e eu temos planos para hoje à noite. Podemos continuar a reunião na semana que vem?

— Você já vai voltar ao trabalho na semana que vem? — Laris parecia horrorizada. — Tão pouco tempo após o casamento? Você e a princesa não vão ter uma lua de mel?

— Do jeito como as coisas estão, não acho sensato — respondi. — Tenho muito a fazer aqui.

Por mais que isso fosse verdade, não era o único motivo por eu ter dispensado a lua de mel. E, por mais que eu tivesse passado a gostar de Tove, eu não tinha a mínima ideia do que nós dois faríamos em uma. Não tinha nem me permitido pensar em como passaríamos a nossa noite de núpcias.

– Precisamos analisar os contratos dos changelings – disse o markis Bain, levantando-se apressadamente. – Como os rastreadores estão trazendo os changelings de volta mais cedo e algumas famílias têm se recusado a fazer a troca do changeling, todos os destinos foram alterados. Preciso da sua assinatura.

– Já basta de trabalho. – Willa enlaçou o braço no meu, preparando-se para me levar para fora da sala. – A princesa volta ao trabalho na segunda-feira e então vai assinar o que você quiser.

– Willa, eu assino em um segundo – falei, mas ela me fulminou com o olhar, e eu sorri educadamente para Bain. – Vou analisá-los na segunda-feira bem cedo.

Tove parou um momento para dizer algo a Bain, mas nos alcançou alguns instantes depois no corredor. Embora já tivéssemos saído da reunião, Willa continuava de braços dados comigo ao caminharmos.

Duncan ficou um passo atrás da gente dentro da ala sul. Tinham me alertado inúmeras vezes de que eu não podia tratar Duncan como um igual enquanto estivesse conduzindo assuntos oficiais e enquanto houvesse funcionários dos Trylle trabalhando perto de nós.

– Princesa? – disse Joss, vindo em disparada na minha direção com papéis saindo da pasta. – Princesa, quer que eu marque uma reunião na segunda-feira com o markis Bain para vocês verem os contratos?

– Sim, seria fantástico – respondi, andando mais devagar para poder falar com ela. – Obrigada, Joss.

– Você tem uma reunião às dez da manhã com o markis de Oslinna. – Joss folheou as páginas da seção de compromissos da pasta e um papel saiu voando. Duncan agarrou-o antes que caísse no chão e o devolveu para ela. – Obrigada. Desculpe. Então, princesa, quer a reunião com o markis Bain antes ou depois desta?

– Ela vai voltar a trabalhar logo depois de casar – disse Willa. – Claro que ela não vai estar aqui tão cedo. Marque para mais tarde.

Olhei para Tove, que estava caminhando ao meu lado, mas a sua expressão não dizia nada. Desde que me pedira em casamento, ele falara muito pouco sobre o assunto. A mãe dele e Willa tinham feito a maior parte do planejamento, então eu não tinha falado com ele nem a respeito das cores, nem dos arranjos de flores. Tudo havia sido decidido por nós, e não tínhamos muito a discutir sobre isso.

– Pode ser às duas da tarde? – perguntou Joss.

– Sim, seria perfeito – respondi. – Obrigada, Joss.

– Tudo bem. – Joss parou e anotou a hora no papel apressadamente.

– A partir de agora ela está de férias até segunda-feira – disse Willa para Joss por cima do ombro. – Isso significa cinco dias inteiros sem ninguém ligar para ela, falar com ela ou ter reunião com ela. Lembre-se disso, Joss. Se alguém perguntar pela princesa, diga que ela não está disponível.

– Sim, claro, marksinna Strom. – Joss sorriu. – Feliz aniversário, princesa, e boa sorte com o casamento!

– Não acredito que você seja tão workaholic – disse Willa enquanto íamos embora, e suspirou. – Quando se tornar rainha, eu nunca mais vou vê-la.

– Desculpe – falei. – Tentei sair da reunião antes, mas as coisas estão meio fora de controle ultimamente.

— Aquela Laris está me deixando louco — disse Tove, fazendo uma careta só de pensar nela. — Quando você for rainha, devia bani-la.

— Quando eu for rainha, você vai ser rei — salientei. — Você mesmo vai poder bani-la.

— Bom, espere só você ver o que planejamos para esta noite. — Duncan sorriu. — Você vai se divertir tanto que nem vai se preocupar com Laris ou com qualquer outra pessoa.

Felizmente, devido ao meu casamento em alguns dias, eu não precisava oferecer o baile que costumava acontecer no aniversário de uma princesa. Elora e Aurora tinham marcado o casamento para logo depois que eu completasse dezoito anos. Meu aniversário era numa quarta e eu ia casar no sábado, por isso não ia haver tempo para uma festa de aniversário gigantesca à moda Trylle.

Mesmo assim, Willa insistiu em organizar uma pequena festa para mim, apesar de eu não querer. Considerando tudo o que estava acontecendo em Förening, parecia um sacrilégio. Os Vittra tinham oferecido um tratado de paz, concordando em não atacar até eu me tornar rainha.

O que não percebemos na hora foi a linguagem específica que usaram. Eles não *nos* atacariam, ou seja, os Trylle que estavam em Förening. Mas podiam atacar todos os outros.

Os Vittra tinham começado a ir atrás dos nossos changelings, os que ainda estavam com as famílias hospedeiras na sociedade humana. Eles conseguiram pegar alguns antes que percebêssemos o que acontecia, mas, assim que percebemos, enviamos nossos melhores rastreadores, incluindo a maioria dos que estavam trabalhando como guardas no palácio, para buscar todos os changelings com mais de dezesseis anos e trazê-los para casa. No caso de algum changeling mais novo, os rastreadores deviam ficar por perto, protegendo-os. Sabíamos que os Vittra evitariam pegá-los porque, se fizessem isso, as autoridades poderiam entrar em alerta. Ainda assim, achávamos necessário tomar todas as precauções para proteger os mais vulneráveis do nosso povo.

Isso nos deixava em tremenda desvantagem. Para proteger os changelings, nossos rastreadores tinham que ficar em campo e não podiam ficar protegendo o palácio. Estaríamos mais expostos a um ataque caso os Vittra rompessem a sua parte do acordo, mas eu não sabia que outra escolha nós tínhamos. Não poderíamos deixar que sequestrassem e machucassem nossas crianças, por isso mandei todos os rastreadores para o trabalho em campo.

Finn estava longe havia meses, quase sem nenhum intervalo. Ele era o melhor rastreador que tínhamos e estava devolvendo os changelings para todas as comunidades Trylle. Eu não o via desde antes do Natal e às vezes sentia falta dele, mas o desejo estava se esvaindo.

Ele tinha deixado claro que seu dever vinha antes de tudo e que eu nunca faria parte de sua vida. Eu ia me casar com outra pessoa e, apesar de ainda gostar de Finn, tinha que superar isso, deixar tudo no passado.

— E onde é que vai ser a festa? — perguntei a Willa, afastando os pensamentos de Finn da cabeça.

— Lá em cima — disse Willa, levando-me em direção à escadaria principal no átrio central. — Matt está lá dando os retoques finais.

— Retoques finais? — Ergui a sobrancelha.

Alguém bateu com violência na porta da frente, fazendo-a balançar. O candelabro acima de nós estremeceu. Normalmente as pessoas tocavam a campainha, mas o nosso visitante estava quase botando a porta abaixo.

– Para trás, princesa – disse Duncan enquanto ia até a entrada.

– Duncan, eu abro – falei.

Se a pessoa era capaz de bater na porta com tanta força a ponto de fazer o átrio tremer, ela seria capaz de fazer coisas bem piores com Duncan. Dei um passo em direção à porta, mas Willa me deteve:

– Wendy, deixe-o ir – disse ela firmemente. – Você e Tove estarão aqui caso ele precise.

– Não. – Eu me soltei do braço dela e fui atrás de Duncan, para defendê-lo se fosse necessário.

Pode parecer bobo, pois era para ele ser o meu guarda-costas, mas eu era mais poderosa do que ele. Duncan apenas serviria de escudo caso fosse necessário, mas eu nunca deixaria que fizesse isso.

Quando ele abriu a porta, eu estava logo atrás. A intenção de Duncan era abri-la apenas parcialmente, para poder ver o que nos aguardava lá fora, mas uma rajada de vento escancarou a porta à força, fazendo a neve rodopiar no meio do átrio.

Um ar frio me atingiu, mas desapareceu quase instantaneamente. Willa controlava o vento quando queria, por isso, assim que a rajada entrou no palácio, ela ergueu a mão e a parou.

Um vulto surgiu diante de nós, escorando-se com as mãos nas laterais da porta. Ele estava encurvado para a frente, com a cabeça abaixada, e havia neve em seu suéter preto. Suas roupas estavam em boa parte gastas, esfarrapadas e rasgadas.

– Podemos ajudá-lo? – perguntou Duncan.

– Preciso da princesa – disse ele, e, assim que ouvi sua voz, um arrepio tomou conta do meu corpo.

— Loki? — perguntei, boquiaberta.

— Princesa? — Loki levantou a cabeça.

Ele deu um sorriso torto, mas sem aquela segurança de sempre. Seus olhos cor de caramelo pareciam cansados e sofridos, e havia uma ferida cicatrizando em sua bochecha. Apesar de tudo isso, ele continuava tão bonito como sempre, e eu fiquei com a respiração presa na garganta.

— O que aconteceu com você? — quis saber. — O que está fazendo aqui?

— Peço perdão pela intrusão, princesa — respondeu ele, já com o sorriso esmaecendo. — Por mais que eu fosse adorar dizer que estou aqui por prazer, eu... — Ele engoliu em seco, e suas mãos seguraram o caixilho da porta com mais firmeza.

— Você está bem? — perguntei, passando à frente de Duncan.

— Eu... — Loki começou a falar, mas seus joelhos cederam. Ele desmoronou, e eu corri para pegá-lo. Ele caiu nos meus braços, e eu o coloquei no chão.

— Loki? — Afastei o cabelo de seus olhos, que se abriram aos poucos.

— Wendy. — Ele sorriu para mim, mas seu sorriso estava fraco. — Se eu soubesse que era isso que precisava fazer para ficar em seus braços, teria desmaiado há muito tempo.

— O que está acontecendo, Loki? — perguntei com delicadeza. Se ele não estivesse tão exaurido, eu teria lhe dado um tapa por causa do comentário, mas ele fazia caretas de dor quando eu encostava em seu rosto.

— Anistia — disse ele parecendo grogue, e seus olhos se fecharam. — Preciso de anistia, princesa. — Sua cabeça inclinou para o lado, e o corpo relaxou. Ele desmaiou.

DOIS

aniversário

Tove e Duncan carregaram Loki para cima, até a área dos empregados no segundo andar. Willa foi ajudar Matt, para que não se preocupasse, e eu mandei Duncan ir buscar Thomas porque não tinha ideia do que deveríamos fazer com Loki. Ele estava inconsciente, então não dava para perguntar o que tinha acontecido.

– Você vai conceder anistia a ele? – perguntou Tove ao meu lado, com os braços cruzados e olhando para Loki, que estava deitado.

– Não sei. – Balancei a cabeça. – Depende do que ele disser. – Olhei para Tove. – Por quê? Acha que eu deveria?

– Não sei – disse ele afinal. – Mas vou apoiar qualquer decisão que você tomar.

– Obrigada – respondi, mas não esperava nada diferente dele. – Pode verificar se temos algum médico para dar uma olhada nele?

– Não quer que eu vá buscar minha mãe? – perguntou Tove. A mãe dele era uma curadora, o que significava que era capaz de pôr as mãos em alguém e curar praticamente qualquer tipo de machucado que a pessoa tivesse.

– Não. Ela nunca curaria um Vittra. Além disso, não quero que ninguém saiba que Loki está aqui. Pelo menos não agora. Preciso de um médico de verdade. Temos um médico mänks na cidade, não temos?

– Sim. – Ele concordou com a cabeça. – Vou buscá-lo. – Tove se virou para ir embora, mas parou na porta. – Você vai ficar bem com o markis Vittra?

Sorri.

– Sim, claro.

Tove concordou com a cabeça e me deixou a sós com Loki. Respirei fundo e tentei pensar no que fazer. Loki estava deitado, com o cabelo claro cobrindo a testa. Não sei como era possível, mas dormindo ele ficava ainda mais atraente.

Ele não se mexeu nem um centímetro ao ser carregado para o segundo andar, e Duncan o balançou e quase o derrubou inúmeras vezes. Loki sempre se vestia bem, e, apesar de suas roupas parecerem ter sido bonitas, agora elas estavam aos farrapos.

Sentei-me na beirada da cama, ao lado dele, e toquei num furo de sua camisa. A pele estava descolorida e inchada. Ergui hesitante a camisa e, como Loki não acordou, levantei-a um pouco mais.

Enquanto tirava a roupa dele, eu me senti estranha, quase uma pervertida, mas queria conferir se não havia nenhuma contusão mais séria que colocasse sua vida em risco. Se ele estivesse seriamente machucado ou parecesse estar com algum osso quebrado, eu convocaria Aurora e faria com que ela o curasse, querendo ou não. Não deixaria que Loki morresse por causa do preconceito dela.

Após tirar a camisa dele por cima da cabeça, dei uma boa olhada em seu corpo e fiquei sem ar. Em condições normais, tenho certeza de que seu corpo seria maravilhoso, mas não foi isso que me chocou. Seu peito estava coberto de machucados, com cicatrizes longas e estreitas nas laterais.

Dava para ver que as feridas continuavam, então eu o ergui um pouco e vi que elas cobriam suas costas. Zigue-zagueavam por toda a pele, algumas mais antigas, mas a maioria era mais recente, e ainda estavam vermelhas.

As lágrimas nos meus olhos ardiam, e eu cobri a boca com a mão. Nunca tinha visto Loki sem camisa, mas sabia que não havia nenhuma cicatriz em seus antebraços antes. A maioria das feridas tinha sido causada depois da última vez que o vi.

Para piorar, Loki tinha sangue Vittra. Fisicamente, ele era muito forte, por isso foi capaz de bater na porta com força suficiente para fazer o átrio central estremecer. Isso também significava que ele se recuperava mais depressa do que os outros. Alguém devia ter dado uma bela surra nele repetidas vezes sem que tivesse tempo de sarar.

Uma cicatriz recortada estendia-se por seu peito, como se alguém tivesse tentado esfaqueá-lo, o que me lembrou da minha própria cicatriz na barriga. Minha mãe hospedeira tinha tentado me matar quando eu era criança, mas tudo isso parecia ter sido mil anos antes.

Toquei no peito de Loki, passando os dedos pelas protuberâncias da cicatriz. Não entendi exatamente o motivo, só sei que me senti obrigada a fazer aquilo, como se a cicatriz nos unisse de alguma maneira.

— Não via a hora de tirar minha roupa, não é, princesa? — perguntou Loki com a voz cansada. Comecei a afastar a mão, mas ele colocou a sua própria por cima da minha, deixando-a onde estava.

— Não, eu... eu estava procurando machucados — gaguejei. Não consegui olhar para ele.

— Com certeza. — Ele moveu o polegar, quase alisando minha mão, até tocar no meu anel. — O que é isso? — Ele tentou se levantar para ver, então eu ergui a mão, mostrando o anel oval incrustado de esmeraldas. — É uma aliança de casamento?

— Não, de noivado. — Baixei a mão, apoiando-a na cama ao lado dele. — Não me casei ainda.

— Então ainda dá tempo. — Ele sorriu e se acomodou na cama.

— Dá tempo de quê? — perguntei.

— De impedi-la, claro. — Ainda sorrindo, ele fechou os olhos.

— É por isso que está aqui? — perguntei, deixando de mencionar que o casamento estava tão perto.

— Já disse por que estou aqui — disse Loki.

— O que aconteceu com você, Loki? — perguntei, minha voz ficando mais lenta à medida que eu pensava nas coisas pelas quais ele devia ter passado para ficar com todas aquelas marcas e machucados.

— Está chorando? — perguntou Loki, abrindo os olhos.

— Não, não estou chorando. — Não estava, mas meus olhos estavam marejados.

— Não chore. — Ele tentou se sentar, mas fez uma careta ao erguer a cabeça, então eu coloquei a mão em seu peito delicadamente para fazê-lo ficar deitado.

— Você precisa descansar — pedi.

— Vou ficar bem. — Ele colocou a mão por cima da minha novamente, e eu deixei. — Com o tempo.

— Pode me dizer o que aconteceu? — perguntei. — Por que precisa de anistia?

— Lembra-se de quando estávamos no jardim? — perguntou Loki.

Claro que eu me lembrava. Loki tinha pulado o muro escondido e pedido para que eu fugisse com ele. Eu disse não, mas ele me roubou um beijo antes de ir embora, um beijo muito bom. Quando me lembrei disso, minhas bochechas coraram um pouco, o que fez o sorriso de Loki aumentar.

— Estou vendo que sim. — Ele sorriu.

— O que isso tem a ver? — perguntei.

— *Isso* não tem nada a ver — disse Loki, referindo-se ao beijo. — Estava falando de quando contei a você que o rei me odiava. Ele me odeia mesmo, Wendy. — Seus olhos ficaram sombrios por um instante.

— O rei Vittra fez isso com você? — perguntei, e senti um aperto ainda maior no estômago. — Está falando de Oren? Meu pai?

— Não se preocupe com isso agora — disse ele, tentando acalmar a raiva que consumia meus olhos. — Vou ficar bem.

— Por quê? — perguntei. — Por que o rei odeia você? Por que ele fez isso com você?

— Wendy, por favor. — Ele fechou os olhos. — Estou acabado. Mal consegui chegar aqui. Podemos deixar pra ter essa conversa quando eu estiver me sentindo melhor? Tipo daqui a um ou dois meses?

– Loki – falei, suspirando, mas ele tinha razão. – Descanse. Mas amanhã conversamos. Tá bom?

– Como desejar, princesa – concedeu ele, já pegando no sono novamente.

Fiquei sentada ao seu lado por mais alguns minutos, com a mão parada em seu peito para sentir seu coração batendo. Quando tive certeza de que ele estava dormindo, deslizei minha mão para longe da dele e me levantei.

No corredor, envolvi meu corpo com os braços. Não conseguia deixar de sentir uma forte culpa, como se de alguma maneira eu também fosse responsável pelo que tinha acontecido com Loki. Eu havia falado com Oren apenas uma vez e não tinha nenhum controle sobre suas ações. Então por que é que eu achava que Loki tinha levado toda aquela surra por minha causa?

Estava no corredor havia pouco tempo quando Duncan e Thomas chegaram. Eu não queria que quase ninguém soubesse da presença de Loki, mas confiava em Thomas. Não era só por ele ser o chefe dos guardas e o pai de Finn. Ele tivera um caso ilícito com Elora, então presumi que sabia guardar segredos muito bem.

– O markis Vittra está lá dentro? – perguntou Thomas, olhando para dentro do quarto onde Loki dormia.

– Sim, mas ele passou por maus bocados – falei, esfregando meu braço como se estivesse com frio. – Ele vai ficar dormindo um tempo.

– Duncan disse que ele pediu anistia. – Thomas olhou para mim. – Você vai conceder?

— Não sei ainda — respondi. — Ele ainda não conseguiu falar muito. Mas vou deixá-lo ficar aqui por enquanto, pelo menos até que melhore um pouco, a ponto de nós podermos conversar.

— Como quer que nós conduzamos isso? — perguntou Thomas.

— Não podemos contar para Elora. Agora não — falei.

Da última vez que Loki esteve aqui, ele ficou preso. Não tínhamos uma prisão de verdade, então Elora usou sua telecinese para mantê-lo imóvel, o que a enfraqueceu tanto que ela quase morreu. Na verdade, ela ainda nem tinha se recuperado completamente e nunca seria capaz de repetir tudo aquilo.

Além disso, eu não achava que Loki fosse de fato criar problemas. Pelo menos não em seu estado atual. E ele tinha vindo atrás de nós por livre e espontânea vontade. Não precisaríamos mantê-lo preso.

— Precisamos de um guarda na porta do quarto dele o tempo inteiro, só para garantir — falei. — Não acho que ele seja uma ameaça, mas com os Vittra é melhor não arriscar.

— Posso ficar de guarda agora, mas alguém vai ter que assumir o meu posto em algum momento — disse Thomas.

— Posso assumir mais tarde — ofereceu Duncan.

— Não. — Thomas balançou a cabeça. — Você fica com a princesa.

— Tem algum outro guarda em que você confie? — perguntei.

Os guardas em geral pareciam ser bisbilhoteiros; quando um deles ouvia algo, todos os demais ficavam sabendo. Mas já não havia muitos guardas por ali, pois a maioria estava em campo, protegendo os changelings.

Thomas fez que sim com a cabeça.

— Conheço uns dois outros.

– Ótimo – falei. – Certifique-se de que eles saibam que não é para contar para ninguém sobre isso. Tudo precisa ser mantido em segredo até eu descobrir o que fazer. Está claro?

– Sim, Vossa Alteza – disse Thomas. Sempre achei estranho as pessoas me chamarem de *Alteza*.

– Obrigada – respondi.

Tove chegou logo depois com o médico mänks. Fiquei fora do quarto enquanto ele examinava Loki. Ele acordou, mas não explicou quase nada a respeito dos machucados. Ao terminar, o médico concluiu que Loki não estava com nenhum problema grave e receitou alguns analgésicos.

– Vamos – disse Tove, depois que o médico tinha ido embora. – Agora ele está descansando. Não há mais nada que você possa fazer. Por que não vai aproveitar a festa?

– Eu aviso caso haja alguma mudança – prometeu Thomas.

– Obrigada. – Assenti com a cabeça e caminhei pelo corredor com Tove e Duncan em direção ao meu quarto.

Eu não estava com a mínima vontade de dar uma festa antes de Loki invadir o palácio e agora estava com menos ainda. Mas eu pelo menos tinha que tentar me divertir para não magoar Willa nem Matt. Sabia que eles tinham tido o maior trabalho, então eu precisava fingir ser a aniversariante feliz por causa deles.

– O médico acha que ele vai ficar bem – disse Duncan, ao ver a expressão séria no meu rosto.

– Eu sei – respondi.

– Por que está tão preocupada? – perguntou Duncan. – Sei que vocês são amigos, ou algo do tipo, mas eu não entendo. Ele é um Vittra e até já a sequestrou uma vez.

Iniciada

– Não estou preocupada – interrompi-o, forçando um sorriso. – Estou animada com a festa.

Duncan me acompanhou até a sala de estar do segundo andar. Fora a sala de brinquedos de Rhys quando era pequeno e tinha sido transformada num local de lazer quando se tornou adolescente. Mas o teto ainda tinha pinturas de nuvens e motivos infantis, e nas paredes ainda havia prateleiras pequenas e brancas com alguns de seus antigos brinquedos.

Ao abrir a porta, fui bombardeada por balões e serpentinas. Na parede oposta, pairava uma faixa com "Feliz Aniversário" escrito em letras gigantes com glitter.

– Feliz aniversário! – gritou Willa antes de eu entrar.

– Feliz aniversário! – disseram Rhys e Rhiannon em coro.

– Obrigada, pessoal – respondi, afastando um balão de hélio do rosto para poder entrar. – Vocês sabem que meu aniversário é só amanhã?

– Claro que sim – disse Matt, com a voz um pouco aguda por ter inalado hélio. Ele estava com um balão murcho nas mãos e o jogou para o lado para se aproximar de mim. – Eu estava lá quando você nasceu, não lembra?

Ele sorria, mas isso mudou quando percebeu o que disse. Rhys e eu tínhamos sido trocados no nascimento. Matt na verdade esteve presente no nascimento de Rhys, não no meu.

– Bem, eu estava presente quando você chegou do hospital – disse Matt, e me abraçou. – Feliz aniversário.

– Obrigada – falei, abraçando-o também.

– E eu é que sei mesmo quando é seu aniversário – disse Rhys, aproximando-se de nós. – Feliz aniversário!

Sorri.

— Feliz aniversário pra você também. O que acha de fazer dezoito anos?

— Acho que é a mesma coisa de ter dezessete. — Rhys riu. — Está se sentindo mais velha?

— Não, na verdade, não — admiti.

— Ah, qual é? — disse Matt. — Você amadureceu tanto nos últimos meses. Nem parece a mesma pessoa.

— Ainda sou a mesma pessoa, Matt — falei, incomodada com o elogio.

Eu sabia que tinha ficado mais velha. Tinha mudado até fisicamente. Estava usando mais o cabelo solto porque afinal tinha aprendido a domar os meus cachos após uma vida inteira de brigas com eles. Como agora eu estava governando um reino, precisava me comportar de maneira mais adulta e vestir roupas escuras o tempo inteiro. Eu tinha que parecer uma princesa.

— É uma coisa boa, Wendy. — Matt sorriu para mim.

— Está bem. — Acenei com a mão. — Chega de seriedade. Isto aqui é para ser uma festa.

— Festa! — gritou Rhys, e assoprou numa daquelas cornetas de papelão que usamos no ano-novo.

À medida que a festa prosseguia, eu fui começando a me divertir de verdade. Era muito melhor do que um baile de aniversário, pois a maioria daquelas pessoas ali não poderia ir se tivesse havido um.

Matt nem deveria morar no palácio, e, uma vez que Rhys e Rhiannon eram mänks, eles nunca poderiam comparecer a um baile. Duncan poderia ir, mas teria que trabalhar. Ele nunca poderia rir e se divertir como estava fazendo agora.

– Wendy, por que não me ajuda a cortar o bolo? – sugeriu Willa enquanto Tove tentava fazer uma mímica para os outros adivinharem o que era. Duncan tinha dito todas as coisas possíveis e imagináveis, mas, pela reação cômica e frustrada de Tove, ele não chegara nem perto.

– Hum, claro – respondi.

Eu estava sentada no sofá, rindo das tentativas frustradas de todo mundo, mas me levantei e fui até a mesa onde estava Willa. Havia um bolo em cima da toalha de mesa colorida, ao lado da pequena pilha de presentes. Tanto Rhys quanto eu tínhamos dito que não queríamos presentes, mas lá estavam eles.

– Desculpe – disse Willa. – Não queria tirá-la da brincadeira, mas gostaria de falar com você.

– Não, tudo bem – falei.

– Seu irmão fez o bolo. – Willa deu um sorriso de quem pede desculpas enquanto cortava a cobertura branca. – Ele insistiu, disse que este era o seu preferido.

Talvez Matt até fosse um bom cozinheiro, mas eu não tinha certeza. Eu não gosto da maioria das comidas, especialmente as processadas, mas Matt passou anos tendo o maior trabalho para me alimentar direito, então eu finjo gostar de muitas coisas de que não gosto. Uma delas é o meu bolo chiffon de aniversário.

– Não é terrível – falei, mas meio que era. Pelo menos para mim, para Willa e todos os outros Trylle.

– Queria que você soubesse que não contei a Matt sobre Loki. – Willa baixou a voz enquanto colocava cuidadosamente as fatias de bolo nos pratos de papel. – Isso só iria fazê-lo ficar preocupado.

– Obrigada. – Olhei para Matt, que estava rindo das mímicas ridículas de Tove. – Imagino que vou ter que contar em algum momento.

– Acha que Loki vai ficar aqui por algum tempo? – perguntou Willa. Ela tinha melado o dedo de cobertura, então o lambeu para limpar e fez uma careta.

Eu concordei com a cabeça.

– Sim, acho que sim.

– Bom, não se preocupe com isso agora – disse ela de pronto. – Hoje é o seu último dia antes de se tornar adulta!

Tentei tirar da cabeça todos os medos e preocupações a respeito do reino. E Loki também. No fim das contas, quando me permiti relaxar, acabei me divertindo bastante com meus amigos.

TRÊS

cicatrizes

Sonhei com várias tempestades de inverno. A neve era tão intensa que mal dava para enxergar, e o vento era tão forte que eu congelava por completo. Mas eu tinha que seguir em frente. Eu tinha que atravessar as tempestades.

No dia seguinte, Duncan me acordou um pouco depois das nove. Normalmente eu me levantava às seis ou sete para me preparar para o dia, dependendo da hora de minhas primeiras reuniões. Como era meu aniversário, eu tinha podido dormir mais um pouco, o que era bom e estranho.

Ele só me acordou porque Elora tinha pedido para tomar café da manhã comigo, por ser meu aniversário. Mas eu não me incomodava em ser acordada. Dormir até mais tarde me deixava com uma sensação de preguiça surpreendente.

Eu nem sabia o que fazer durante o dia. Fazia tanto tempo que eu não tinha um dia inteiro sem nada planejado. Eu costumava me ocupar com as coisas relacionadas ao reino, ajudando Aurora com os preparativos do casamento, ou ficava na companhia de Willa e Matt.

Fui ao quarto de Elora para tomar café da manhã; era onde eu em geral a encontrava. Ela vinha piorando havia algum tempo e já estava de cama desde antes do Natal. Aurora tentou curá-la algumas vezes, mas era apenas para adiar o inevitável.

No caminho para os aposentos de Elora, na ala sul, passei pelo quarto em que Loki estava. A porta estava fechada, porém Thomas permanecia de guarda do lado de fora. Ele fez um aceno positivo com a cabeça enquanto eu passava por lá, então presumi que tudo corria bem.

O quarto de Elora era gigantesco. As portas duplas iam do chão ao teto, tinham quase dois andares de altura. Caberiam dois quartos meus lá dentro com facilidade, e o meu quarto já era bem grande. Uma das paredes era toda composta de janelas, o que dava a impressão de o quarto ser maior ainda, mas ela deixava as cortinas fechadas a maior parte do tempo, preferindo a luz fraca do abajur ao lado da cama.

Para preencher o lugar, ela colocara vários armários, uma escrivaninha, a maior cama que eu tinha visto na vida e uma área para receber visitas com sofá, duas poltronas e uma mesa de centro. Naquela manhã, ela pedira para colocarem uma pequena mesa com duas cadeiras perto da janela. Estava repleta de frutas, iogurte e aveia – as coisas que eu mais gostava de comer.

Das últimas vezes que eu a visitara, Elora estava de cama, mas naquele dia ela sentara-se à mesa. Seu cabelo longo havia sido preto como carvão, mas agora era branco e prateado. Seus olhos escuros estavam enevoados por causa da catarata, e sua pele de porcelana enrugara-se. Ela ainda era linda e elegante, e eu imaginava que sempre seria assim, mas tinha envelhecido bastante.

Ela se servia de chá quando entrei. Seu vestido esvoaçava atrás do corpo.

– Gostaria de tomar um pouco de chá, Wendy? – perguntou Elora sem olhar para mim. Fazia pouco tempo que ela passara a me chamar pelo nome. Por muito tempo ela se recusou a me chamar de qualquer outra coisa a não ser princesa, mas a nossa relação estava mudando.

– Sim, por favor – respondi, sentando-me do outro lado da mesa. – Qual é o sabor do chá?

– Amora. – Ela encheu a pequena xícara na minha frente, depois colocou o bule na mesa. – Espero que esteja com fome. Pedi para o chef preparar um banquete para nós.

– Estou com bastante fome, obrigada – falei, e meu estômago roncou como prova.

– Sirva-se. – Elora apontou para a comida. – Pegue o que quiser.

– Você não vai comer? – perguntei, pegando uma porção de framboesas.

– Vou comer um pouco – disse Elora, mas não pegou nenhum prato. – Como está sendo o seu aniversário?

– Até agora, foi tudo bem. Mas acordei há pouco tempo.

– Willa vai fazer uma festa para você? – perguntou Elora, pegando uma ameixa distraidamente. – Garrett me falou algo a respeito.

– Sim, ela fez uma festinha para mim ontem à noite – respondi, entre as mordidas. – Foi ótima.

– Ah, presumi que seria hoje.

– Rhys tinha planos para hoje, e não imagino que ele tenha muitos amigos, então achei melhor fazer ontem à noite.

— Entendo. — Elora deu um gole no chá e não disse nada por alguns minutos. Ela apenas ficou me observando comer, o que antigamente me deixaria constrangida, mas eu estava começando a perceber que apenas gostava de ficar me observando.

— Como está se sentindo hoje? — perguntei.

— Estou bem. — Ela deu de ombros sutilmente e virou-se em direção à janela.

As cortinas haviam sido entreabertas, deixando a luz forte entrar. Os topos das árvores lá fora estavam cobertos por uma grossa camada de neve, e o reflexo fazia o sol brilhar ainda mais.

— Você parece bem — comentei.

— Você também — disse Elora, sem se virar para mim. — Essa cor fica muito bem em você.

Olhei para o meu vestido. Era azul-marinho, com desenhos de laços pretos. Willa tinha escolhido para mim, e eu realmente o achava bonito. Mas ainda não tinha me acostumado a receber elogios de Elora.

— Obrigada.

— Eu já lhe contei sobre o dia em que você nasceu? — perguntou Elora.

— Não. — Eu estava tomando iogurte de baunilha e coloquei a colher no prato. — Você só comentou que foi tudo bem corrido.

— Você nasceu antes do esperado — disse ela, com a voz baixa, como se estivesse perdida nos próprios pensamentos. — Foi minha mãe que fez isso. Ela usou a persuasão e convenceu o meu corpo a entrar em trabalho de parto. Era a única maneira de protegê-la, mas você nasceu duas semanas antes.

— Eu nasci num hospital? — perguntei, percebendo que não sabia quase nada do meu próprio nascimento.

— Não. – Ela balançou a cabeça. – Fomos para a cidade em que sua família hospedeira morava. Oren achou que eu estivesse interessada numa família que morava em Atlanta, mas eu tinha escolhido os Everly, que moravam no norte do estado de Nova York.

"Minha mãe e eu ficamos num hotel nas proximidades, escondidas, caso Oren viesse atrás de nós. Thomas ficou observando os Everly de perto até ver a mãe entrar em trabalho de parto.

— Thomas? – perguntei.

— Sim, Thomas foi conosco – disse Elora. – Foi assim que o conheci; na verdade, quando estávamos fugindo do meu marido. Thomas era um rastreador novo, mas ele já tinha demonstrado ser bastante habilidoso, então minha mãe o escolheu para nos ajudar.

— Então ele estava lá quando eu nasci? – perguntei.

— Sim, estava. – Ela sorriu ao pensar nisso. – Você nasceu no chão do banheiro do hotel. Minha mãe usou seus poderes em mim, induziu o parto e fez com que eu não gritasse nem sentisse dor. E Thomas ficou ao meu lado, segurando minha mão e dizendo que tudo daria certo.

— Você sentiu medo? – perguntei. – De dar à luz assim?

— Fiquei apavorada – admitiu ela. – Mas eu não tinha escolha. Precisava esconder e proteger você. Era o que precisava ser feito.

— Eu sei – falei. – Você fez a coisa certa. Hoje eu entendo.

— Você era tão pequenina. – Seu sorriso mudou, e ela inclinou a cabeça. – Não sabia que você seria tão pequena, e você era tão linda. Nasceu com o cabelo tão preto e com olhos tão grandes e escuros. Você era linda, era perfeita e era minha.

Ela parou, pensativa, e eu fiquei com um nó na garganta. Era tão estranho escutar minha mãe falando sobre mim da maneira como uma mãe fala sobre os filhos.

– Queria pôr você no colo – prosseguiu Elora. – Implorei para que minha mãe me deixasse pôr você no colo, mas ela disse que isso só pioraria as coisas. Mas ela a pegou, enrolou-a num lençol e ficou olhando para você com lágrimas nos olhos.

"E então ela foi embora. Ela a levou para o hospital, para deixar você com os Everly, e trouxe para casa um bebê que não era meu. Ela queria que eu o segurasse, que eu cuidasse dele. Disse que isso facilitaria as coisas. Mas eu não o queria. *Você* é que era minha filha, e eu queria você.

Elora virou-se para mim com os olhos um pouco mais nítidos do que costumavam estar ultimamente.

– Eu queria ficar com você, Wendy. Apesar de tudo que aconteceu entre seu pai e mim, eu queria ficar com você. Mais do que tudo no mundo.

Não falei nada. Não fui capaz. Se falasse algo, começaria a chorar, e não queria que ela visse. Por mais sincera que ela estivesse sendo, não sei como reagiria se me visse aos prantos.

– Mas não pude ficar com você. – Elora virou-se de novo para a janela. – Às vezes parece que minha vida inteira foi assim, uma série de coisas que eu amei profundamente e que nunca pude ter.

– Sinto muito – falei baixinho.

– Não sinta. – Ela balançou a mão. – Eu tomei minhas decisões e fiz o melhor que pude. – Ela forçou um sorriso. – E olha só para isso. É o seu aniversário. Não era para eu estar me lamentando para você.

– Você não está se lamentando. – Enxuguei os olhos com o máximo de discrição possível e tomei mais um gole de chá. – E fico feliz por você ter me contado.

– Enfim, precisamos conversar sobre a mudança dos quartos – disse Elora, afastando o cabelo do rosto. – Meu plano é deixar a maior parte dos meus móveis aqui, a não ser que você queira fazer alguma mudança, o que é seu direito, claro.

– Mudar quais quartos? – perguntei, surpresa.

– Você ficará com meu quarto depois de casar. – Ela gesticulou para as coisas ao nosso redor. – Estes são os aposentos nupciais.

– Ah, sim. Claro. – Balancei a cabeça para acabar com a confusão. – Estou tão ocupada com tudo que me esqueci disso.

– Vai ser simples – continuou ela. – Não vai dar tanto trabalho trocar as coisas de lugar, pois só os itens pessoais serão transferidos. Vou pedir para alguns rastreadores tirarem minhas coisas na sexta-feira e ficarei no outro quarto aqui no corredor.

– Eles podem trazer minhas coisas na sexta-feira também, então. E as de Tove também, já que ele vai dividir o quarto comigo.

– Como tudo está em relação a isso? – Elora recostou-se na cadeira, analisando-me. – Está preparada para o casamento?

– Aurora com certeza está preparada – respondi, suspirando. – Mas, se estiver me perguntando se estou preparada para me casar, não sei direito. Acho que consigo me virar.

– Você e Tove vão ficar bem. – Ela sorriu para mim. – Tenho certeza.

– Você tem certeza? – Ergui a sobrancelha. – Você pintou algo relacionado a isso? – Elora tinha a habilidade da precognição, mas todas as suas visões do futuro eram imagens congeladas.

— Não. — Ela riu, balançando a cabeça. — É instinto materno.

Comi um pouco mais, mas ela quase não comeu. Nós conversamos, e era estranho pensar que eu sentiria sua falta quando ela não estivesse mais entre nós. Pois a verdade era que eu não a conhecia há tanto tempo, e na maior parte dele a nossa relação havia sido fria.

Quando fui embora, ela estava voltando para a cama e me pediu que eu chamasse alguém para limpar a mesa do café da manhã. Duncan estava me esperando na porta e entrou para arrumar tudo.

Enquanto Duncan estava ocupado com os pratos, dei uma passada no quarto de Loki para ver como ele estava se sentindo. Se estivesse melhor, eu ia tentar descobrir o que estava acontecendo.

Thomas ainda estava lá fora, então bati na porta uma vez e a abri sem esperar resposta. Loki estava trocando de roupa quando entrei. Ele já tinha trocado a calça surrada por outra, de pijama, e preparava-se para vestir uma camiseta branca.

Ele estava de costas para mim, e eu vi que a situação era pior do que eu tinha imaginado.

— Meu Deus, Loki — falei, surpresa.

— Não sabia que você vinha me visitar. — Ele virou-se para mim com um sorriso sarcástico. — Então será que não é melhor eu ficar sem camisa mesmo?

— Não, coloque a camisa — respondi, e fechei a porta atrás de mim para que ninguém escutasse a conversa.

— Que sem graça. — Ele torceu o nariz e passou a camisa pela cabeça.

— As suas costas estão péssimas.

— E eu estava prestes a dizer o quanto você está bonita hoje, mas, já que está falando comigo assim, nem vou me dar o trabalho. — Loki recostou-se outra vez na cama, numa posição mais deitada do que sentada.

— Estou falando sério. O que aconteceu com você?

— Já disse. — Ele ficou olhando para as próprias pernas e tirou um fiapo da calça. — O rei me odeia.

— Por quê? — perguntei, já me sentindo indignada com meu pai por ele ter feito isso com Loki. — Por que diabos ele faria algo tão brutal assim com você?

— Está na cara que você não conhece seu pai direito — disse Loki. — Isso não é uma brutalidade tão grande para ele.

— Como é que não é brutal? — Sentei na cama ao lado dele. — Você é quase um príncipe! Como ele pode tratá-lo dessa maneira?

— Ele é o rei. — Ele deu de ombros. — Faz o que bem entende.

— Mas e a rainha? — perguntei. — Ela não tentou impedi-lo?

— No início tentou me curar, mas depois passou a ser demais para ela. E Sara não pode contrariar Oren tanto assim.

Sara, a rainha dos Vittra, era minha madrasta, mas também já tinha sido noiva de Loki. Era mais velha do que ele, tinham mais de dez anos de diferença, e fora um noivado arranjado, que terminou quando ele tinha nove anos. Eles nunca se envolveram romanticamente, e ela sempre pensou em Loki como um irmão mais novo, por isso o protegia.

— Foi ele que fez isso com você? — perguntei baixinho.

— O quê? — Loki olhou para mim, seus olhos dourados encontrando os meus.

Ele estava com uma cicatriz no queixo, e eu tinha certeza absoluta de que era recente. Sua pele costumava ser impecável e perfeita, não que a cicatriz diminuísse a sua beleza de alguma maneira.

— Isso. — Toquei a marca em seu queixo. — Ele fez isso com você?

— Sim — respondeu ele com a voz pastosa.

— Como? — Mexi a mão e toquei na marca que havia em sua têmpora. — Como ele fez isso?

— Às vezes ele me batia. — Loki continuou olhando para mim, deixando meus dedos percorrerem suas cicatrizes. — Ou me chutava. Mas, na maioria das vezes, ele usava um gato.

— Um gato de verdade? — Olhei para ele em dúvida, e ele sorriu.

— Não, o nome de verdade é gato de nove caudas. É como um chicote, mas, em vez de ter somente uma cauda, são nove. Assim causa mais danos do que um chicote normal.

— Loki! — Abaixei a mão, completamente horrorizada. — Como ele foi capaz de fazer isso com você? Por que você não foi embora? Você tentou revidar?

— Revidar não adiantaria de nada, e eu fui embora assim que consegui — disse Loki. — É por isso que estou aqui.

— Ele o manteve prisioneiro? — perguntei.

— Eu estava trancado na masmorra. — Ele se mexeu e virou o rosto. — Wendy, fico contente em vê-la, mas realmente prefiro não falar mais sobre isso.

— Você quer que eu lhe conceda anistia — falei. — Preciso saber por que ele fez isso com você.

— Por quê? — Loki riu de forma sombria. — Não tem ideia, Wendy?

— Não!

— Por sua causa. – Ele olhou para mim com um sorriso estranho e torto no rosto. – Porque eu não a levei de volta.

— Mas... – Franzi a testa. – Foi você que pediu para voltar para lá, para os Vittra. Nós negociamos com o rei para que ele ficasse com você.

— Sim, tudo bem; mas mesmo assim ele achou que você mudaria de ideia. – Ele passou a mão no cabelo e endireitou a postura. – E não foi o que aconteceu. Foi culpa minha, por ter deixado você escapar, em primeiro lugar, e por não tê-la levado de volta. – Ele mordeu o lábio e balançou a cabeça. – Ele está determinado a pegar você, Wendy.

— E então ele o torturou? – perguntei baixinho, tentando não deixar a voz estremecer. – Por minha causa?

— Wendy. – Loki suspirou e se aproximou de mim. Calmamente, quase com cautela, ele me envolveu com o braço. – O que aconteceu não é culpa sua.

— Talvez. Mas isso poderia não ter acontecido se eu tivesse fugido com você.

— Mas você ainda pode fugir comigo.

— Não, não posso. – Balancei a cabeça. – Tenho tantas coisas para fazer aqui. Não posso simplesmente abandonar tudo. Mas você pode ficar aqui. Vou conceder anistia a você.

— Hum, eu sabia. – Ele sorriu. – Você não aguentaria de saudade se eu fosse embora.

Eu ri.

— Até parece.

— Até parece? – Ele deu um sorriso irônico.

Ele abaixou o braço, e sua mão ficou apoiada na minha cintura. Loki estava extremamente perto de mim e seus músculos pressionavam o meu corpo. Eu sabia que devia me afastar, que não tinha nenhuma razão para ficar tão perto dele, mas não me mexi.

— Você faria isso? — perguntou ele, com a voz baixa.

— Faria o quê?

— Você fugiria comigo se não tivesse todas essas responsabilidades, o palácio e tudo o mais?

— Não sei — respondi.

— Acho que fugiria sim.

— Claro que acha. — Desviei o olhar, mas não me afastei. — E onde foi que você conseguiu este pijama? Você não estava com nenhuma mala quando chegou.

— Não quero contar.

— Por quê? — Olhei para ele com severidade.

— Porque não. Se eu contar, vai estragar todo este clima — disse Loki. — Não podemos só ficar parados, olhando-nos intensamente, até cairmos nos braços um do outro e dando o maior beijo apaixonado?

— Não — eu disse, e enfim comecei a me afastar dele. — Não se você não me contar...

— Tove — disse Loki depressa, tentando me segurar. Ele era bem mais forte do que eu, mas deixou que eu me afastasse.

— Claro. — Levantei-me. — É exatamente o tipo de coisa que meu noivo faria. Ele está sempre pensando nos outros.

— É só um pijama! — insistiu Loki, como se isso significasse algo. — Claro que ele é um cara extremamente gentil, mas isso não importa.

— Como é que isso *não* importa? — perguntei.

— Porque você não o ama.

– Eu gosto dele – respondi, e ele deu de ombros. – E não é como se eu amasse você.

– Talvez não – concedeu ele. – Mas você vai me amar.

– Acha mesmo? – perguntei.

– Pode registrar o que vou dizer, princesa – disse Loki. – Um dia você vai se apaixonar loucamente por mim.

– Tudo bem. – Eu ri, pois não sabia como reagir. – Mas tenho que ir. Se é para conceder anistia a você, tenho que tratar de decretá-la e de convencer a todos de que isso não é uma missão suicida.

– Obrigado.

– De nada – falei, e abri a porta para ir embora.

– Valeu a pena – disse Loki de repente.

– O que valeu a pena? – Eu me virei outra vez para ele.

– Tudo o que passei – disse ele. – Por sua causa. Valeu a pena.

QUATRO

noivo

Meu aniversário tranquilo acabou virando um frenesi de reuniões por causa da anistia que eu concedi a Loki. A maioria das pessoas achou que eu estava louca, e Loki teria que ser interrogado. Organizaram uma enorme reunião, na qual Thomas fez diversas perguntas a Loki, e ele as respondeu da mesma maneira como tinha respondido para mim.

Porém, para falar a verdade, após levantar a camisa e mostrar as cicatrizes, ele não teve que explicar muita coisa. Depois disso, deixaram que ele fosse descansar.

Eu até tive um jantar agradável e calmo com Willa e Matt, o que já foi alguma coisa. Minha tia Maggie ligou e eu conversei com ela por um tempo. Ela queria vir me ver, mas eu a enrolei o máximo possível. Ainda não tinha explicado a ela o que eu era, mas ela sabia que eu estava em segurança com Matt por perto.

Queria que ela tivesse vindo passar o Natal conosco, para que eu pudesse contar tudo. Mas, quando os Vittra começaram a perseguir os changelings, comecei a acreditar que eles poderiam ir atrás dela para me atingir, então adiei a sua visita mais uma vez.

Ela estava viajando bastante, o que era bom, mas isso não a impedia de se perguntar o que estava acontecendo comigo. Não via a hora de tudo isso se acalmar para que eu finalmente pudesse tê-la de novo em minha vida. Estava com muita saudade.

Após o jantar, voltei para meu quarto e fiquei vendo filmes ruins da década de oitenta com Duncan. Ele tinha que ficar comigo dezesseis horas por dia, depois o guarda da noite assumia. Eu queria estudar, pois Tove estava me ensinando o tryllic, mas Duncan não deixou. Insistiu para que eu parasse um pouco a cabeça e relaxasse.

Duncan acabou dormindo no meu quarto, o que não era incomum. Ninguém nunca falou nada, pois ele era meu guarda-costas e era bom ficar por perto. Provavelmente ele não poderia dormir mais no meu quarto depois do sábado, o que me deixou um pouco triste. Eu costumava dormir espalhada na cama, e Duncan ficava encurvado no sofá, com uma coberta em cima do corpo.

– É quinta-feira – falei ao acordar. Eu ainda estava na cama, olhando para o teto.

– Com certeza. – Duncan bocejou e se espreguiçou.

– Só faltam dois dias para o meu casamento.

– Eu sei. – Ele levantou-se e abriu as cortinas, deixando a luz iluminar o meu quarto. – O que vai fazer hoje?

– Preciso me ocupar. – Sentei e apertei os olhos por causa da luz. – E não quero nem saber das pessoas dizendo que preciso relaxar e descansar. Tenho que fazer alguma coisa. Então acho que vou treinar com Tove hoje.

Duncan deu de ombros.

– Pelo menos passará um tempinho com seu noivo.

Eu me sentia nauseada toda vez que pensava no casamento. E às vezes, se pensava demais no assunto, até vomitava. Acho que nunca senti tanto medo na vida.

Depois do banho, tomei meu café da manhã depressa e fui para o quarto de Tove ver se ele queria treinar. Eu já tinha aprendido a dominar boa parte das minhas habilidades e não queria perdê-las, por isso eu tinha que praticar com frequência para mantê-las fortes.

Tove se mudara para o palácio após os Vittra terem me sequestrado para ajudar a manter o castelo em segurança. Ele era bem mais forte do que qualquer um dos guardas e talvez fosse até mais forte do que eu. Seu quarto ficava no mesmo corredor do meu, e a porta estava aberta quando cheguei.

Havia caixas de papelão espalhadas, algumas vazias e uma cheia de livros. Havia outra na cama, e nela Tove colocava algumas calças jeans.

– Vai para algum lugar? – perguntei, encostando-me no caixilho da porta.

– Não, só estou me preparando para a mudança. – Ele apontou para o quarto de Elora, no fim do corredor. – Para o nosso novo quarto. – Para sábado.

– Ah – grunhi. – É mesmo.

– Precisa de alguma ajuda? – perguntou Duncan. Ele tinha me seguido até o quarto de Tove. Ele sempre me seguia.

Tove deu de ombros.

– Claro, se quiser ajudar.

Duncan entrou e tirou algumas roupas de Tove da gaveta. Eu fiquei parada onde estava, odiando o fato de haver um clima tão estranho entre Tove e mim. Quando estávamos treinando ou falando de política, tudo corria bem entre nós dois. Concordávamos quase sempre e falávamos abertamente sobre qualquer assunto relacionado ao palácio ou a trabalho.

Mas, quando se tratava do nosso casamento e do nosso relacionamento, nunca sabíamos nos expressar.

Talvez tivesse a ver com o que Finn tinha me contado havia alguns meses – mais especificamente o fato de Tove ser gay. Eu ainda não havia mencionado isso para Tove, então não tinha certeza se era verdade, mas achava que provavelmente era.

– Quer treinar hoje? – perguntei para Tove.

– Sim, na verdade seria ótimo. – Tove pareceu aliviado.

Treinar também era bom para ele. O palácio tinha tanta gente e Tove era capaz de sentir os pensamentos e as emoções de todos, o que criava uma forte estática em sua cabeça. Treinar amenizava isso e o deixava concentrado, fazendo com que ele se comportasse mais como uma pessoa normal.

– Lá fora? – sugeri.

– Sim. – Tove concordou balançando a cabeça.

– Mas está tão frio lá fora – lamentou Duncan.

– Por que não fica aqui? – perguntei: – Assim pode terminar de guardar as coisas de Tove. – Duncan pareceu ficar em dúvida por um instante, então eu continuei. – Tove vai estar comigo. Nós dois somos capazes de cuidar de nós mesmos.

– Tudo bem – disse Duncan, parecendo um pouco relutante. – Mas vou estar aqui caso precisem de mim.

Tove e eu fomos para o jardim secreto que ficava atrás do palácio. Na verdade, não era tão secreto assim, era apenas a sensação que eu tinha por ele ficar escondido entre as árvores e um muro. Apesar da forte tempestade de janeiro dos dias anteriores, o jardim estava agradável.

Tudo ali era mágico. Apesar da neve, as flores estavam como sempre, brilhando como diamantes por causa do gelo. A pequena cachoeira que caía pela ribanceira deveria ter congelado, mas continuava correndo, ruidosa.

Havia um monte de neve cobrindo o caminho. Bastou Tove estender a mão que a neve se espalhou para as laterais, como se fosse o mar Vermelho. Ele parou no pomar que ficava embaixo dos galhos de uma árvore coberta de folhas congeladas e flores azuis.

– O que deveríamos fazer hoje? – perguntou Tove.

– Não sei – respondi. – O que está a fim de fazer?

– Que tal uma guerra de bolas de neve? – perguntou ele com um sorriso malicioso.

Usando apenas a mente, ele jogou quatro bolas de neve em mim. Eu estendi as mãos, afastando-as com minha própria telecinese, e elas se desfizeram por causa da força. Então era a minha vez de arremessar algumas nele, e foi o que fiz, mas ele as parou com a mesma facilidade que eu.

Tove revidou com ainda mais bolas de neve, e, apesar de eu ter detido a maioria delas, uma me escapou e atingiu minha perna. Recuei rapidamente, escondendo-me atrás de uma árvore para contra-atacar.

Tove e eu continuamos nos divertindo, jogando neve um no outro, mas a dificuldade foi aumentando. Parecia uma brincadeira, e era mesmo divertido, mas também era mais do que isso. Ser capaz de parar um monte de bolas de neve era bom para eu aprender como me defender de ataques múltiplos, vindo de diferentes direções. Tentei atacá-lo mesmo antes de deter a bola de neve, o que me ajudou a aprender a revidar enquanto me defendia.

Eram duas coisas completamente diferentes, difíceis de fazer ao mesmo tempo. Eu já estava me dedicando a isso havia algum tempo, mas não conseguia aprender. Em minha defesa, Tove também não conseguia, mas ele achava que era impossível. Minha mente teria que ser capaz de segurar e jogar algo ao mesmo tempo, coisas que ela era capaz de fazer, mas não no *mesmo* instante.

Quando estávamos suficientemente congelados e exaustos, eu me joguei na neve. Estava de calça e suéter porque sabia que íamos treinar, mas todo esse exercício físico sempre me deixava com calor, então foi bom sentir a neve.

– Chegamos a uma trégua? – perguntou Tove, arfando, enquanto deitava ao meu lado na neve.

– Sim, trégua – pedi, rindo um pouco.

Nós dois ficamos deitados com os braços esticados, recuperando o fôlego e olhando para as nuvens acima de nós.

– Se o nosso casamento for deste jeito, não vai ser tão ruim, né? – perguntou Tove, fazendo uma pergunta sincera.

– Não, não vai ser tão ruim – concordei. – De guerras de bola de neve eu dou conta sim.

– Está nervosa? – perguntou ele.

– Um pouco. – Eu me virei e olhei para ele, pressionando a bochecha na neve. – E você?

– Estou. – Ele franziu a testa, olhando para o céu pensativamente. – Acho que estou com mais medo é do beijo. Vai ser nosso primeiro beijo, e será na frente de todas aquelas pessoas.

— Pois é — falei, e o meu estômago se contorceu só de pensar naquilo. — Mas pelo menos um beijo a gente não tem como estragar.

— Acha que deveríamos fazer isso? — perguntou Tove, e depois olhou para mim.

— Nos beijar? — perguntei. — Está dizendo quando a gente se casar? Acho que não temos opção.

— Não, estou perguntando se você acha que a gente devia fazer isso *agora*. — Tove sentou-se, erguendo-se com os braços atrás do corpo. — Talvez isso facilite as coisas no sábado.

— Acha mesmo que deveríamos? — perguntei, me sentando também. — Você quer?

— Parece que estamos na terceira série. — Ele suspirou e limpou a neve da calça. — Mas você vai ser minha esposa. Vamos ter que nos beijar.

— Sim, vamos.

— Tá bom, vamos fazer isso então. — Ele sorriu fracamente para mim. — Vamos nos beijar e pronto.

— Tá bom.

Engoli em seco e me inclinei para a frente. Fechei os olhos, pois sem vê-lo eu ficaria com menos vergonha. Os lábios dele estavam frios, e o beijo foi casto. Durou apenas um instante, e o meu estômago ficou se revirando, mas não de um jeito bom.

— E aí? — perguntou Tove, ajeitando-se para ficar mais sentado.

— Foi legal. — Concordei com a cabeça, mais para convencer a mim mesma do que a ele.

— Sim, foi bom. — Ele umedeceu os lábios e desviou o olhar. — A gente vai conseguir fazer isso. Não vai?

— Sim – respondi. – Claro que sim. Se as pessoas conseguem, nós também conseguimos. Somos os Trylle mais poderosos da história. E somos pessoas decentes. Somos capazes de passar o resto da vida juntos.

— Isso mesmo – disse Tove, parecendo mais animado com a ideia. – Na verdade, acho que vai ser bom, estou ansioso. Eu gosto de você. Você gosta de mim. A gente se diverte juntos. Nós concordamos em quase tudo. Vamos ser o melhor casal que já existiu.

— Com certeza – opinei. – E casamento tem mais a ver com amizade, mesmo.

— Pessoas nas nossas posições não podem escolher com quem vão ficar – acrescentou Tove, e acho que escutei um pouco de tristeza em sua voz. – Mas pelo menos vamos ficar com alguém de quem gostamos.

Nós dois ficamos em silêncio depois disso, olhando para a neve, perdidos em nossos próprios pensamentos. Não sei em que Tove estava pensando. Não sei direito nem em que eu estava pensando.

Provavelmente o fato de Tove ser gay não mudava muita coisa. Mesmo se ele não fosse, o que eu sentia por ele não mudaria. Mas ainda assim nós poderíamos ter uma união forte e um casamento significativo da nossa própria maneira. Ele não merecia nada menos, e eu era capaz de dar isso a ele.

— Vamos entrar? – perguntou Tove de repente. – Estou ficando com frio.

— Vamos, eu também estou.

Tove ergueu-se e segurou minha mão, ajudando-me a levantar. Ele não precisava ter feito aquilo, mas foi gentil. Entramos no palácio juntos, sem dizer nada; eu olhei para o anel de noivado e me contorci. O metal estava gelado por causa da neve, e de repente pareceu pesado demais, grande demais para o meu dedo. Queria tirá-lo e devolvê-lo, mas não podia.

CINCO

planos

Levei escondido um livro sobre tryllic que Tove tinha me dado. Assim eu teria o que fazer enquanto Aurora conferia os detalhes de última hora. Era a véspera do casamento, e eu esperava que tudo estivesse correndo bem. Não tínhamos tempo para mais nada.

Fiquei sentada na cadeira, com o livro aberto no colo, enquanto Aurora e Willa conferiam uma lista de coisas a fazer com cerca de vinte organizadores de casamento. Aurora tinha até colocado Duncan para contar os centros de mesa a fim de garantir que tínhamos a quantidade necessária.

Às vezes eles pediam minha ajuda, e eu ajudava, mas acho que Aurora ficava mais contente quando eu não me envolvia, pois assim ela podia comandar o espetáculo.

Todas as minhas madrinhas estavam presentes, e eu não conhecia quase nenhuma delas. Willa era a madrinha principal e fora ela que escolhera as outras, pois as conhecia. Aurora insistiu para que fossem muitas, então eu tinha dez madrinhas.

— É o casamento do século e você está estudando – disse Willa, suspirando, no fim do dia. Aurora tinha conferido tudo duas vezes e as únicas pessoas que ainda estavam presentes eram eu, Willa, Aurora e Duncan.

— Preciso aprender isto. – Apontei para o livro. – É essencial para que eu saiba decifrar tratados antigos. Não preciso saber dos preparativos extravagantes da festa. Você e Aurora dão conta disso.

— Sim, nós damos conta. – Willa sorriu. – Acho que está tudo pronto. O seu dia amanhã será fantástico.

— Obrigada – respondi e fechei o livro. – Fico mesmo agradecida por tudo que você fez.

— Ah, vamos lá, eu amei fazer isso. – Ela riu. – Posso até não ter um casamento de conto de fadas, mas pelo menos eu organizei um, não é?

— Só porque você não é princesa não quer dizer que não pode ter um casamento de conto de fadas – falei, me levantando.

Ela deu um sorriso triste, e então eu percebi o que tinha dito. Willa era uma marksinna e estava namorando o meu irmão, Matt, um humano. Se alguém descobrisse, ela seria banida. Ela nem deveria namorá-lo, muito menos se casar com ele.

— Desculpe – falei.

— Não foi nada. – Ela fez um aceno com a mão. – Você está fazendo o melhor que pode, todos nós sabemos.

Ela estava se referindo aos meus esforços para que houvesse mais igualdade entre os Trylle, os rastreadores e os mänks. Estávamos perdendo boa parte da população porque era comum alguém se apaixonar por um humano e ser exilado por causa disso. Não estava mais sobrando tanta gente.

Desse ponto de vista, fazia mais sentido deixar as pessoas amarem quem elas realmente amavam. Estavam fazendo isso de todo jeito, de modo que, se não fosse ilegal, poderiam ficar por perto com mais frequência, contribuindo para a sociedade.

Eu ainda não fizera muita coisa para convencer as pessoas disso, pois estava ocupada demais com o problema dos Vittra. Quando resolvêssemos isso (*se* conseguíssemos resolver), a minha prioridade seria fazer com que todos os habitantes de Förening passassem a ter direitos iguais.

– Então terminamos tudo aqui? – perguntei.

– Sim – disse Willa. – Você não tem mais nada a fazer, só descansar e ficar bonita amanhã para o casamento. E, depois, tudo que precisa fazer é dizer "eu aceito".

– Acho que dou conta disso – falei, mas não sabia se era verdade.

– Não vai precisar da nossa ajuda, Aurora? – perguntou Willa enquanto íamos em direção à porta.

– Estou apenas terminando algumas coisas – respondeu Aurora, sem desviar o olhar dos papéis que estava lendo. – Mas obrigada.

– Obrigada – falei. – Então até amanhã.

– Durma bem, princesa. – Aurora levantou o olhar para sorrir para mim.

Duncan e eu fomos com Willa até a entrada do palácio e ela não parava de tentar me convencer de que o dia seguinte seria divertido. Quando chegamos à porta, ela me deu um forte abraço e prometeu que tudo daria certo.

Não sabia por que aquelas palavras eram para ser reconfortantes. E se fosse para tudo ser um desastre? Saber que era para ser um desastre não ajudaria em nada.

— Quer que eu entre com você? — perguntou Duncan quando chegamos ao meu quarto.

— Não, hoje não. — Balancei a cabeça. — Acho que preciso de um tempo sozinha.

— Eu entendo. — Ele sorriu para mim, querendo me tranquilizar. — Então até amanhã de manhã.

— Obrigada.

Fechei a porta, acendi a luz e fiquei olhando para o gigantesco anel no meu dedo. Que significava que eu pertencia a Tove, alguém que eu não amava. Fui até a cômoda para tirar as joias, mas continuei com o olhar fixo no anel.

Terminei tirando-o, foi inevitável. Era mesmo bonito, e o instante em que o recebi de Tove foi tão meigo. Mas eu estava começando a odiar aquela aliança.

Ao tirá-la, olhei no espelho que ficava sobre a cômoda e quase gritei ao ver o reflexo. Finn estava sentado atrás de mim, na cama. Seus olhos, escuros como a noite, encontraram os meus no espelho e eu mal consegui respirar.

— Finn! — engoli em seco e me virei para olhar para ele. — O que está fazendo aqui?

— Perdi o seu aniversário — disse ele, como se isso respondesse a minha pergunta. Ele baixou o olhar em direção a uma pequena caixa que estava em suas mãos. — Trouxe um presente.

— Você me trouxe um presente? — Encostei na cômoda atrás de mim, apoiando-me nela com firmeza.

— Sim. — Ele concordou com a cabeça, ainda olhando para a caixa. — Achei isso lá perto de Portland há duas semanas. Queria ter voltado a tempo de seu aniversário. — Ele mordeu o interior da bochecha. — Mas agora que estou aqui, não sei se deveria te dar.

— Como assim? – perguntei.

— Não parece certo. – Finn esfregou o rosto. – Não sei nem o que estou fazendo aqui.

— Nem eu – falei. – Não me entenda errado. Fico feliz por vê-lo. Eu só... não estou entendendo.

— Eu sei. – Ele suspirou. – É um anel. O seu presente. – O olhar dele se desviou para o anel de noivado na cômoda atrás de mim. – E você já tem um.

— Por que comprou um anel para mim? – perguntei hesitantemente, com o coração martelando no peito. Não sabia o que Finn estava fazendo ou dizendo.

— Não estou pedindo você em casamento, se é o que está pensando. – Ele balançou a cabeça. – É que eu o vi e me lembrei de você. Mas agora parece algo de mau gosto. Aqui estou eu, na véspera do seu casamento, entrando escondido no seu quarto para lhe dar um anel.

— Por que entrou escondido? – perguntei.

— Não sei. – Ele desviou o olhar e riu com melancolia. – É mentira. Sei exatamente o que estou fazendo, mas não faço a mínima ideia do *motivo*.

— E o que é que você está fazendo? – perguntei baixinho.

— Eu... – Finn ficou olhando para o nada por um instante, depois se virou novamente para mim e se levantou.

— Finn, eu... – comecei a falar, mas ele ergueu a mão, interrompendo-me.

— Não, eu sei que você vai casar com Tov – disse ele. – É o que precisa fazer. Nós dois sabemos disso. É o melhor para você e é o que eu quero para você. – Ele parou. – Mas eu também quero você para mim.

Tudo que eu sempre quis de Finn era que ele admitisse o que sentia por mim, e ele tinha esperado até a véspera do meu casamento para fazer isso. Era tarde demais para mudar qualquer coisa, para desfazer qualquer coisa. Não que eu tivesse feito isso, mesmo se quisesse.

— Por que está me dizendo isso? — perguntei, com lágrimas nos olhos.

— Porque sim. — Finn deu um passo em minha direção, parando bem na minha frente.

Ele olhou para mim, com seus olhos me hipnotizando como sempre faziam. E estendeu o braço, enxugando uma lágrima na minha bochecha.

— Por quê? — perguntei, com a voz trêmula.

— Porque eu queria que você soubesse — disse, como se ele mesmo não compreendesse.

Ele colocou a caixa na cômoda atrás de mim, e sua mão foi até a minha cintura, puxando o meu corpo em sua direção. Soltei a cômoda e não protestei. Minha respiração acelerou, e eu olhei para ele.

— A partir de amanhã você vai pertencer a outra pessoa — disse Finn. — Mas esta noite você está comigo.

Ele pressionou a boca na minha, beijando-me com o mesmo jeito selvagem que eu conhecia e adorava. Coloquei os braços em volta dele, agarrando-o com o máximo de força possível. Ele me ergueu, ainda com os lábios nos meus, e me carregou até a cama.

Finn me deitou nela e segundos depois o seu corpo estava sobre o meu. Adorei senti-lo, o seu peso me pressionando. A sua barba por fazer arranhava minha pele enquanto ele cobria o meu rosto e pescoço de beijos.

Suas mãos foram até as alças do meu vestido, abaixando-as, e eu percebi um tanto surpresa até onde podíamos chegar naquela noite. Ele sempre interrompia tudo antes que as coisas esquentassem demais, mas agora suas mãos estavam agarrando meus seios enquanto ele me beijava.

Levantei o braço e desabotoei sua camisa com tanta rapidez que um dos botões soltou. Minhas mãos percorreram o seu peito, deliciando-se com os contornos suaves de seus músculos e com o seu coração em disparada. Ele abaixou-se, beijando-me apaixonadamente mais uma vez, e sua pele nua pressionou a minha.

A sua pele roçava em mim, a sua boca procurava a minha, e o seu braço estava me envolvendo, apertando-me com mais força ainda.

Enquanto nos beijávamos, meu coração encheu-se de alegria, e um alívio enorme tomou conta de mim quando percebi que minha primeira vez seria com Finn. Mas esse pensamento logo foi obscurecido quando me dei conta de outra coisa.

Minha primeira vez até poderia ser com Finn, mas também seria a minha última vez com ele.

Eu ainda teria de me casar com Tove no dia seguinte. E, mesmo se eu não me casasse com ele, nunca poderia ficar com Finn.

Eu tinha visto Finn pela última vez na véspera da minha festa de noivado, quase três meses antes, quando nos beijamos na biblioteca. Ele ficou horrorizado com o que tinha feito, por ter escolhido ficar comigo, em vez de cumprir seu dever, mesmo que apenas por um segundo. Ele foi embora do palácio assim que pôde.

Finn se ofereceu para a missão de rastreamento dos outros changelings e eu sabia de certa forma que ele tinha feito isso para ficar longe de mim. Nós mal nos falávamos havia meses. Eu estava assumindo os assuntos relacionados ao palácio, tomando as decisões mais difíceis da minha vida, e estava fazendo tudo isso sem ele.

Se eu dormisse com Finn agora, seria exatamente isso que aconteceria de novo, a mesma coisa que sempre acontecia toda vez que ficávamos mais próximos. Ele desaparecia imediatamente depois. Ele iria se esconder, sentindo-se mal, e me evitaria.

E desta vez eu não seria capaz de aguentar isso. Estava pedindo para que eu me entregasse completamente a ele, quando na verdade ele próprio nunca estaria disposto a fazer o mesmo. Apenas desapareceria da minha vida mais uma vez. Eu precisava que ele ficasse comigo, do meu lado, não que fosse embora de tanta vergonha. Eu precisava que Finn abrisse mão da honra por mim, e o máximo que ele podia me oferecer era uma noite.

Mesmo se eu passasse a noite com ele, isso não significaria nada. Ele iria embora no dia seguinte e eu me casaria com Tove, como Finn queria que eu fizesse, e eu ficaria ainda mais arrasada do que antes.

— O que aconteceu? — perguntou Finn, percebendo uma mudança no meu comportamento.

— Não posso — sussurrei. — Desculpe, mas não posso fazer isso.

— Você tem razão. Desculpe. — Finn pareceu envergonhado e saiu de cima de mim apressado. — Não sei em que estava pensando. Desculpe. — Ele se levantou e abotoou a camisa rapidamente.

– Não, Finn. – Eu me sentei, arrumando o vestido. – Não precisa pedir desculpas, mas... não posso mais fazer isso.

– Eu entendo. – Ele ajeitou o cabelo e desviou o olhar.

– Não, Finn, quis dizer que... – Engoli em seco e suspirei trêmula. – Não posso mais amar você.

Ele olhou para mim com dor e surpresa no olhar, mas não disse nada. Apenas ficou parado por um instante.

– Você disse que amanhã à noite eu vou pertencer a outra pessoa e hoje à noite eu pertenceria a você, mas não é assim que as coisas funcionam, Finn. – Lágrimas escorriam pelas minhas faces, e eu as enxuguei. – Eu não pertenço a ninguém e não dá pra você ter só uma parte de mim quando não está conseguindo se conter. Eu sei que essa nunca foi a sua intenção. Nenhum de nós queria que as coisas terminassem assim. Nós ficamos juntos quando pudemos. Momentos às escondidas e beijos roubados. Eu entendo isso. E não o culpo por nada, mas... não posso mais fazer isso.

– Eu não... – A voz de Finn foi ficando mais baixa. – Eu nunca quis isso pra você. Quer dizer, isso que a gente tinha entre nós, o que quer que tenha sido. Você merece mais do que eu jamais seria capaz de dar, mais do que o amor que eu não tenho a permissão de dar.

– Estou tentando mudar as coisas – falei. – E admito que parte da minha motivação para isso foi um pouco egoísta. Queria revogar as leis para que um dia nós talvez pudéssemos ter uma chance de verdade de ficar juntos. Mas... não posso garantir isso. E, mesmo se pudesse, amanhã vou me casar com outra pessoa.

— Eu não esperaria menos de você, princesa – disse ele baixinho. – Desculpe por tê-la incomodado. – Ele passou pela porta e parou antes de ir embora, mas não olhou para mim. – Eu desejo o melhor para seu casamento. Espero que vocês dois sejam muito felizes.

Depois que ele foi embora, tentei não chorar. Willa ficaria tão chateada comigo se meu rosto estivesse vermelho e inchado de manhã. Fui até o closet tentando conter as lágrimas enquanto tirava o vestido e colocava o pijama. Quando estava voltando para a cama, avistei a caixinha na minha cômoda; o presente de Finn.

Lentamente, abri a caixa. Era um anel prateado com a pedra do meu signo, uma granada, no centro de um coração. E por algum motivo ver aquilo me fez perder o controle. Deitei na cama aos prantos, de luto por um relacionamento que jamais pude ter.

SEIS

altar

Queria que Matt entrasse comigo na cerimônia. Em boa parte da minha vida, o mais próximo que já tive de um pai de verdade foi ele, mas as autoridades Trylle achariam o cúmulo se isso acontecesse. A marksinna Laris provavelmente daria um jeito de me destronar, alegando insanidade.

Mas pelo menos a marksinna Laris e os outros Trylle não influenciavam em nada a escolha das pessoas que podiam me ajudar a me arrumar. Duncan ficou do lado de fora do quarto a manhã inteira, mandando todo mundo ir embora, exceto Matt e Willa. Todas as outras pessoas só me veriam no salão de baile, e o pai de Willa entraria comigo.

Estava pronta havia horas. Após terminar tudo com Finn, não consegui dormir. O sol não tinha nem nascido quando me levantei e comecei a me arrumar. Willa chegou cedo para me ajudar, mas eu tinha aprendido a fazer o meu cabelo e a minha maquiagem sozinha. Ela só fez me ajudar a abotoar o vestido e tentar me consolar, mas isso já bastava, era tudo de que eu precisava.

— Está tão pálida — disse Willa, quase com tristeza. — Está quase tão branca quanto o vestido.

Ela sentou-se ao meu lado, no baú que ficava ao pé da minha cama. A longa cauda de cetim do meu vestido nos rodeava, e Willa não parava de ajeitá-la para que não sujasse ou amassasse. O vestido dela também era lindo, e era mesmo para ser, pois foi ela que o escolheu. Era verde-esmeralda com enfeites pretos.

— Sossega — disse Matt quando Willa tentou ajeitar meu vestido mais uma vez. Ele estava andando de um lado para outro do quarto, mexendo nas abotoaduras e no colarinho da camisa.

— Estou sossegada. — Willa fulminou-o com o olhar, mas desistiu de ajeitar meu vestido. — Hoje é o casamento dela. Quero que ela fique perfeita.

— Está deixando ela nervosa. — Matt gesticulou para mim, pois eu estava olhando para o nada.

— Se tem alguém deixando ela nervosa, é você — argumentou ela. — Você não parou quieto aqui no quarto a manhã inteira.

— Desculpe. — Ele parou, mas ficou parecendo igualmente agitado. — Minha irmãzinha vai se casar. E bem antes do que eu imaginava. — Ele despenteou o cabelo loiro e curto e depois suspirou. — Você não precisa fazer isso, Wendy. Você sabe disso, não é? Se não quiser casar com ele, não precisa. Quer dizer, você não devia fazer isso. Você é nova demais para tomar uma decisão como essa.

— Matt, ela sabe disso — disse Willa. — Você já disse exatamente isso umas mil vezes hoje.

— Desculpe — repetiu Matt.

— Princesa? — Duncan abriu a porta com cuidado e colocou a cabeça para dentro do quarto. — Você me pediu para vir chamá-la às quinze para uma, e são quinze para uma agora.

— Obrigada, Duncan — falei.

— E aí? — Willa olhou para mim, sorrindo. — Está pronta?

— Acho que vou vomitar — disse para ela com sinceridade.

— Talvez não seja só nervosismo — disse Matt. — Talvez ela não queira fazer isso.

— Matt! — exclamou Willa e olhou para mim. Havia ternura e preocupação em seus olhos castanhos. — Wendy, você quer fazer isso?

— Sim — respondi com firmeza e concordei com a cabeça. — Quero, sim.

— Tudo bem. — Ela levantou-se. Sorrindo, estendeu a mão para mim. — Então vamos para o seu casamento.

Segurei a mão dela e a apertei para me tranquilizar enquanto me levantava. Duncan estava nos aguardando à porta e, quando comecei a andar, ele se aproximou para pegar a cauda, para que não ficasse arrastando no chão.

— Espera — disse Matt. — É o último momento que tenho para falar com você antes do casamento. Então, hum, só queria dizer que... — Ele atrapalhou-se por um instante e ficou mexendo na manga da camisa. — Na verdade, tinha tanta coisa que eu queria dizer. Vi você amadurecer tanto, Wendy. E você era uma moleca. — Ele riu com nervosismo, e eu sorri. — Você amadureceu bem na minha frente — disse ele. — Você é forte, inteligente, compassiva e linda. Não podia estar mais orgulhoso da mulher que se tornou.

— Matt. — Enxuguei os olhos depressa.

— Matt, não faça ela chorar — disse Willa, fungando um pouco.

— Desculpe — disse Matt. — Não queria fazer você chorar, e sei que você tem que descer. Mas queria dizer que, não importa o que acontecer, hoje, amanhã, seja quando for, você sempre será minha irmãzinha e eu sempre estarei ao seu lado. Eu amo você.

— Eu também amo você — falei, e o abracei.

— Que amável — disse Willa quando ele me soltou. Ela deu um rápido beijo nos lábios dele antes de me levar para fora do quarto. — Mas teria sido melhor se você tivesse dito isso em algum momento durante a última hora, quando não estávamos fazendo nada. Agora precisamos mesmo nos mandar.

Felizmente, nós nunca usávamos sapatos, assim seria fácil correr até o salão de baile. Antes mesmo de chegarmos, já dava para ouvir a música. Aurora tinha colocado uma orquestra para tocar "Moonlight Sonata", e dava para escutar o murmúrio dos convidados acompanhando a música.

As madrinhas e os padrinhos estavam formando uma fila do lado de fora das portas, esperando eu chegar para poderem entrar. Garrett sorriu ao me ver. Ele sempre foi bondoso comigo, e por isso o escolhi para entrar na cerimônia comigo.

— Cuide bem dela, pai — disse Willa enquanto me entregava para ele. — Ela está nervosa.

— Não se preocupe. — Garrett sorriu, oferecendo-me o braço. — Prometo que não vou deixar você cair nem tropeçar quando estiver entrando.

— Obrigada. — Dei um sorriso forçado para ele.

Uma das minhas madrinhas me entregou um buquê de lírios. Eu me senti melhor por estar segurando alguma coisa; serviu como uma âncora para mim.

Enquanto os padrinhos e as madrinhas entravam, eu não parava de engolir em seco, tentando desesperadamente conter a náusea que tomava conta de mim. Era apenas Tove. Eu não precisava ter medo. Ele era uma das únicas pessoas no mundo em que eu realmente confiava. Eu era capaz de fazer isso. Eu era capaz de me casar com ele.

Willa acenou discretamente para mim antes de se virar e entrar. Duncan estava atrás de mim, endireitando a cauda o máximo possível, mas a música chegou ao crescendo, e era a minha vez de ir. Duncan soltou o vestido, e ele e Matt sorriram, encorajando-me. Eles não queriam entrar escondidos na cerimônia naquele momento, por isso esperariam do lado de fora do salão, e assistiriam de longe.

Comecei a caminhar pelo tapete de veludo verde no meio do salão, onde pétalas de rosas brancas tinham sido espalhadas por uma daminha, e achei que fosse desmaiar. O fato de o tapete parecer não ter fim me deixava ainda mais nervosa. O salão de baile estava abarrotado de gente e, quando eu entrei, todos se levantaram e viraram na minha direção.

Rhys e Rhiannon estavam na última fileira, e Rhiannon acenou loucamente ao me ver. Eu conhecera boa parte daquelas pessoas depois que comecei a administrar o palácio, mas tinha pouquíssimos amigos. Tove estava no altar, parecendo quase tão nervoso quanto eu, o que por alguma razão fez com que eu me sentisse um pouco melhor. Nós dois estávamos com medo, mas estávamos juntos nisso.

Elora posicionara-se mais à frente, e era a única pessoa que não estava em pé; ela provavelmente estava fraca demais para se levantar. Só o fato de ela poder comparecer já me deixou feliz, e ela sorriu quando passei. Foi um sorriso genuíno, e aquilo mexeu comigo.

Subi os dois degraus do altar, afastando-me de Garrett, e Tove segurou minha mão. Ele apertou-a e me lançou um sorriso sutil quando parei ao lado dele. Willa ficou se mexendo atrás de mim, ajeitando meu vestido mais uma vez.

– Oi – disse Tove.

– Oi – respondi.

– Podem se sentar – disse o markis Bain. Além de ser o encarregado de escolher as moradias dos changelings, ele era autorizado a celebrar casamentos Trylle. Estava em pé na nossa frente, vestindo um terno branco, sorrindo com nervosismo, e seus olhos azuis pareceram se fixar em Tove por um instante.

Os convidados atrás de nós sentaram-se, mas tentei não pensar neles. Tentei não pensar que não avistei Finn quando passei os olhos por toda a multidão. O pai dele estava presente, vigiando a entrada, mas Finn provavelmente tinha ido embora outra vez. Ele tinha trabalho a fazer, e estava tudo acabado entre nós.

– Caríssimos – disse o markis Bain, interrompendo meus pensamentos. – Estamos reunidos aqui hoje para unir esta princesa e este markis em sagrado matrimônio, o que deve ser honrado entre todos os Trylle. Portanto, não deve ser assumido levianamente, mas sim de modo discreto, reverente, deliberado e solene.

Ele abriu a boca para prosseguir, mas uma pancada barulhenta sacudiu o palácio. Eu pulei e olhei para a porta, como fizeram todos os demais. Matt estava lá fora, perto das portas, mas Duncan saiu em disparada pelo corredor.

— O que foi isso? — perguntou Willa, exprimindo o que todos estavam pensando.

— Princesa! — gritou Duncan, aparecendo à porta. — Eles estão vindo atrás de você.

— O quê? — perguntei.

Joguei o buquê para o lado, ergui a saia do vestido e saí correndo do altar. Willa chamou meu nome, mas eu a ignorei. Estava apenas na metade do tapete quando escutei a voz forte e enrouquecida de Oren:

— Não estamos vindo atrás de ninguém — disse Oren. — Se fosse apenas um trabalho sujo, eu não estaria aqui.

Parei onde estava, sem saber o que fazer, e Oren apareceu. Duncan e Matt correram até ele, mas os dois seguranças Vittra que estavam com Oren os agarraram. Assim que eles tocaram em Matt, eu ergui a mão e, usando minhas habilidades, fiz com que saíssem voando para trás. Eles colidiram com a parede e eu mantive a mão erguida, mantendo-os presos a ela.

Oren sorriu.

— Impressionante, princesa.

Ele bateu palmas, mas o som foi abafado por suas luvas de couro pretas. Seu cabelo longo e escuro tinha o mesmo brilho que o cabelo de Elora tivera, mas seus olhos eram pretos como carvão.

Não foi minha intenção deixá-lo em pé. Eu queria que ele também tivesse caído, para que visse o quanto eu era poderosa, mas ele não caiu. Os Vittra eram mais fortes do que os Trylle, Oren mais ainda, e Tove tinha me advertido a respeito disso — talvez as minhas habilidades não funcionassem nele.

Matt e Duncan levantaram-se, perplexos com a rapidez da minha reação. Sara, a esposa de Oren, estava ao lado dele, mas um pouco mais atrás. Ela baixou os olhos e ficou parada. Oren estava todo de preto, o que era uma escolha bizarra para um casamento.

— O que você quer? — perguntei.

— O que eu quero? — Oren riu e abriu os braços. — É o casamento da minha única filha. — Ele deu um passo para a frente, e eu soltei os seguranças, que caíram no chão. Assim eu poderia concentrar todas as minhas energias em Oren, caso fosse necessário.

— Pare — ordenei, estendendo a palma da mão para ele. — Se der mais um passo, vou fazer você sair voando pelo teto.

O teto do salão de baile era todo de vidro, então isso não seria tão impressionante quanto parecia, especialmente por eu nem saber se conseguiria. Mas eu sabia que Tove estava alguns metros atrás de mim, o que me dava mais confiança.

— Princesa. — Oren fez um muxoxo. — Isso é maneira de cumprimentar o seu pai?

— Considerando que você tentou me sequestrar e me matar, sim, acho que é a única maneira adequada de cumprimentá-lo — respondi.

— *Eu* nunca fiz nada. — Oren colocou as mãos no peito. — Mas olhe só para mim agora, princesa. Vim sem nenhum exército. Vim somente com minha esposa e dois seguranças para me ajudar no trajeto até aqui. Garanto para você que quero manter a nossa parte do contrato enquanto você também mantiver a sua. Não vou atacar você nem o seu povo no território de Förening. Contanto, é claro, que você faça o mesmo.

Os olhos dele brilharam ao dizer isso. Ele estava me provocando. Ele queria que eu iniciasse um ataque, que eu o machucasse, para que eles pudessem revidar. Se eu realmente fizesse isso, uma guerra entre os Vittra e os Trylle começaria por minha causa, e nós não estávamos prontos para isso.

Talvez eu até fosse capaz de defender a mim mesma e a alguns membros da nossa população, mas a maioria dos seguranças e dos rastreadores havia partido. Se Oren tivesse trazido mais Vittra e eles estivessem aguardando nas proximidades de Förening, os Trylle seriam massacrados. Meu casamento viraria um banho de sangue.

– Em respeito ao nosso tratado, peço que você se retire do nosso território – argumentei. – Este é um evento fechado, e você não foi convidado.

– Mas eu vim entregar você ao seu noivo – disse Oren, fingindo estar magoado. – E fiz toda essa viagem só por sua causa.

– Chegou muito tarde – respondi. – Além do mais, eu nunca fui sua, então você não tem o direito de me entregar para o meu noivo.

– Então quem aqui possui você a ponto de ter o direito de levá-la ao altar? – perguntou Oren.

– Oren! – gritou Elora, e todos no salão viraram-se para ela. – Deixe-a em paz. – Ela estava em pé do outro lado do corredor, perto do altar, e Garrett também estava atrás dela. Tenho certeza de que era para segurá-la caso ela caísse, mas parecia que ele estava apenas protegendo-a.

– Ah, minha rainha. – Oren sorriu com malícia para ela. – Aí está você.

— Você já se divertiu o suficiente – disse Elora. – Agora retire-se. Já toleramos você o bastante.

— Olha só pra você. – Ele riu para si mesmo. – Você se descuidou mesmo, não foi? Agora, sim, está parecendo a velha coroca que sempre soube que você era.

— Basta! – exclamei para ele. – Pedi educadamente para você se retirar. Não vou pedir de novo.

Ele ficou me observando, tentando ver se eu estava de fato sendo sincera, e eu fiquei com a expressão mais séria possível. Finalmente ele deu de ombros, como se não estivesse dando importância à situação.

— Como preferir, princesa – disse ele. – Mas, pelo estado da sua mãe, não vai demorar para que você se torne rainha. Então nos veremos em breve.

Ele virou-se para ir embora, e baixei a mão, então ele parou.

— Mais uma coisa, princesa. – Oren olhou para mim novamente. – Acredito que parte do meu lixo veio parar aqui. Ele tem sido um terrível incômodo, mas pertence a mim, por isso eu o quero de volta.

— Garanto que não sei do que você está falando – respondi, sabendo que nunca devolveria Loki para ele. Eu vi o que ele tinha feito com Loki, e não deixaria que isso acontecesse novamente.

— Se ele aparecer – disse Oren, e eu não sabia se ele tinha acreditado em mim ou não –, mande-o para mim.

— Claro – menti.

Oren virou-se e saiu em disparada, sem nem esperar por Sara. Ela me lançou um sorriso envergonhado antes de correr atrás dele. Os seguranças finalmente se levantaram e se apressaram para alcançá-los. Escutei Oren dizer algo conforme eles se afastavam, mas não consegui entender o quê.

Duncan continuava parado à porta. Usando o meu poder de falar pela mente, pedi para que ele se certificasse de que Oren e Sara tinham mesmo partido.

Todos estavam olhando para mim, aguardando a minha reação. Eu queria soltar um suspiro de alívio, relaxar a postura, mas não podia. Eu não podia deixar transparecer o quanto estava aturdida, nem que eu tinha me apavorado achando que meu pai fosse nos matar e que eu não fosse capaz de fazer nada para impedi-lo.

– Desculpem a interrupção – falei com a voz impressionantemente calma, e dei o meu sorriso mais educado para os convidados. – Como tudo já foi resolvido, acredito que temos um casamento a realizar. – Eu me virei para Tove, ainda sorrindo. – Presumo que você ainda queira se casar comigo.

Ele também sorriu.

– Claro.

Ele estendeu o braço para mim. Enquanto voltávamos ao altar, a orquestra começou a tocar "Moonlight Sonata" de novo.

– Como você está? – perguntou Tove baixinho quando subíamos os degraus do altar.

– Estou bem – sussurrei. – Casar não parece mais tão assustador agora.

Paramos diante do markis Bain e eu olhei por cima do ombro. Duncan estava na porta e formou com a boca as palavras "já foram". Sorri com gratidão para ele e me virei de novo para o markis.

– Podemos dar início aos votos? – perguntou o markis Bain. – Princesa, markis, virem-se um para o outro.

Eu me virei para Tove, dando um sorriso forçado e torcendo para que ele não escutasse meu coração em disparada. Com algumas palavras simples e uma troca de anéis, prometi aceitá-lo como meu marido até a morte. Selamos o casamento com um rápido beijo, e os convidados aplaudiram com entusiasmo.

SETE

interlúdio

Felizmente houve um interlúdio entre a cerimônia e a recepção, quando as cadeiras foram removidas e substituídas por mesas, e a pista foi organizada. Não sabia onde os recém-casados deviam ficar durante aquele intervalo, mas eu fiquei trancada com Willa no banheiro mais próximo.

Joguei água fria no rosto, mesmo sabendo que isso enlouqueceria Willa, mas só assim eu clarearia a mente. Quando me senti melhor, sequei o rosto com papel-toalha e ela retocou minha maquiagem freneticamente.

Saímos do banheiro a tempo de Tove e eu fazermos a nossa grande entrada como marido e mulher. Garrett levantou-se e nos apresentou como príncipe Tove e princesa Wendy Kroner, e todos aplaudiram mais uma vez.

O salão de baile estava espetacular. Não sei como eles foram capazes de fazer aquilo num período de tempo tão curto. Se eu fosse o tipo de garota que sonha com um casamento de conto de fadas, seria exatamente assim que eu teria imaginado. Os candelabros acesos durante a cerimônia tinham sido apagados, então o salão estava iluminado pelas pequenas lâmpadas penduradas por todo canto. Velas brilhavam nas mesas. O salão inteiro cheirava a lírios devido à enorme quantidade de flores.

Enquanto todos nos observavam, Tove e eu tivemos a nossa primeira dança ao som de "At Last", de Etta James. Eu o deixara escolher a música, e Tove era fã de Etta James. Dançamos bem, graças às inúmeras aulas a que Willa nos obrigou a comparecer para que tudo fosse perfeito, mas não saímos rodopiando pelo salão como se fosse mágica.

No fim da dança, a orquestra recomeçou com Bach. Eu teria adorado passar a noite dançando com Tove, mas assim que a música acabou todos vieram para a pista de dança. Eu teria que dançar com todos que me convidassem.

Garrett foi o próximo, e Aurora dançou com Tove. Minha própria mãe provavelmente não dançaria com ele, mas ela ainda estava na recepção. Imaginei que fosse ficar a noite inteira, independentemente do quanto estivesse cansada ou fraca. Após o comentário de Oren, ela precisava provar que ainda estava bem, mesmo se não estivesse.

Willa dançou comigo uma vez, e foi ótimo. Ela me fez rir, o que foi muito bom. Eu estava com os ombros completamente tensos e sabia que eles estariam bem doloridos quando a noite acabasse.

Avistei Matt, Rhys, Rhiannon e Duncan sentados a uma mesa mais ao fundo enquanto um markis me fazia rodopiar. Queria escapar da dança e passar alguns instantes com eles, mas parar de dançar significaria que eu teria que ir de mesa em mesa, falando com as pessoas. E essa era a única coisa que eu achava que seria pior ainda do que dançar.

Fiquei irritada e surpresa ao ver quantas pessoas aproveitaram a oportunidade para falar comigo a respeito de uma lei que queriam aprovar, da família com quem queriam que o filho ficasse ou para simplesmente reclamar dos impostos. Apesar de tudo na minha vida agora ser motivado pela política, teria sido maravilhoso dançar algumas músicas fingindo que isso não era verdade.

O chanceler me tirou para dançar, claro, e eu fiz de tudo para me manter distante, mas ele não parava de me puxar para si. Já era difícil ficar longe de seu tronco suado, pois sua barriga era muito redonda. Sua mão gigantesca provavelmente deixaria uma marca de suor nas minhas costas de tanto que ele me pressionava.

– Você está muito, muito bonita hoje, princesa – disse o chanceler. Odiava a maneira insinuante como ele estava me olhando. Fiquei até arrepiada.

– Obrigada. – Sorri porque não tinha escolha, mas foi difícil.

– Mas queria que você tivesse aceitado a minha oferta. – Ele lambeu os lábios já úmidos de suor. – Lembra? Da última vez que dançamos juntos, sugeri que eu e você...

– Com licença – disse Tove, aparecendo ao meu lado. – Gostaria de dançar com minha esposa, se não se importar.

– Sim, claro. – O chanceler fez uma reverência e se afastou, mas ele não se deu o trabalho de disfarçar a irritação em seu rosto redondo.

– Obrigada – falei quando Tove segurou minha mão.

– Não dance mais com ele – disse Tove, soando exasperado. – Estou implorando. Fique o mais longe dele possível.

– Com prazer – respondi, e lancei um olhar desconfiado. – Por quê?

— Aquele homem é insuportável. — Ele fez uma careta e olhou de novo para o chanceler, que já estava enfiando mais um pedaço de bolo na boca. — Ele tem os pensamentos mais pervertidos e vis que já escutei. E fica tão mais barulhento quando está perto de você. As coisas nojentas que ele queria fazer com você... — Tove chegou até a tremer ao dizer isso.

— O quê? — perguntei. — Como você sabe? Achei que não fosse capaz de ler pensamentos.

— E não sou — disse Tove. — Só escuto as pessoas quando elas projetam, e pelo jeito ele projeta quando está entusiasmado. Olha que eu passei o dia inteiro movendo coisas para enfraquecer minhas habilidades, e não estou conseguindo escutar quase nada. Mas eu o escutei em alto e bom som.

— Ele é tão ruim assim? — perguntei, sentindo nojo por ter deixado o chanceler me tocar.

Tove fez que sim com a cabeça.

— Ele é terrível. Assim que tivermos a oportunidade, teremos de tirá-lo do cargo. Tirá-lo de Förening, se possível. Não o quero perto do nosso povo.

— Sim, com certeza — concordei. — Já estou arquitetando um plano para me livrar dele.

— Ótimo — disse Tove, e sorriu para mim. — Já estamos trabalhando juntos.

Um murmúrio espalhou-se pela multidão e eu me virei, querendo entender o alvoroço. Foi então que o vi passar entre as mesas como se as pessoas não estivessem parando para olhá-lo.

Loki arriscara-se a sair do quarto onde estava escondido, na área dos empregados. Como eu lhe concedera anistia, ele já não estava mais sendo vigiado e podia andar por onde quisesse, mas eu não o convidara para o casamento.

Enquanto Tove e eu dançávamos, não tirei os olhos de Loki. Ele deu a volta na pista de dança e foi até as bebidas sem tirar os olhos de mim. Loki pegou uma taça de champanhe da mesa e mesmo enquanto bebia não parou de me olhar.

Outro markis aproximou-se e me tirou para dançar, porém eu mal percebi a mudança de parceiro. Tentei me concentrar na pessoa com quem eu estava dançando. Mas a maneira como Loki me olhava era significativa, e eu não conseguia ignorar isso.

A orquestra agora tocava algo contemporâneo, seguindo a lista que Willa tinha feito. Ela insistira que a festa inteira seria um tédio se só tocassem música clássica.

O murmúrio amenizou-se, e as pessoas voltaram a dançar e conversar. Loki deu mais um gole no champanhe, colocou a taça na mesa e atravessou a pista de dança. Todos se afastavam quando ele passava; eu não sabia se era por medo ou por respeito.

Ele vestira-se todo de preto. Eu não fazia ideia de onde ele tinha arranjado as roupas, mas estava realmente elegante.

– Posso interromper a dança? – perguntou Loki para o meu parceiro, mas seus olhos estavam fixos em mim.

– Hum, não sei se devia fazer isso – disse o markis meio sem jeito, mas eu já estava me afastando dele.

– Não, está tudo bem – falei.

O markis afastou-se após alguma hesitação, e Loki segurou minha mão. Um arrepio percorreu minha espinha sob seu toque, mas eu tentei disfarçar e coloquei minha mão em seu ombro.

– Sabe, você não foi convidado – soltei, mas ele só fez dar um sorriso sarcástico enquanto começávamos a dançar.

— Então me expulse.

— Talvez eu faça isso mesmo. — Ergui a cabeça de maneira provocativa, o que só o fez rir.

— Se for o desejo da princesa — debochou ele, mas não deu nenhuma indicação de que ia embora e, por alguma estranha razão, eu me senti aliviada.

— Então não soube do que aconteceu na cerimônia? — perguntei, na esperança de evitar que ele fosse mesmo embora. — Oren veio me parabenizar pelo casamento.

— Escutei um dos guardas comentando a respeito — contou Loki, com os olhos cor de caramelo ficando sérios. — Eles disseram que você se saiu bem e que se defendeu.

— Foi o que tentei fazer, pelo menos. — Dei de ombros. — Ele estava procurando você.

— O rei? — perguntou Loki, e eu concordei com um movimento de cabeça. — Você vai me entregar a ele?

— Ainda não decidi — brinquei, e ele sorriu de novo, desfazendo a sua seriedade momentânea. — Então, onde foi que arranjou o terno?

— Acredite ou não, foi aquela sua amiga adorável, Willa — disse Loki. — Ontem à noite ela me trouxe um monte de roupas novas. Quando perguntei por que estava sendo tão generosa, ela disse que era porque estava com medo de que eu fosse circular por aí pelado.

Sorri.

— Parece mesmo algo que você faria. Mas por que está todo de preto? Não sabia que vinha para um casamento?

— É exatamente o contrário — disse ele, esforçando-se ao máximo para manter uma expressão triste. — Estou de luto pelo casamento.

— Ah, por ser tarde demais? – perguntei.

— Não, Wendy, nunca é tarde demais. – Sua voz estava tranquila, mas os olhos eram solenes.

— Posso interromper? – perguntou o padrinho.

— Não, não pode – disse Loki. Comecei a me afastar dele, mas ele me segurou depressa.

— Loki. – Arregalei os olhos.

— Ainda estou dançando com ela – disse Loki, virando-se para ele. – Pode dançar com ela quando eu terminar.

— Loki – chamei novamente, mas ele já estava rodopiando comigo. – Não pode fazer isso.

— Já fiz. – Ele sorriu. – Ah, Wendy, não fique tão surpresa. Já sou o príncipe rebelde do inimigo. Não tem muita coisa que eu possa fazer pra piorar minha imagem.

— Mas certamente pode piorar a minha – salientei.

— Nunca – disse Loki, e foi a vez dele de ficar surpreso. – Estou apenas mostrando a eles como as coisas são.

Ele começou a rodopiar comigo pela pista de dança em círculos enormes, meu vestido esvoaçando atrás de mim. Ele era um exímio dançarino e movimentava-se com graça e velocidade. Todos pararam para nos observar, mas não me importei. Era assim que uma princesa devia dançar no dia do seu casamento.

A música acabou e a orquestra passou a tocar Mozart. Ele passou a me conduzir mais devagar, quase parando, porém continuou com os braços ao meu redor.

— Obrigada. – Sorri. Senti que minha pele estava corada por causa da dança, e eu perdera um pouco o fôlego. – Foi uma dança maravilhosa.

— De nada – disse ele, encarando-me intensamente. – Você está tão bonita.

— Para com isso — respondi, desviando o olhar e sentindo minhas bochechas corarem.

— Não é possível que esteja corando — disse Loki, sorrindo. — Você deve escutar o quanto é bonita umas mil vezes por dia.

— Não é a mesma coisa — falei.

— Não é a mesma coisa? — repetiu Loki. — Por quê? Porque você sabe que eles não falam com tanta sinceridade quanto eu?

Paramos de dançar naquele instante e nenhum de nós falou nada. Garrett aproximou-se. Ele sorriu, mas seus olhos não pareciam estar tão felizes.

— Posso interromper? — perguntou Garrett.

— Sim — disse Loki, fazendo desaparecer a intensidade de antes e dando um enorme sorriso para Garrett. — Ela é toda sua, cavalheiro. Cuide bem dela.

— Ele a estava incomodando? — perguntou Garrett quando começamos a dançar.

— Hum, não. — Balancei a cabeça. — É que ele é... — Não completei a frase, pois não sabia o que ele era.

Observei Loki virar mais uma taça de champanhe; depois ele saiu do salão de baile tão repentinamente quanto tinha chegado.

— Tem certeza? — perguntou Garrett.

— Sim, está tudo bem. — Sorri para ele, tranquilizando-o. — Por quê? Estou encrencada por ter dançado com ele?

— Acho que não — respondeu ele. — É o seu casamento. É para você se divertir um pouco. Teria sido ótimo se tivesse sido com o noivo, mas... — Ele deu de ombros.

— Elora não está aborrecida, está? — perguntei.

– Elora não tem mais forças para ficar aborrecida – disse Garrett, quase com uma tristeza na voz. – Não se preocupe com ela. Você já tem coisas demais na cabeça.

– Obrigada.

Dei uma olhada na pista de dança. Willa estava dançando com Tove novamente, e, quando os seus olhos encontraram os meus, ela me lançou um olhar de *o que diabos foi aquilo*. Presumi que ela estava se referindo à minha dança com Loki, mas Tove não parecia chateado. Isso já era alguma coisa.

OITO

a manhã seguinte

Ainda que meu vestido pesasse no mínimo dez quilos, eu nunca tinha me sentido tão nua em toda a minha vida.

Estava na frente da minha nova cama, no meu novo quarto. Ali costumavam ser os aposentos de Elora, mas agora eles eram meus, e eu devia dividi-los com o meu marido. Tove estava ao meu lado, e por um instante nós dois ficamos apenas encarando a cama.

Quando a recepção começou a acalmar, os pais de Tove, minha mãe, Willa, Garrett e mais algumas autoridades, incluindo aquele chanceler nojento, acompanharam-nos até o quarto. Todos estavam rindo, falando de como tudo seria mágico, e depois saíram e fecharam a porta atrás de nós.

— Na noite de núpcias, quando um príncipe ou um rei se casava, as pessoas costumavam fechar as cortinas ao redor da cama de quatro colunas – disse Tove. — A família e as autoridades ficavam lá sentadas a noite inteira para se certificarem de que o casal estava fazendo sexo.

— Que coisa perturbadora – falei. — Por que diabos eles fariam isso?

Ele deu de ombros.

— Para garantir que eles gerariam descendentes. É o único motivo pelo qual organizavam os casamentos.

— Então acho que eu devia ficar contente por eles não fazerem isso conosco.

— Acha que estão ouvindo do outro lado da porta?

— Espero que não.

Continuamos encarando a cama, evitando olhar um para o outro. Acho que nenhum de nós sabia o que fazer. O meu plano era esperar o suficiente para ter certeza de que todo mundo já tinha se entediado e ido embora, mas, fora isso, eu não fazia ideia de como a noite ia correr.

Tove e eu nunca teríamos um matrimônio normal, mas, por algum motivo, realmente presumi que consumaríamos a nossa união na noite de núpcias. Afinal, terminaríamos tendo que fazer isso de todo jeito, pois era esperado que gerássemos um herdeiro para o trono, independentemente de sentirmos atração um pelo outro ou não. Ou, no caso de Tove, de sentir ou não atração pelo meu gênero.

— Que vestido pesado — desabafei, finalmente.

— Parece pesado mesmo. — Tove deu uma olhada no vestido e na cauda, que tinha sido recolhida nas costas para que eu pudesse dançar. — Só a cauda deve pesar uns cinco quilos.

— No mínimo — concordei. — Então... eu queria tirá-lo.

— Ah, claro. — Ele parou. — Pode tirar. Eu acho.

— Bom... eu preciso da sua ajuda. — Apontei para as costas do vestido. — Tem tipo uns mil botões e fechos para abrir, e não consigo alcançá-los.

— Ah, sim, claro. — Tove balançou a cabeça. — Eu já devia saber.

Virei-me de costas e esperei pacientemente que ele desabotoasse tudo. Na verdade, era um pouco ridículo. O vestido era feito para ser tirado, e mesmo assim Tove demorou pelo menos quinze minutos para desabotoá-lo por inteiro. Durante todo esse tempo, nenhum de nós abriu a boca para dizer uma palavra.

— Pronto – disse ele. — Resolvido.

— Obrigada. – Segurei o vestido na frente para que não caísse e me virei na direção dele. — Será que eu devia... preciso colocar meu pijama?

— Ah. — Ele esfregou as mãos na calça. — Hum, se quiser.

— Você vai colocar o seu? – perguntei.

— Hum... vou. – Ele mordeu a bochecha e baixou os olhos. – Não precisamos fazer isso. Quer dizer, fazer sexo. Podemos fazer se você quiser. Eu acho. Mas não precisamos.

— Ah – falei, pois parecia ser a única resposta possível.

— Você quer? – perguntou Tove, olhando para mim.

— Hum... não, não quero – admiti. — Mas talvez a gente pudesse tentar se beijar.

— Não, tudo bem. – Ele coçou a parte de trás da cabeça e deu uma olhada no quarto. — Podemos fazer tudo com calma. Hoje é só a nossa primeira noite. Vamos ter a vida inteira para... para dar um jeito de dormir um com o outro.

— Pois é. — Eu ri com nervosismo. — Então vou colocar meu pijama, tá bom?

— Sim, eu também.

Ainda segurando o vestido, fui até o closet, onde descobri um pequeno problema. Não havia nenhuma roupa nele. Nem as roupas de Elora. O closet estava completamente vazio.

– Tem alguma roupa sua aí? – perguntou Tove do quarto. – Essas gavetas estão vazias.

– Ah, diabos, aposto que fizeram de propósito. – Suspirei e voltei para o quarto.

– Eles não colocaram roupas aqui porque... – Ele não completou a frase e deu um sorriso fraco.

– Então não tenho nenhuma roupa para usar para dormir.

– Pode usar minha camiseta – ofereceu Tove. Ele desabotoou os botões de cima da camisa e tirou-a pela cabeça, deixando à mostra uma camiseta branca lisa. – Quer?

– Sim, obrigada.

Ele tirou a camiseta e a entregou para mim. Eu me virei, para ficar de costas para ele, e a vesti. Tirei o vestido por baixo e foi uma sensação maravilhosa me livrar dele. Me senti mais leve em todos os aspectos.

Após terminar de trocar de roupa, percebi que Tove tinha tirado a calça, então ele estava apenas de cueca samba-canção. Fui até o meu lado da cama e me sentei na beirada. Tirei todas as joias que estava usando, menos a minha nova aliança de casamento, que tinha um diamante gigantesco.

Deitei e fui para debaixo dos montes de cobertas. A cama era gigantesca, então, mesmo após Tove se deitar também, ainda havia muito espaço entre nós dois. Esperei ele se acomodar, inclinei-me e desliguei o abajur, deixando o quarto na completa escuridão.

— Isso é um problema? — perguntou Tove.

— O quê?

— O fato de eu não amar você.

— Hum, não — respondi com cuidado. — Acho que não é problema.

— Não sabia se devia dizer isso. Não queria magoá-la, mas achei que você devia saber. — Ele remexeu-se na cama e eu senti um movimento sutil do meu lado.

— Não, está tudo bem. Fico feliz por você ter contado. — Parei por um instante. — Eu também não amo você.

— E não tem problema nisso?

— Acho que não.

— Foi um belo casamento — disse Tove, meio aleatoriamente. — Tirando aquela parte com seu pai.

— Sim, foi mesmo bonito — concordei. — Willa e Aurora fizeram um ótimo trabalho.

— Fizeram mesmo.

O dia fora exaustivo e eu não tinha dormido muito na noite anterior. Não demorou muito para que o sono tomasse conta de mim. Então peguei no sono na minha noite de núpcias, ainda virgem.

As portas foram escancaradas, acordando-me com o susto. Quase pulei para fora da cama. Tove gemeu ao meu lado, pois sempre que eu acordava assustada eu fazia uma coisa bizarra, dava um tapa na mente de alguém, e com Tove era pior. Tinha esquecido disso, pois fazia alguns meses que não acontecia.

— Bom dia, bom dia, bom dia — saudou Loki com estridência, empurrando uma mesa de rodinhas coberta de tampas prateadas.

— O que você está fazendo? – perguntei, estreitando os olhos. Ele abriu as cortinas. Eu estava completamente exausta e nada feliz com aquilo.

— Achei que os dois pombinhos iam apreciar um café da manhã – disse Loki. – Então pedi para o chef preparar algo fantástico para vocês. – Enquanto arrumava a mesa na área de visitas, ele olhou para nós. – Apesar de vocês estarem dormindo longe demais um do outro para recém-casados.

— Ah, minha nossa – gemi e coloquei as cobertas por cima da cabeça.

— Você está sendo um babaca – disse Tove ao sair da cama.

— Mas eu estou esfomeado. Então vou deixar isso pra lá. Desta vez.

— Um babaca? – Loki fingiu-se de ofendido. – Eu estava apenas preocupado com a saúde de vocês. Se seus corpos não estiverem acostumados a exercícios intensos, como fazer amor por uma noite inteira, vai fazer mal se vocês não comerem proteína e se reidratarem. Estou apenas preocupado com vocês.

— Sim, nós acreditamos que é *por isso* que está aqui – disse Tove sarcasticamente, e pegou o copo de suco de laranja que Loki tinha enchido.

— E você, princesa? – O olhar de Loki veio parar em mim enquanto ele enchia outro copo.

— Não estou com fome. – Suspirei e me sentei na cama.

— Ah, é mesmo? – Loki ergueu a sobrancelha. – Quer dizer que ontem à noite...

— Quer dizer que ontem à noite não é da sua conta – retruquei.

Levantei-me e fui mancando até o robe de cetim de Elora, que tinha sido deixado numa cadeira perto da cama. Meus pés e tornozelos estavam doloridos de tanto que eu dançara na noite anterior.

— Não se vista só por minha causa — disse Loki quando coloquei o robe. — Não é nada que eu nunca tenha visto.

— Tenho muitas coisas que você nunca viu — respondi, e puxei o robe ao redor do corpo.

— Acho que devia se casar com mais frequência — brincou Loki. — Você fica arisca.

Revirei os olhos e fui até a mesa. Loki a organizara bem, até colocara uma flor dentro de uma jarra no centro, e removera as tampas prateadas, deixando à mostra um café da manhã vigoroso. Sentei diante de Tove e percebi que Loki tinha colocado uma terceira cadeira para si mesmo.

— O que está fazendo? — perguntei.

— Bom, eu tive todo o trabalho de pedir para alguém preparar isso, então tenho o direito de aproveitar e comer também. — Loki sentou-se e me entregou uma taça com um líquido laranja. — Eu preparei um drinque Mimosa pra você.

Agradeci, e olhei para Tove para saber se ele se incomodaria com a presença de Loki.

— Ele é um babaca — disse Tove com a boca cheia de comida, e deu de ombros. — Mas não me importo.

Para ser sincera, acho que nós dois preferíamos que Loki ficasse conosco. Assim não ficaríamos sozinhos e evitaríamos as conversas constrangedoras da manhã seguinte. E, por mais que eu nunca fosse admitir isso abertamente, Loki me fazia rir, e naquele momento eu estava precisando de um pouco de leveza.

— E então, dormiram bem esta noite? — perguntou Loki.

Alguém bateu rapidamente numa das portas do quarto e a abriu antes que eu pudesse responder. Finn entrou depressa, e eu senti um embrulho no estômago. Era a última pessoa que eu esperava ver. Achei que ele nem estava mais aqui. Depois daquela noite, eu presumi que ele tinha ido embora, especialmente por não tê-lo visto no casamento.

— Princesa, desculpe... — Finn começou a dizer ao entrar apressado, mas então ele avistou Loki e parou abruptamente.

— Finn? — disse, aturdida.

Finn pareceu ficar estarrecido e apontou para Loki.

— O que você está fazendo aqui?

— Estou tomando um Mimosa. — Loki recostou-se na cadeira. — O que você está fazendo aqui?

— O que ele está fazendo aqui? — perguntou Finn, voltando a atenção para mim.

— Ignore-o. — Acenei com a mão desdenhosamente. — O que está acontecendo?

— Está vendo, Finn, devia ter respondido quando eu perguntei — disse Loki antes de dar mais um gole em sua bebida.

— Ei, vocês... — disse Duncan, entrando no meu quarto. Aparentemente, como Finn tinha deixado a porta aberta, ele achou que podia entrar sem nenhuma cerimônia.

— Claro, pessoal, pode ir entrando. Afinal, eu não sou a princesa nem nada, e isto aqui não é o meu aposento pessoal — debochei, suspirando.

Quando Duncan viu aquela cena bizarra, parou e gesticulou para Loki.

— Espera. Por que ele está aqui? Ele não passou a noite com vocês dois, passou?

— Wendy gosta de umas coisas pervertidas que você nunca compreenderia – disse Loki com uma piscadela.

— Por que está aqui? – perguntou Finn, e seus olhos estavam furiosos.

— Alguém pode fazer o favor de nos explicar o que diabos está acontecendo? – disse Tove, exasperado.

— Eu diria, mas é uma conversa particular.

Finn manteve o olhar gélido fixo em Loki, que parecia não estar com a mínima cerimônia.

— Puxa, Finn, vamos lá, não existe nenhum segredo entre a gente. – Loki sorriu e gesticulou para mim e também para Tove.

— É particular no sentido de que Tove, Loki e Duncan precisam ir embora? – perguntei com cuidado. Não sabia se a visita de Finn tinha a ver comigo. Se tivesse, eu não sabia se deveria deixá-lo ter um momento a sós comigo.

— Não. – Finn balançou a cabeça. – Tem a ver com o reino, e eu não confio no markis Staad.

— Eu recebi a anistia, sabia? – Loki inclinou-se para a frente, soando irritado. – O que significa que ela confia em mim. Fui aceito como membro da sua sociedade.

— Ninguém nunca o aceitará – disse Finn com frieza. – E eu sinceramente duvido que...

— Desembucha logo! – exclamei. – Estou muito cansada. Meu fim de semana foi muito longo. Se tem alguma coisa que eu precise saber, diga logo o que é.

— Desculpe-me. – Finn baixou os olhos. – Estive numa reunião de segurança esta manhã com meu pai. Aparentemente, os Vittra atacaram Oslinna e foi algo brutal.

— Oslinna? – perguntei. – Eu tenho uma reunião com o principal markis deles amanhã de manhã.

— Não tem mais – disse Finn em voz baixa. – Ele morreu.

— Eles o mataram? – perguntei, boquiaberta, e escutei Tove soltar um palavrão baixinho. – Quando isso aconteceu? Quantos mais morreram?

— Não sabemos ainda o número de vítimas – disse Finn. – Aconteceu em algum momento durante a noite, e ainda estamos descobrindo os detalhes. Mas até agora o número de mortes está alto... e continua aumentando.

— Meu Deus. – Coloquei a mão na boca, querendo vomitar ou chorar.

Uma quantidade enorme de pessoas foi assassinada enquanto eu estava dançando. Pessoas do meu reino, que eu jurei proteger. E talvez pelo meu pai, depois que ele saiu do casamento. São dez horas de carro daqui para Oslinna, mas é possível que ele tenha chegado lá. Ele teria massacrado todos por estar com raiva de mim.

Ou talvez não. Talvez esse fosse o plano dele o tempo inteiro. Ele concordou em manter a paz com Förening, depois foi atrás dos nossos changelings e agora aparentemente tinha passado a atacar outras comunidades Trylle. Esse poderia ser o primeiro passo em direção à guerra absoluta.

Engoli em seco para conter qualquer emoção, pois isso só atrapalharia tudo. Precisava pensar direito se quisesse ajudar o que sobrara do povo de Oslinna.

— Precisamos fazer algo – falei, entorpecida.

— Meu pai está providenciando uma reunião de defesa neste exato momento – disse Finn.

— É por isso que ele não veio me chamar? — perguntei. Thomas, o pai de Finn, era o chefe da segurança, e normalmente era ele que me informava a respeito de algum problema.

— Não. — Finn olhou para mim como quem pede desculpas. — Ele não quis lhe informar. Achou que deveríamos esperar até termos mais notícias, pois você tinha acabado de se casar.

— Ainda sou a princesa! — Levantei. — Esse ainda é o meu dever. Nada disso para por causa de uma simples festa.

— Por isso vim buscá-la — disse Finn, porém logo desviou o olhar e eu fiquei achando que esse não tinha sido o único motivo de ele ter me procurado naquela manhã.

— É por isso que está aqui? — perguntei para Duncan.

— Sim — disse ele, concordando com a cabeça. — Estava lá embaixo tomando café da manhã e escutei alguns guardas falando do ataque a Oslinna. Achei que você gostaria de saber.

— Obrigada. — Coloquei a mão na barriga, tentando acalmar os nervos. Eu precisava ficar indiferente e calma. — Providenciem a reunião de defesa. Precisamos agir o mais rápido possível.

— Claro — disse Finn, concordando com a cabeça.

— Duncan, pode ir buscar Willa depressa? — perguntei e, usando o poder de falar pela mente, eu disse: *Ela está no quarto de Matt*. Ultimamente ela tinha passado mais noites com ele do que em casa.

— Sim, claro. — Duncan fez uma rápida reverência e foi em direção à porta.

— Ah, e pode passar no meu quarto e pegar algumas roupas? — perguntei. — Não trouxeram nenhuma ontem na mudança.

— Peço desculpas. — As bochechas de Duncan coraram. — Foi ideia de Willa. Ela achou que seria...

— Deixa pra lá. — Acenei com a mão desdenhosamente. — Mas vá pegar algo para eu vestir. E certifique-se de que Willa também compareça à reunião; quero-a lá.

— Sim, princesa. — Ele saiu correndo do quarto, apressando-se para cumprir minhas ordens, mas Finn ficou onde estava.

— O que foi? — perguntei.

— E ele? — O olhar de Finn alcançou Loki.

— O que tem ele? — perguntei, irritada.

— Ele é um Vittra — disse Finn.

— Ele não... — parei e me virei para Loki. — Você sabia do ataque a Oslinna?

— Não, claro que não – disse Loki, e ele parecia genuinamente angustiado. Seu sorriso irônico tinha desaparecido, os olhos estavam aflitos e a pele ficara pálida. — O rei nunca me contaria seus planos.

— Está vendo? — Eu me virei para Finn outra vez. — Ele não sabia de nada.

— Princesa. — Finn lançou um olhar sério para mim.

— Não tenho tempo de discutir com você, Finn. Você precisa ir à reunião para garantir que ninguém faça nenhuma idiotice antes de eu chegar. Não deixe o chanceler decidir *nada*. Chego à Sala de Guerra em dez minutos, ok?

— Sim, princesa. — Finn não parecia contente, mas ele concordou com um aceno de cabeça e saiu do quarto.

— Eu também preciso de roupas – disse Tove, e empurrou sua cadeira para trás. Ele levantou-se e jogou o guardanapo na refeição deixada pela metade. — Tem alguma ideia de como lidar com isso, Wendy?

– Ainda não. – Balancei a cabeça. – Mas não sei de tudo o que aconteceu.

– A gente pensa em alguma coisa. – Tove veio até mim e tocou o meu braço com delicadeza. – Encontro você na Sala de Guerra.

– Ok. – Acenei com a cabeça. – Vá depressa.

Passei a mão no cabelo. Minha mente estava a mil. Um ataque significava que pessoas tinham sido mortas, mas também que muitas estavam feridas, possivelmente com casas destruídas. Tínhamos que ajudar os sobreviventes de alguma maneira e também descobrir uma forma de lidar com os Vittra.

– É melhor eu deixar você se arrumar – disse Loki, levantando-se.

– O quê? – Eu me virei para ele. Tinha esquecido que ele estava ali.

– Sinto muito pelo que aconteceu – disse Loki solenemente. – Seu povo não merecia isso.

– Eu sei. – Engoli em seco. Ele se virou para ir embora. – Você teria feito isso? – perguntei.

– O quê? – Loki parou na porta.

– Se ainda estivesse com os Vittra? – perguntei olhando diretamente para ele. Ele estava a alguns metros de distância, com os olhos dourados sombrios e tristes. – Você teria atacado Oslinna? Teria matado eles?

– Não – respondeu ele. – Nunca matei ninguém.

– Mas você já lutou com eles.

Ele balançou a cabeça.

– Nunca lutei pelo meu rei. Foi por isso que acabei na masmorra.

— Entendo. – Olhei para o chão. – Seja mais discreto por enquanto. Nenhuma outra pessoa vai confiar em você.

— Está certo.

— Loki – chamei-o antes de ele sair pela porta e me virei para que visse que eu estava falando sério. – Pelo jeito, o rei já causou tanta destruição na sua vida quanto na minha. Mas, se eu descobrir que você sabia do ataque, eu o entregarei pessoalmente a ele.

— Sim, Vossa Alteza. – Ele fez uma reverência e saiu dos meus aposentos.

NOVE

repercussões

Duncan apareceu alguns minutos depois, e eu me vesti depressa. Ajeitei o cabelo da melhor maneira possível, pois, mesmo não podendo parecer apavorada na reunião, eu não tinha tempo de fazer um penteado perfeito.

Saí em disparada pelo corredor, com Duncan logo atrás, e cheguei no topo da escada no mesmo instante que Willa. Seu vestido estava um pouco torto, e seu cabelo, emaranhado, então ela obviamente também se vestira com pressa. Fiquei feliz por ela ter me atendido.

— Duncan disse que você queria que eu comparecesse à reunião! — disse Willa, parecendo confusa enquanto descíamos a escada.

— Sim. Preciso que você comece a se envolver mais nesses assuntos.

— Wendy, você sabe que não sou muito boa nessas coisas.

— Não sei por que você diz isso. Relações públicas é o seu ponto forte. E, mesmo se não fosse, esse é o seu trabalho. Você é uma das marksinnas mais importantes que nós temos. Você deve ajudar a moldar o reino em vez de deixar os outros o destruírem.

– Não sei. – Ela balançou a cabeça e, quando chegamos ao térreo, parei para fitá-la.

– Veja só, Willa, eu preciso de você do meu lado. Vou entrar numa sala cheia de pessoas que me acham uma idiota, um risco para o reino. O povo de Oslinna está em apuros, o *nosso* povo. Não tenho tempo de brigar com essas pessoas, e elas gostam de você. Preciso da sua ajuda. Ok?

– Claro. – Willa sorriu com nervosismo. – Vou ajudá-la de todas as maneiras que puder.

Antes mesmo de chegarmos à Sala de Guerra, já dava para escutar a discussão. Eram vozes demais para que eu pudesse entender o que estava sendo debatido, mas claramente todos estavam descontentes.

– Precisamos nos acalmar! – gritou Duncan para ser escutado entre tantas vozes quando Willa, Duncan e eu chegamos. Finn levantou-se diante de todos na Sala de Guerra lotada, mas ninguém prestou atenção a ele.

Tove apoiou-se na mesa, observando a todos. O chanceler, com o rosto cor de beterraba, estava gritando tanto com o coitado do markis Bain que espirrou cuspe. A marksinna Laris levantou-se e gritou com Garrett, que estava tentando manter a expressão imparcial, mas eu sabia que ele queria bater nela.

– Com licença! – gritei, mas ninguém nem percebeu a minha presença.

– Estou tentando fazer com que eles se acalmem. – Finn olhou para mim como quem pede desculpas. – Mas eles estão completamente surtados. Eles acham que o próximo ataque será aqui.

– Eu resolvo – disse Willa.

Ela subiu na mesa atrás de Tove – com cuidado, pois usava um vestido curto –, colocou dois dedos na boca e assobiou bem alto. Tão alto que Tove até chegou a cobrir os ouvidos.

Todos pararam de falar e olharam para ela.

– A princesa de vocês está aqui e ela gostaria de falar, então prestem atenção – disse Willa, sorrindo.

Duncan foi até a mesa e estendeu a mão para ajudar Willa a descer. Willa agradeceu e ajeitou o vestido, e eu me aproximei para ficar entre ela e Tove.

– Obrigada, marksinna – falei, e depois voltei a atenção para a multidão raivosa. – Quem daqui tem o maior conhecimento a respeito do ataque?

– Eu – disse Thomas, dando um passo para a frente e saindo de trás de Aurora Kroner.

– Conte-me tudo o que sabe.

– Nós já fizemos isso – disse a marksinna Laris antes que ele pudesse dizer qualquer coisa. – Não é para ficarmos repetindo as mesmas coisas. É para planejarmos o nosso ataque.

– Desculpe por estar desperdiçando seu tempo, mas ninguém aqui vai tomar nenhuma decisão antes de eu saber o que está acontecendo – falei. – E vai ser bem mais rápido, se você simplesmente deixar Thomas me contar o que aconteceu.

Laris murmurou algo e desviou o olhar. Após me certificar de que ela tinha terminado, eu me virei para Thomas e assenti com a cabeça, indicando para que ele continuasse.

– Ontem, em algum momento da noite, os Vittra atacaram Oslinna – disse Thomas. – É um dos maiores condomínios dos Trylle e fica ao norte de Michigan. As informações variam, mas nós acreditamos que começou por volta de dez e meia da noite.

– Temos certeza de que foram os Vittra? – perguntei.
– Sim – disse Thomas. – O rei não estava lá, mas uma mensagem foi enviada em seu nome.
– E a mensagem dizia o quê? – perguntei.
– "É apenas o começo."
Sussurros tomaram conta da sala, mas eu ergui a mão para silenciá-los.
– Nós sabemos quantos Vittra estiveram lá?
Thomas balançou a cabeça.
– É difícil dizer ao certo. Eles agora usam hobgoblins nas batalhas. Nos ataques anteriores aos Trylle, eles raramente eram utilizados, os Vittra preferiam deixá-los escondidos. Então podemos presumir que a quantidade de verdadeiros Vittra está diminuindo.
– Criaturinhas feiosas – disse Laris, rindo com desdém da menção aos hobgoblins, e algumas pessoas riram com ela.
– Então os hobgoblins compõem a maior parte do exército dos Vittra? – perguntou Tove, duvidando. – Como eles podem ser uma ameaça? São pequenos e fracos.
– Eles podem até ser pequenos, mas são Vittra do mesmo jeito – disse Thomas. – Fisicamente, eles têm uma força tremenda. Parecem ser mais lentos mentalmente e mais suscetíveis às habilidades dos Trylle do que a maioria dos trolls, mas são poucos os Trylle de Oslinna que ainda têm habilidades.
– Então os hobgoblins danificaram Oslinna o bastante? – perguntei.
– Sim – disse Thomas. – A cidade está inteiramente devastada. Não sabemos exatamente o número de mortos, mas suspeitamos que sejam no mínimo dois mil, e a população deles era só de três mil.

Alguém mais ao fundo demonstrou susto, e Willa também, mas eu continuei inexpressiva. Aqui a compaixão seria interpretada como fraqueza.

– Nós sabemos quantos membros do exército Vittra matamos?

– Não, mas não acho que tenha sido significativo – disse Thomas. – Possivelmente cem. Talvez mais.

– Então eles mataram milhares do nosso povo e nós só matamos um punhado deles? – perguntei. – Como isso é possível? Como aconteceu?

– Eles estavam dormindo ou se preparando para dormir – disse Thomas. – Foi uma emboscada noturna. Talvez tenham subestimado os hobgoblins. Não tínhamos ideia da força deles antes desse ataque.

– E de que tipo de força estamos falando? – perguntei. – Mais fortes do que eu? Mais fortes do que Finn? O quê?

– Fortes o suficiente para erguer uma casa do chão – disse Thomas, e a sala mais uma vez foi tomada pelo alvoroço.

– Quietos! – exclamei, mas eles demoraram mais um pouco para se aquietar.

– Nós somos os próximos – disse Laris, levantando-se. – Você mesma ouviu a ameaça do rei. Estão vindo atrás de nós, e estamos completamente desprotegidos! Não temos como enfrentar isso.

– Não há necessidade para histeria. – Balancei a cabeça. – Nós temos os Trylle mais poderosos do mundo, as criaturas mais poderosas da Terra. Marksinna, você é capaz de criar fogo. Tove e eu somos capazes de mover qualquer coisa. Willa consegue controlar o vento. Temos poder mais do que suficiente para nos defender.

— Mas e quem não tem nenhum poder? — perguntou o chanceler. — Ficaremos indefesos diante dos monstrinhos que são capazes de arremessar nossas casas!

— Não somos indefesos — respondi, e olhei para Finn.

— Deveríamos mandar os rastreadores voltarem — disse Finn, compreendendo o meu olhar. — Precisamos dos guardas em casa.

Por mais que eu odiasse isso, era o que precisava ser feito. Isso deixaria os nossos changelings desprotegidos, e eles eram apenas crianças. Não fazíamos ideia do que os Vittra faziam com eles quando os pegavam, mas não tínhamos escolha. Não poderíamos desperdiçar gente nossa protegendo indivíduos quando tínhamos um reino inteiro com que nos preocupar.

— Faça isso — ordenei, e ele concordou com um aceno de cabeça. — Antes de eles chegarem aqui, precisamos decidir o que fazer a respeito de Oslinna.

— Por que faríamos algo a respeito de Oslinna? — Laris parecia confusa.

— Eles acabaram de ser atacados — respondi, como se estivesse falando com uma criança pequena. — Precisamos ajudá-los.

— Ajudá-los? — perguntou o chanceler. — Nós mal conseguimos ajudar a nós mesmos.

— Não temos recursos para isso — concordou Aurora.

— Temos mais recursos do que qualquer outro condomínio — disse Tove. — Como pode dizer isso?

— Precisamos dos nossos recursos para nós mesmos — disse Laris. — É isso que estou dizendo desde o princípio. Nós sabíamos que esse dia chegaria. Desde que esta princesa bastarda nasceu... — Ela apontou para mim.

— Marksinna! – exclamou Willa. – Ela é a sua princesa. Lembre-se de com quem você está falando.

— Como é que eu poderia esquecer? – perguntou Laris. – É por causa dela que todos nós vamos acabar morrendo!

— Basta! – Ergui as duas mãos antes que todos se juntassem a ela. – Vamos fazer o seguinte. Em primeiro lugar, Thomas vai chamar de volta todos os rastreadores. Todos mesmo. Quando voltarem, nós podemos tratar de montar um exército para nos defender, mas isso também significa que nós defenderemos outros condomínios.

"Em segundo lugar, enviaremos uma equipe para Oslinna, para fazer uma estimativa dos danos e deslocar os desabrigados. Enquanto estiver lá, a equipe pode ajudar a organizar a cidade e também pode aprender mais sobre os Vittra para que nós possamos impedir futuras emboscadas.

"E, por último, todos vocês vão aprender a usar quaisquer habilidades que tiverem. Nós somos poderosos. Não vou desperdiçar um soldado ou um guarda sequer defendendo pessoas que são capazes de se proteger sozinhas.

— Não pode querer que nós lutemos na guerra! – disse Laris, horrorizada.

— Não estou pedindo isso, mas seria bom se os que sabem lutar entre vocês se voluntariassem – falei.

— Que absurdo – disse Aurora. – Não pode estar realmente pedindo que nós lutemos.

— Sim, eu posso – retruquei. – E, francamente, não estou nem aí se você não gostou. É a melhor chance que temos de proteger o reino.

— Quem você sugere que faça parte da equipe? — perguntou Garrett.

— Pessoas capazes de ajudar. Eu vou.

— Princesa, não é sensato você sair de Förening — disse Finn.

— A trégua com o rei Vittra declara que ele não vai atacar nosso povo *aqui*. Não fala nada a respeito dos Trylle que estão fora de Förening.

— É melhor você não viajar — concordou Willa. — Não em época de guerra.

— Por que não? — perguntou Laris. — Deixe que ela vá e seja morta! Isso nos pouparia uma bela dor de cabeça! Não que eu ache que eles a matariam. Ela provavelmente está trabalhando para eles.

— Marksinna Laris — disse Tove, fulminando-a com o olhar. — Da próxima vez que falar mal da princesa, eu vou bani-la de Förening alegando traição, e aí vamos ver como você vai se sair contra os Vittra.

— Traição? — Ela esbugalhou os olhos. — Não cometi nada disso!

— De acordo com o Ato da Traição, Artigo Doze, qualquer pessoa que planejar ou imaginar a morte do nosso rei ou rainha, ou de seu descendente e herdeiro mais velho, comete traição — disse Tove. — E, numa sala cheia de testemunhas, você acabou de desejar a morte da princesa.

— Eu... — Laris começou a se defender, mas desistiu, e ficou só olhando para as próprias mãos.

— Eu gostaria de ter voluntários — pedi. — Uma autoridade importante precisa ir no meu lugar e, se for necessário, eu posso obrigar pessoas a ir.

— Eu vou – disse Finn. – Meu pai pode ficar aqui preparando o exército. Eu posso ajudar a liderar uma equipe até Oslinna.

— Eu vou – ofereceu-se o markis Bain. – Minha irmã mora lá. É melhor eu ir ajudá-la.

— Mais alguém? – perguntei, mas tudo que tive como resposta foram olhares inexpressivos. – Um curador seria mais útil ainda nessas circunstâncias.

— Marksinna Kroner? – sugeriu Willa diante do silêncio de Aurora.

— Sou a mãe do príncipe. – Aurora colocou a mão no peito, perplexa. – Não posso ir de maneira alguma. – Tove lançou um olhar severo para ela, que foi logo procurando uma escapatória. – O chanceler! Ele tem poderes de cura.

— Não tão fortes como os seus – disse ele na defensiva. – Não sou nada se comparado a você.

— Você é uma autoridade eleita – disse Aurora. – Essas pessoas votaram em você. Elas merecem a sua ajuda.

— Por que você não vai, chanceler? – perguntou Tove. – Pode trabalhar como meu contato.

— Tenho escolha? – perguntou o chanceler, parecendo ter sido derrotado, e Tove respondeu com um olhar fulminante.

A reunião durou mais alguns minutos. Willa fez um discurso caloroso sobre a importância de ajudar os nossos irmãos. Algumas pessoas pareceram ficar comovidas, mas só houve mais voluntários quando Willa salientou que, se nós os ajudássemos, o povo de Oslinna poderia vir para cá e lutar por nós. Isso fez mais algumas mãos se erguerem.

No fim, conseguimos juntar uma equipe de dez pessoas, e não dava para esperar nada melhor do que isso. Todos se separaram, e ficou resolvido que a equipe sairia do palácio em duas horas. Após o fim da reunião, Tove, Willa, Duncan e eu ficamos na Sala de Guerra.

– Acho que tudo correu bem. – Willa recostou-se na mesa.

– E se os Vittra começarem a atacar outras cidades? – perguntei. – O que vamos fazer?

– Não podemos fazer mais nada – disse Tove. – Não agora. Precisamos que os rastreadores voltem. Tenho certeza de que esse era o plano do rei. Que nós mandássemos todos os rastreadores para longe para cuidar dos changelings, deixando-nos desprotegidos.

– E eu tive de enviá-los – falei, suspirando. – Os Vittra estavam sequestrando crianças. Não podia permitir que isso continuasse.

– Você fez a coisa certa – disse Willa. – E está fazendo a coisa certa agora. Está mandando os rastreadores voltarem. E está ajudando Oslinna.

– Não o suficiente. – Balancei a cabeça e me afastei deles. – Era para eu ir. Era para eu ajudar. Se os hobgoblins arremessaram casas para longe, é necessário ter pessoas como eu na equipe para mover os destroços.

– Princesa, agora você é uma líder – disse Duncan. – Precisa ficar aqui e dar ordens. Deixe as outras pessoas fazerem o trabalho.

– Mas não é assim que as coisas deveriam ser! – argumentei. – Se sou eu que tenho mais poder, eu é que devia fazer o máximo de trabalho.

– Wendy, você está trabalhando – disse Willa. – Eles queriam que você deixasse o povo de Oslinna morrer sem nenhuma ajuda. Você precisa ficar aqui e organizar o resgate, além da nossa defesa. E, se estiver seguro lá fora, talvez você possa ir ajudar a limpar depois, está certo? Primeiro a equipe precisa ir sozinha e investigar a situação.

— Eu sei. — Esfreguei a nuca. — Tenho me esforçado tanto para evitar um banho de sangue desnecessário, mas Oren está determinado a vir com tudo, independentemente do que eu fizer.

— Mas isso não é culpa sua — disse Willa. — Você não tem nenhum controle sobre as ações dele.

— Nenhum de nós tem controle sobre as ações dos nossos pais — disse Tove. — Mas pelo menos eu fiz Laris calar a boca.

— Aquilo foi legal — disse Willa, rindo.

— Foi muito legal — concordou Duncan.

— Obrigada por ter feito aquilo — falei, sorrindo sem vontade. — Você ia mesmo bani-la?

— Não sei. — Tove deu de ombros. — Só estava cansado de ouvi-la reclamar de tudo o tempo inteiro.

— O que vai fazer agora? — perguntou Willa.

— Agora? — Suspirei profundamente quando me dei conta do que me esperava. — Tenho que contar a Elora sobre isso.

DEZ

ajuda

Elora não ficou com raiva de mim, nem eu esperava isso. Ela já tinha começado o processo de confiar o reino a mim, o que eu achava algo bastante intenso, mas nunca deixei que ela percebesse isso. Pedia o mínimo de conselhos possível. Tinha que saber como fazer as coisas sozinha, e ela aceitava as minhas decisões na maioria das vezes.

A notícia do ataque deixou-a chateada, e era disso que eu tinha medo. Ela queria sair da cama e ir pessoalmente atrás de Oren, mas, só de ficar com raiva, ficou tão cansada que não conseguiu se sentar. Tinha se tornado frágil demais, e vê-la daquele jeito me assustava.

Deixei-a sob os cuidados de Garrett e fui encontrar Finn antes de sua partida. Não sabia o que achava de ele liderar a equipe. Sabia que eu não tinha nenhum direito de impedi-lo de fazer isso. Nem pediria isso se pudesse.

Porém talvez fosse perigoso. Eu não sabia quais eram os planos dos Vittra. Não imaginava que eles fossem começar a nos atacar, então estava claro que eu havia subestimado a vontade de Oren de nos destruir. Ou, mais especificamente, de me destruir.

Apesar de Finn ter passado boa parte do mês fora de casa, tecnicamente a sua residência ainda era o palácio. Os poucos objetos pessoais que ele tinha estavam em seu quarto, na área dos empregados. No caminho até lá, passei pelo quarto de Loki e fiquei contente ao ver que a porta estava fechada. Ele aceitara o meu conselho de se comportar com mais discrição.

A porta do quarto de Finn estava aberta, e ele guardava algumas roupas numa bolsa de viagem. Não sabia quanto tempo ficaria fora, mas seria no mínimo alguns dias. Dependia da gravidade dos danos em Oslinna.

– Já está pronto? – perguntei. Eu estava no corredor, perto da porta dele, com medo de me aproximar mais do que isso.

– Sim. – Finn olhou para mim. Ele jogou uma cueca na bolsa e fechou o zíper. – Acho que sim.

– Ótimo. – Girei a aliança no dedo. – Tem certeza de que quer fazer isso?

– Não tenho muita escolha. – Finn pegou a bolsa e se virou em minha direção. Seu rosto estava inexpressivo, e eu odiava o fato de ele saber fazer isso tão bem. Odiava nunca saber o que estava pensando ou sentindo.

– Claro que tem escolha – argumentei. – Não estou obrigando você a ir.

– Eu sei. Mas eles precisam que alguém com experiência e que não seja um idiota os acompanhe. Meu pai tem que ficar aqui, o que faz de mim a escolha mais lógica.

– Eu poderia ir – sugeri. – Eu deveria ir. Sou capaz de ajudar mais.

– Não. O que eu disse na reunião continua valendo – respondeu Finn. – O reino precisa de você aqui.

– Não vou fazer nada aqui a não ser esperar vocês voltarem. – Não gostei da impressão que a frase deixou, então baixei os olhos.

– Não vamos passar tanto tempo longe – disse Finn. – Nós provavelmente traremos os sobreviventes para Förening. Eles podem se abrigar aqui.

– Então é melhor eu preparar o palácio para mais hóspedes – falei, odiando a ideia. Era para eu estar no campo de batalha, mas eu ficaria em casa garantindo que as camas estivessem feitas. – Era para eu ir com vocês. Que coisa ridícula.

– Princesa, o melhor lugar para você é exatamente aqui – disse ele, quase com impaciência. – Mas é hora de eu ir. Não quero que eles fiquem me esperando.

– Sim, desculpe. – Dei um passo para o lado para ele poder sair. O seu braço encostou no meu, mas Finn nem percebeu. Enquanto ele passava por mim, eu disse: – Tome cuidado.

– Você diz isso como se se importasse – murmurou ele.

– Eu me importo – respondi em minha defesa. – Nunca disse que não me importava. Isso não é justo.

Ele parou de costas para mim.

– Naquela noite você deixou os seus planos bem claros.

– Você também – retruquei, e ele virou-se na minha direção. – E você fez sua escolha. – Ele tinha escolhido o dever inúmeras vezes, e, se era para sacrificar alguma coisa, era sempre eu.

– Nunca tive escolha, Wendy – disse Finn, parecendo frustrado.

– Você *sempre* teve escolha. Todo mundo tem. E você escolheu.

— Bom, você também — respondeu ele por fim.

— Sim, escolhi — concordei.

Ele ficou me olhando por mais um instante antes de se virar e ir embora. Não queria que essa fosse a nossa última conversa antes de sua partida. Parte de mim ainda temia que alguma coisa pudesse acontecer, mas, ao mesmo tempo, eu também sabia que Finn era capaz de tomar conta de si mesmo.

Alguns sobreviventes viriam para o palácio, então eu precisava deixá-lo pronto para recebê-los. Eu nunca fui muito caseira, mas Willa e Matt seriam de grande ajuda nesse tipo de coisa.

Encontrei-os juntos no quarto de Matt, onde Willa tentava explicar o que acontecera em Oslinna sem assustá-lo muito. Era a abordagem que costumávamos usar quando tínhamos de contar algo para Matt. Não queríamos que ele ficasse desinformado de tudo, mas provavelmente teria um aneurisma se soubesse exatamente o que estávamos enfrentando.

— Os Vittra mataram pessoas? — perguntou Matt. Ele estava sentado na cama, observando Willa alisar o cabelo. Poderíamos até estar passando por uma crise, mas isso não significava que nossos cabelos também precisavam passar por uma. — Eles mataram pessoas como você?

— Sim, Matt. — Willa estava diante do espelho de corpo inteiro, passando a prancha em todo o seu longo cabelo. — Eles é que são os vilões.

— E eles estão fazendo isso porque querem pegar você? — perguntou Matt, virando-se para mim.

— Eles estão fazendo isso porque são pessoas más — respondeu Willa por mim.

— Mas aquele tal de Loki é um deles? – perguntou Matt.

— Não exatamente – respondi com cuidado. Eu me recostei numa parede.

— Mas era – disse Matt. – Ele já sequestrou você uma vez. Então por que está passando tanto tempo com ele?

— Não estou.

— Sim, está sim – insistiu Matt. – E a maneira como você dançou com ele no seu casamento? Uma mulher casada não se comporta assim, Wendy.

— Eu dancei com uns cem homens ontem à noite. – Troquei a perna em que estava me apoiando e fiquei olhando para o chão.

— Deixe-a em paz, Matt – disse Willa. – Ela estava se divertindo um pouco no casamento. Não pode reclamar disso.

— Não estou reclamando de nada. Só estou tentando entender. – Ele coçou a parte de trás da cabeça. – E, aliás, onde está o seu marido?

— Lá embaixo, conversando com a equipe antes da partida – respondi. – Dando instruções e palavras de encorajamento.

— Você não quis fazer isso pessoalmente? – perguntou Willa, virando-se um pouco para olhar para mim.

— Não. – Lembrei da conversa com Finn e balancei a cabeça. – Não. Tove resolve. Agora ele é o príncipe e pode compartilhar um pouco das responsabilidades.

— Espera. – Matt franziu a testa. – Uma cidade inteira de trolls acabou de ser atacada por hobgoblins. Como isso não está em todos os noticiários? Como as pessoas não sabem disso?

— Oslinna é bem isolada, fica escondida num vale – explicou Willa. – É igual a todas as outras cidades dos Trylle. Nós vivemos escondidos, fora do mapa, e agimos com o máximo de discrição possível.

— Mas uma batalha grande como essas... alguém deve ter sabido de alguma coisa — insistiu Matt. — Podemos até ser estúpidos, mas acho que as pessoas notariam uma guerra acontecendo no próprio quintal.

— Ocasionalmente um humano encontra algo por acaso e acaba descobrindo mais do que deveria — disse Willa. — Mas é pra isso que existe a persuasão. Se um ou outro humano de fato tivesse escutado ou visto o que aconteceu em Oslinna, o que não é provável devido ao isolamento da cidade, nós teríamos feito com que eles esquecessem tudo.

Matt balançou a cabeça, como se ainda não estivesse entendendo.

— Mas por que manter tanto segredo? Por que se dar o trabalho de ficar tão escondido?

— Pense em tudo o que você já ouviu falar sobre os trolls. — Willa inclinou-se para a frente, examinando o cabelo no espelho, e depois se virou. — Os humanos acreditam que nós somos criaturinhas terríveis. No passado, quando éramos descobertos, eles nos chamavam de demônios e bruxas. Nós éramos presos e queimados em fogueiras. E, por mais poderosos que sejamos, os humanos ainda são bem mais numerosos do que nós, são milhões a mais. Se fôssemos descobertos, poderiam nos destruir. Então ficamos escondidos e nossas batalhas ficam só entre nós.

Após uma pausa, Willa mudou de assunto:

— Quando acha que os refugiados vão chegar?

Ela colocou a prancha em cima de uma cômoda e pelas marcas antigas de queimaduras na superfície dava para ver que já havia feito aquilo muitas vezes. Agora ela devia estar praticamente morando ali.

– Não sei – respondi. – Talvez em um ou dois dias, ou seis. Mas é melhor deixarmos os quartos prontos, só para garantir.

– Bom, nisso a gente com certeza pode ajudar – disse Willa. – Onde estão os cobertores extras e o material de limpeza?

Quase todo o segundo andar da ala sul era composto pela área dos empregados e pelos aposentos da rainha, que agora era o quarto que eu dividia com Tove. Eu não sabia direito por que a rainha residia com os empregados; só sabia que a ala sul era onde a maioria dos negócios era conduzida.

Como praticamente não tínhamos mais nenhum empregado morando no palácio – apenas duas faxineiras, um chef e alguns rastreadores –, a maioria dos quartos estava vazia. Não eram usados havia um bom tempo, por isso estavam empoeirados e precisavam de uma arejada, mas não estavam realmente sujos.

Cada quarto já tinha um jogo de cama extra, então só precisávamos tirar o pó e passar o aspirador. Atacamos o armário de materiais de limpeza que ficava no topo da escada e Duncan subiu para nos encontrar. Ele estava com Tove, despedindo-se da equipe.

Tove ficou com Thomas a fim de chamar todos os rastreadores de volta. Era uma tarefa árdua e longa, e eu até pensei em ajudá-los, mas achei melhor fazer algum trabalho braçal. Dava uma sensação maior de que algo estava realmente sendo feito.

Duncan ajudou a carregar os materiais para os quartos e eu decidi chamar Loki para ajudar. Não queria que ele fosse visto, mas era bem improvável que alguém fosse conferir a área dos empregados. E, como estava morando no palácio, bem que poderia ajudar em alguma coisa.

Enquanto limpávamos o primeiro quarto, perguntei a Loki mais uma vez se ele sabia algo a respeito dos planos dos Vittra. Ele insistiu que não sabia de nada; tudo que sabia era que Oren queria que eu fosse só dele. O único conselho que ele me deu foi para ficar o mais longe possível de Oren quando estivesse irritado.

Matt e Willa foram limpar um quarto sozinhos enquanto Duncan, Loki e eu limpávamos outro.

– Tem certeza de que não era para eu ter ido com eles? – perguntou Duncan. Ele tinha juntado o jogo de cama antigo para jogar na canaleta da lavanderia enquanto Loki me ajudava a arrumar os lençóis limpos na cama.

– Sim, Duncan, eu preciso de você aqui – respondi pela centésima vez. Ele estava se sentindo culpado por não ter ido com os outros para Oslinna, mas eu me recusara a deixá-lo ir.

– Tudo bem – disse Duncan suspirando, sem parecer tão convencido. – Vou jogar isso lá fora. Encontro vocês no próximo quarto.

– Está certo, obrigada – falei, e ele foi embora.

– Pra que você precisa dele? – perguntou Loki baixinho.

– Shh! – Prendi o canto do lençol na cama e fulminei Loki com o olhar.

– Você simplesmente não quer que ele vá. – Loki sorriu com afetação. – Você o está protegendo.

– Não estou – menti.

– Você confia nele numa batalha?

– Não, na verdade, não – admiti, e peguei um pano e um limpador de vidros. – Pega o aspirador.

– Mas você deixou aquele tal de Flounder ir – disse Loki, e eu revirei os olhos.

– O nome dele é Finn, e eu sei que você sabe disso – falei ao sair do quarto. Loki pegou o aspirador e veio atrás de mim. – Você o chamou pelo nome hoje de manhã.

– Tudo bem, eu sei o nome dele – admitiu Loki. Fomos para o próximo quarto e ele colocou o aspirador no chão enquanto eu começava a tirar as cobertas empoeiradas da cama. – Por você, Finn pode ir para Oslinna sem problemas, mas Duncan não?

– Finn sabe cuidar de si mesmo – respondi secamente. O lençol ficou preso num canto e Loki aproximou-se para me ajudar. Depois dei um pequeno sorriso para ele. – Obrigada.

– Mas eu sei que você tinha uma quedinha por Finn – prosseguiu Loki.

– Meus sentimentos por ele não têm nada a ver com a sua habilidade no trabalho.

Joguei as cobertas sujas para Loki. Ele pegou-as com facilidade antes de colocá-las no chão, presumivelmente para que Duncan também as levasse para a canaleta da lavanderia.

– Aliás, nunca entendi exatamente qual era o seu relacionamento com ele – disse Loki. Eu tinha começado a colocar lençóis novos na cama e ele foi para o outro lado me ajudar. – Vocês estavam namorando?

– Não – falei, balançando a cabeça. – Nunca fomos namorados. Nunca fomos nada.

Continuei puxando os lençóis, mas Loki parou, observando-me.

— Não sei se isso é mentira ou não, mas o que sei é que ele nunca foi bom o suficiente para você.

— E imagino que você acha que você seja? — perguntei com uma risada sarcástica.

— Não, claro que não sou bom o suficiente para você — respondeu Loki, e eu ergui a cabeça para olhar para ele, surpresa com a resposta. — Mas pelo menos eu *tento* ser bom o suficiente.

— E acha que Finn não faz isso? — perguntei, endireitando a postura.

— Sempre que o vejo perto de você, ele está dizendo o que você deve fazer, mandando em você. — Ele balançou a cabeça e voltou a fazer a cama. — Ele quer amar você, mas não pode. Ou ele não se permite fazer isso, ou simplesmente não consegue. Ele nunca vai amar você.

A verdade em suas palavras me golpeou mais do que imaginei, e eu engoli em seco.

— E, obviamente, você precisa de alguém que a ame — prosseguiu Loki. — Você ama de maneira apaixonada, com todo o seu ser. E precisa de alguém que a ame da mesma forma. Mais do que os deveres ou o reinado. Até mais do que a si mesmo.

Então ele olhou para cima e seus olhos, profundamente sérios, encontraram os meus. Meu coração disparou no peito e a dor que havia nele transformou-se em algo novo, algo mais intenso, que me deixou com dificuldade de respirar.

— Você está errado. — Balancei a cabeça. — Eu não mereço tudo isso.

— É exatamente o contrário, Wendy. — Loki sorriu com sinceridade, e aquilo mexeu com alguma coisa dentro de mim. — Você merece todo o amor que um homem tem para dar.

Queria rir, corar ou desviar o olhar, mas não consegui. Estava congelada naquele momento com Loki, percebendo que sentia por ele coisas que nunca achei que sentiria por ninguém.

– Não sei se cabe mais tanta coisa na canaleta – disse Duncan entrando no quarto novamente, e o momento foi interrompido.

Desviei o olhar de Loki rapidamente e peguei o aspirador.

– Coloque o máximo que der – ordenei para Duncan.

– Vou tentar. – Ele pegou mais um monte de lençóis para levar lá para baixo.

Após sua saída, olhei outra vez para Loki, mas, pelo sorriso em seu rosto, presumi que sua seriedade de antes tinha sumido.

– Sabe de uma coisa, princesa, em vez de fazermos a cama, a gente bem que poderia fechar a porta e nos jogar em cima do colchão. – Loki mexeu as sobrancelhas. – O que acha?

Revirando os olhos, liguei o aspirador para abafar a conversa.

– Vou interpretar isso como um "talvez depois"! – gritou Loki.

Trabalhamos a tarde inteira e quando acabamos estávamos todos cansados e doloridos. Entretanto, por alguma razão, era bom sentir isso. Significava que tínhamos feito algo naquele dia, e eu sabia que era para o benefício das pessoas de Oslinna.

Quando chegou a hora do jantar, eu não estava com fome, então fui para o meu quarto. Estava exausta e devia dormir, mas não consegui. Tove entrou logo após eu me deitar e não conversamos muito. Ele apenas se deitou e nós ficamos acordados por um bom tempo.

Não sei se já tinha pegado no sono quando Duncan entrou em disparada no quarto. Ele não bateu, e eu estava prestes a gritar com ele quando percebi a sua aparência. Estava de pijama, e seu cabelo tinha uma aparência amassada por causa do travesseiro, mas ele decerto estava em pânico.

– O que aconteceu, Duncan? – perguntei, já jogando as pernas para a lateral da cama para me levantar.

– Foi alguma coisa com Finn – disse Duncan, sem fôlego. – Eles caíram numa emboscada no caminho para Oslinna.

ONZE

derrota

Não me lembro de ter me levantado ou corrido. É tudo um borrão até eu ter chegado ao lado de Finn no saguão. Uma pequena multidão se aglomerara ao seu redor, incluindo Thomas, mas eu os afastei para poder chegar até ele.

Finn estava sentado no chão e eu me ajoelhei ao seu lado. Ele estava vivo, e eu quase caí aos prantos ao ver o seu estado. Havia sangue cobrindo sua têmpora, e suas roupas haviam sido rasgadas. Seu braço estava num ângulo estranho e eu demorei um instante para perceber que devia estar quebrado.

– O que aconteceu? – perguntei e toquei o seu rosto com as mãos trêmulas, mais para conferir se era de verdade.

– Nós os pegamos de surpresa – disse Finn. Ele olhava para o nada e seus olhos traziam lágrimas. – Eles estavam indo para casa, eu acho, e nós nos deparamos com eles por acaso. Achamos que seríamos capazes de derrotá-los. Mas eram fortes demais. – Ele engoliu em seco. – Eles mataram o chanceler.

– Ah, merda – disse Tove, e eu me virei e o vi em pé atrás de mim. Ele estava cuidando do markis Bain, vendo se estava tudo bem com ele.

— Tove, vá buscar sua mãe — pedi. Tove fez um aceno de cabeça, e eu me virei novamente para Finn. — Você está bem?

— Estou vivo — disse ele simplesmente.

Finn estava em estado de choque, então não insisti para saber dos detalhes. Foi o markis Bain quem acabou nos informando mais sobre o que acontecera. Eles estavam a caminho de Oslinna quando viram o acampamento Vittra. Pelo que ele descreveu, era tudo muito parecido com as histórias do Rumpelstiltskin. Os hobgoblins tinham feito uma fogueira e dançavam ao redor dela, cantando músicas e contando histórias sobre como derrotaram Oslinna.

O chanceler achou que deviam atacar os hobgoblins, assim a luta acabaria logo ali na floresta. Finn de início foi contra a ideia, mas logo decidiu que, se eles tinham a chance de parar os Vittra antes que machucassem mais alguém, era melhor não desperdiçá-la.

Só houve sobreviventes no grupo porque eles surpreenderam os Vittra, mas o chanceler não foi o único a morrer. Outro markis também sucumbira, e um rastreador ficara gravemente ferido.

Todos estavam machucados e arrasados. Quando Aurora chegou para curá-los, Bain ficou dizendo sem parar que era um milagre eles terem sobrevivido. Aurora curou o braço de Finn, mas era tudo o que ela curaria dele. Não desperdiçaria sua energia num rastreador, não importava o que eu dissesse.

Duncan e eu ajudamos Finn a subir até seu quarto para descansar e Tove ficou; ele queria ter certeza de que os outros chegariam em casa em segurança, apesar de parecer especialmente preocupado com Bain. Tínhamos que planejar outra forma de ajudar Oslinna, mas não seríamos capazes de fazer isso naquele momento.

– Não preciso me deitar – insistiu Finn enquanto Duncan e eu o ajudávamos a sentar-se na cama. – Estou bem. – Ele contorceu-se quando esbarrei em seu braço, e eu suspirei.

– Finn, você não está bem – argumentei. – Você precisa descansar.

– Não, preciso descobrir como deter esses malditos hobgoblins – disse Finn. – Eles vão acabar vindo atrás de nós em algum momento. Precisamos pensar numa maneira de derrotá-los.

– E nós vamos fazer isso – respondi, apesar de não saber se era mesmo verdade. – Mas não agora. Isso pode esperar até amanhã, depois que você tiver dormido um pouco.

– Wendy. – Ele olhou para mim, com o olhar mais atormentado do que o normal. – Você não os viu. Você não sabe como eles são.

– Não, não sei – admiti, e o tom de sua voz fez meu estômago revirar. – Mas você vai me contar tudo. Amanhã.

– Pelo menos deixe eu conversar com Loki – disse Finn quase com desespero.

– Loki? – perguntei. – Por que você quer falar com ele?

– Ele deve saber como lidar com essas coisas – disse Finn. – Tem que existir alguma forma secreta de derrotá-los, e, se existe alguém que sabe disso, esse alguém é um markis Vittra.

– Ele provavelmente está dormindo.

– Então o acorde, Wendy! – gritou Finn, e eu me contorci. – Tem pessoas morrendo!

Girei a aliança ao redor do dedo e cedi.

– Tudo bem. Se me prometer que vai ficar deitado, eu deixo Loki vir falar com você. Mas depois disso você tem que descansar até amanhã. Está claro?

— Tá bom – disse Finn, mas fiquei com a impressão de que ele teria concordado com qualquer coisa para que eu chamasse Loki.

— Duncan? – Olhei para a porta, onde ele estava esperando. – Pode ir buscar Loki? Diga que estou chamando.

Duncan deixou-me a sós com Finn. Gesticulei para que ele se deitasse. Ele suspirou, mas se deitou mesmo assim. Sentei-me ao seu lado e ele ficou olhando para o teto, parecendo incomodado. Sua camisa estava rasgada e ensanguentada. Hesitante, estendi a mão para tocar numa das feridas em seu braço.

— Não – disse ele com firmeza.

— Desculpe. – Abaixei a mão. – Sinto muito pelo que aconteceu. Era para eu ter ido com vocês.

— Não diga bobagem. Se tivesse ido conosco, você teria morrido, só isso.

— Sou mais forte em combate do que você, Finn.

— Não vou discutir com você – disse ele, com os olhos ainda fixos no teto. – Você nem precisa ficar aqui. Eu estou bem. Posso conversar com Loki sozinho.

— Não, não vou deixá-lo a sós com ele. – Balancei a cabeça. – Não com você fraco desse jeito.

— Acha que ele me machucaria? – perguntou Finn.

— Não, mas não quero que fique irritado.

Finn riu com desdém. Odiava o clima tenso que tinha surgido entre nós dois, mas não sabia como acabar com isso. Não sabia nem se existia uma forma de acabar com isso. Ficamos em silêncio até Duncan voltar com Loki.

— Com certeza não é o que imaginei quando soube que a princesa estava me chamando no meio da noite – disse Loki, suspirando da porta do quarto de Finn. Seu cabelo estava todo despenteado e ele tinha marcas vermelhas no rosto, obviamente da cama.

– Obrigada por se levantar – falei. – Duncan contou o que aconteceu?

– Claro que não – disse Loki.

– A equipe que enviamos para ajudar Oslinna foi atacada por hobgoblins. Algumas pessoas morreram.

– Vocês têm sorte de nem todos terem morrido – disse Loki.

– Homens bons morreram agora à noite – resmungou Finn, tentando se sentar, mas eu coloquei a mão em seu peito para que ele continuasse deitado. – Eles lutaram para proteger o povo daqui! Para proteger a princesa! Imaginei que isso fosse algo que importasse para você!

– Não estava desdenhando as vidas perdidas – disse Loki, parecendo irritado e pedindo desculpas ao mesmo tempo. – Os hobgoblins são difíceis de derrotar, acho impressionante alguém da equipe de resgate ter sobrevivido.

– Nós os pegamos de surpresa. – Finn acomodou-se na cama novamente.

– Isso ajuda – disse Loki. – Os hobgoblins podem até ser fortes, mas também são burros.

– O que devemos fazer para derrotá-los? – perguntou Finn. – Deve existir alguma maneira.

– Talvez até exista – admitiu Loki. – Mas nunca estive em combate com eles. Normalmente o rei não permite que os hobgoblins saiam do território. Ele tem medo de que os humanos percebam o que nós somos se os virem.

– E por que ele os está deixando sair agora? – perguntou Finn.

– Você sabe o porquê. – Loki suspirou e sentou-se numa cadeira em um canto do quarto de Finn. – O rei está obcecado por Wendy. Ele está disposto a fazer de tudo para pegá-la.

– E como impedir isso? – Finn olhou para ele.

Loki ficou encarando o chão pensativamente, mordendo o lábio, e então balançou a cabeça com tristeza.

– Não sei.

– Nós vamos descobrir alguma forma – assegurou-me Finn, mas sem olhar para mim ao falar.

– Os hobgoblins não são muito espertos – acrescentou Loki depressa. – E eles não conseguem defender-se contra as habilidades. Qualquer poder que a pessoa tiver vai funcionar duas vezes melhor num hobgoblin do que num humano normal.

– Como assim? – perguntou Finn.

– Como a persuasão ou qualquer uma das habilidades de Wendy. – Loki gesticulou para mim. – Funciona neles assim. – Ele estalou os dedos. – É por isso que eu era o encarregado de vigiá-la no palácio dos Vittra. Ela poderia ter convencido os hobgoblins a fazer o que ela quisesse.

– Então um markis e uma markinsinna são capazes de derrotar os hobgoblins? – perguntou Finn. – Mas eu não?

Loki balançou a cabeça.

– Não num combate corpo a corpo, imagino que não.

– Não vamos conseguir fazer um markis ou marksinna lutar na guerra – falei. – Principalmente depois da morte do markis esta noite, junto com o chanceler. Eles vão ficar com muito medo.

– Nós podemos convencê-los – disse Finn. – Se for a única maneira que tivermos de deter os Vittra, eles vão ter que aceitar.

— Não é a única forma — falei, mas tanto Loki quanto Finn me ignoraram.

— O seu povo é corrompido – disse Loki. – Você não consegue convencê-los a fazer nada.

— *Nós* somos corrompidos? – disse Finn, rindo com ironia. – Até levaria isso em consideração, se não estivesse vindo de um príncipe mal-educado.

— Não sei por que achou meu comentário tão ofensivo. – Loki endireitou a postura. – Já vi a maneira como as pessoas tratam Wendy, e ela é a princesa deles. Eles são insolentes.

— Eles não a conhecem ainda – disse Finn. – É um processo demorado, e o fato de ela passar tanto tempo com prisioneiros Vittra não ajuda em nada.

— Não sou um prisioneiro. – Loki parecia indignado. – Estou aqui porque quero.

— Eu não entendo isso. – Finn balançou a cabeça, incrédulo.

— Finn, ele me pediu anistia, e eu concedi – expliquei.

— Mas os seus motivos me escapam completamente – disse Finn. – Nós estamos em guerra contra os Vittra e você simplesmente o deixa ficar aqui, como se não fosse nada de mais.

— O fato de ela me querer por perto o deixa tão irritado assim? – perguntou Loki, e Finn fulminou-o com o olhar.

— Eu não... – Fiz uma pausa e balancei a cabeça. – A razão de Loki estar aqui não importa; o fato é que está aqui, e ele é confiável, isso eu garanto. Além disso, o imenso conhecimento que ele tem a respeito dos Vittra é de valor inestimável.

— Posso contar tudo que sei, mas não estou certo de que isso vai ajudar muito, Wendy – disse Loki. – Se quiser informações sobre políticas e procedimentos, eu até posso ajudar.

Mas, se eu soubesse uma forma de deter o rei, eu mesmo já o teria detido.

– Por quê? – perguntou Finn. – Por que você deteria o rei?

– Ele é um filho da mãe. – Loki baixou os olhos e puxou algo da camisa. – De verdade mesmo.

– Mas ele não foi sempre assim? – perguntou Finn. – Por que desertar agora? E por que vir para cá? Existem outras tribos de trolls e centenas de cidades que não estão em guerra com o seu rei.

– Apenas os Trylle têm Wendy. – O sorriso de Loki voltou, mas seus olhos estavam aflitos. – Como ignorar isso?

– Ela é casada, você sabe disso – disse Finn. – Então talvez seja melhor você parar de flertar com ela. Ela não está interessada.

– É ela que decide em quem está interessada – disse Loki, com certa intensidade na voz. – E nem você está seguindo o próprio conselho.

– Sou o rastreador dela. – Finn sentou-se na cama, mas desta vez eu não tentei impedi-lo. Seus olhos estavam pegando fogo. – Protegê-la é o meu trabalho.

– Não, Duncan é o rastreador dela. – Loki apontou para a porta, de onde Duncan observava a discussão com os olhos arregalados. – E Wendy é mais forte do que vocês dois juntos. Você não a está protegendo. Você está protegendo *a si mesmo* por ser um ex-namorado apaixonado.

– Você acha que entende de tudo, mas na verdade não sabe de nada – resmungou Finn. – Se dependesse de mim, eu teria mandado você de volta para os Vittra num piscar de olhos.

– Mas não depende de você! – retruquei, perdendo a paciência. – Depende de mim. E já basta desta conversa. Finn precisa descansar e você não está ajudando em nada, Loki.

– Desculpe – disse Loki, esfregando as mãos na calça.

– Por que não volta para o seu quarto? – perguntei a ele. – Apareço lá num instante para conversar com você.

Ele concordou com um aceno de cabeça e se levantou.

– Melhoras – disse Loki para Finn, parecendo sincero.

Finn respondeu com um grunhido, e Loki e Duncan foram embora. Queria estender o braço e tocá-lo, consolá-lo de algum modo, pois senti que ele estava precisando disso. Talvez eu também estivesse precisando disso.

– Vá dormir – pedi a ele, pois não consegui pensar em nada melhor para dizer. Levantei, mas ele estendeu o braço e segurou o meu pulso.

– Wendy, eu não confio nele – disse, referindo-se a Loki.

– Eu sei. Mas eu confio.

– Tome cuidado – disse Finn simplesmente, e me soltou.

Já tinha passado da meia-noite havia um bom tempo e o restante do palácio estava em silêncio. A manhã seguinte traria incontáveis reuniões, mas, por ora, todos tinham voltado para suas camas. O corredor estava escuro, mas consegui enxergar a luz do abajur no quarto de Loki.

Ele não me escutou andar pelo corredor, então fiquei lá fora parada, observando-o. Ele estava fazendo a cama e, ao terminar, ficou mordendo o polegar e olhando para ela. Balançou a cabeça e puxou o cobertor mais um pouco para não ficar tão arrumado. Depois mudou de ideia e voltou a esticar o cobertor.

– O que está fazendo? – perguntei.

– Nada. – Ele pareceu surpreso por um segundo, depois sorriu e passou a mão no cabelo. – Nada. Queria conversar? Por que não entra?

— Estava arrumando o quarto por minha causa? – perguntei.

— Bem... – Ele despenteou o cabelo novamente. – Tento deixar o quarto apresentável toda vez que uma princesa passa aqui.

— Entendo. – Entrei no quarto dele e fechei a porta, o que ele adorou.

— Por que não se senta? – Loki apontou para a cama. – Fique mais à vontade.

— Preciso de um favor.

Ele sorriu.

— Para você, qualquer coisa.

— Quero que me leve até Ondarike – falei, e seu sorriso desapareceu.

— Tudo menos isso.

— Sinto-me péssima em pedir isso, pois sei o que Oren fez com você, e não espero que você vá entrar lá nem nada – expliquei depressa. – É que não sei como chegar lá, nem como entrar, mas você poderia me ajudar e me deixar na porta. Eu nunca o colocaria em perigo nem arriscaria a sua vida.

— Mas você espera que eu arrisque a sua? – Loki deu um sorriso irônico e balançou a cabeça. – De jeito nenhum, Wendy.

— Posso prometer que você vai ficar em segurança. Depois que eu estiver lá, duvido que ele vá se importar com você. Você não precisa nem chegar perto do palácio. É só me dizer como chegar lá.

— Wendy, você não está prestando atenção – disse ele. – Não estou preocupado comigo mesmo. Não vou deixar você fazer isso.

— Eu vou ficar bem – insisti. – Ele é meu pai e eu sou forte o suficiente para cuidar de mim mesma.

– Você não tem ideia do que está enfrentando. – Loki riu sombriamente. – Não. É ridículo. Não vou nem considerar isso.

– Loki, me escute. Finn quase morreu hoje...

– Só porque o seu namorado se machucou, o suicídio passa a ser a única opção? – perguntou Loki.

– Ele não é meu namorado – corrigi-o.

– Tudo bem. *Ex*-namorado – disse ele. – Isso não melhora a situação em nada. E, por mais que eu não goste de admitir, Finn tinha razão. Podemos encontrar outra maneira. Sei que não ajudei muito hoje à noite, mas tenho certeza de que consigo pensar em alguma coisa se tiver tempo.

– Mas nós não temos tempo, Loki! – Respirei fundo. – Não estou dizendo que vou me entregar para Oren como uma oferta de paz, mas preciso pelo menos falar com ele. Tenho que fazer alguma coisa para adiar a guerra um pouco mais. Precisamos de tempo para deixar o exército pronto. E ele está lá fora, matando o nosso povo *agora*.

– Então quer que eu a leve até o palácio Vittra? Para você poder ter a sua reuniãozinha com o rei? – perguntou Loki. – E, enquanto estiver lá, eu espero do lado de fora, e depois que a reunião acabar você sai e nós voltamos para cá? É esse o plano?

– Não exatamente, mas é mais ou menos isso.

– Wendy! – Loki parecia exasperado. – Por que ele deixaria você voltar? Ele está fazendo tudo isso por *sua* causa! Se você já estiver no palácio, por que ele deixaria você ir embora?

– Entre outras razões, ele não seria capaz de me impedir – argumentei. – Sou capaz de me defender contra ele, os hobgoblins e contra qualquer outra coisa que ele tiver. Não sou capaz de lutar uma guerra inteira sozinha nem de defender todas as pessoas do reino de uma vez só. Mas de mim mesma eu sou capaz de cuidar sozinha.

— Mesmo se isso fosse verdade, ainda assim é muito arriscado — disse Loki. — Se tentar ir embora, ele pode matar você. Não mantê-la como refém nem ameaçá-la. Estou falando de *assassinar* você. Ele acharia isso melhor do que deixar você voltar para cá.

— Não, ainda não é assim. — Balancei a cabeça. — Um dia ele vai preferir isso. Mas agora ele quer que eu seja a rainha. É por isso que ele concordou com a trégua. Ele queria garantir que eu me tornasse a rainha dos Trylle.

— Ele quer os dois reinos — disse ele baixinho. — Você vai dar isso a ele?

— Sim. — Concordei. — Vou concordar em governar ao lado dele, tanto o povo Trylle quanto o Vittra, se ele parar o banho de sangue até eu ser coroada.

— Ele não vai governar "ao seu lado". Ele vai tomar o governo de você.

— Eu sei, mas não importa, pois eu nem o deixaria governar — expliquei. — Não planejo levar isso adiante.

Loki assobiou e balançou a cabeça.

— Se desistir do acordo, ele vai destruir tudo — tudo *mesmo* — que é importante para você.

— Não vou desistir do acordo. Nunca vou chegar a esse ponto. Só quero conseguir mais tempo para nós, para que possamos preparar o exército, e então atacaremos os Vittra, os derrotaremos e eu matarei Oren.

— Você vai matá-lo? — Ele ergueu a sobrancelha. — Você nem sabe como fazer isso.

— Não. Ainda não – admiti. – É por isso que não o matei ainda. Mas vou matá-lo.

— Não sei nem se é possível matá-lo – disse Loki.

— É possível matar qualquer pessoa.

— Muita, muita gente já tentou – disse ele. – E todos fracassaram.

— Sim, mas nenhuma dessas pessoas tinha o sangue dele correndo nas veias. Acho que eu sou a única pessoa que tem força suficiente para fazer isso.

Loki ficou me observando por um instante antes de perguntar:

— E se você não tiver toda essa força? E se fizer tudo isso e não encontrar uma forma de detê-lo?

— Não sei – respondi. – Vou ter que encontrar uma. Ele vai continuar atacando até conseguir me pegar. Eu me entregaria para ele com alegria se achasse que isso bastasse, mas agora não sei mais se vai bastar.

Loki ficou olhando para o chão com os olhos arregalados enquanto pensava no assunto. Eu não sabia em que ele estava pensando, mas ele não parecia muito contente.

— E então, vai me levar? – perguntei.

Ele molhou os lábios e suspirou profundamente.

— Você não sabe o que está me pedindo.

— Sei perfeitamente que...

Loki interrompeu-me, parecendo exasperado.

— Não, Wendy, você não sabe. Você não faz ideia de como é morar em Ondarike, sob o reino de um soberano verdadeiramente cruel. Você não entende do que ele é capaz. Ele...

Ele parou de repente e aproximou-se de mim com uma expressão solene no rosto e os olhos sombrios.

— Oren matou meu pai quando eu era criança. Ele o pendurou no teto pelos tornozelos e cortou seu pescoço, deixando o sangue escorrer como se faz com um porco. — Os olhos de Loki não desviaram dos meus enquanto ele falava. — Isso demora mais do que você imagina. Ou, vai ver, eu achei isso por ter apenas nove anos na época e porque Oren me obrigou a assistir a tudo. Ele me disse que era o que acontecia com traidores.

— Lamento muito — sussurrei, sem conseguir pensar em mais nada para dizer.

— Não estou dizendo isso para você ficar com pena de mim — disse ele. — Só quero que você saiba quem está enfrentando. Aquele homem não tem alma.

— Sei que ele é um monstro. — Baixei o olhar, tentando quebrar um pouco a intensidade do momento. — Por que ficou em Ondarike depois que o rei fez isso?

— Entre outras razões, eu era uma criança. Não tinha para onde ir.

— E depois que cresceu? — Ergui a cabeça com cautela, sabendo bem o quanto ele estava perto de mim. — Por que esperou tanto para ir embora?

— Fiquei por causa de Sara — disse Loki simplesmente. — Ela é como uma irmã para mim, é a única família que tenho. O rei era tão cruel com ela quanto comigo, talvez ainda pior, e eu não queria que ela passasse por isso sozinha.

— Mas agora não se importa mais? — perguntei.

— Ainda me importo. Mas não posso fazer nada para protegê-la. Eu estava preso numa masmorra, incapaz de ajudá-la.

— É por isso que foi embora?

– Não. – Ele sorriu enquanto me olhava bem nos olhos. – Fui embora por sua causa. – Eu não sabia o que responder, mas de todo jeito ele falou antes que eu pudesse dizer qualquer coisa: – E agora está me pedindo para voltar.

– Não. – Balancei a cabeça. – Não vou obrigá-lo a voltar, se você não quiser. Posso encontrar outra pessoa para me levar lá.

– Quem? – perguntou Loki. – Quem levaria você até lá?

– Não sei. – Fiquei pensando um instante. – Eu encontro o caminho sozinha.

Tove e alguns rastreadores provavelmente saberiam como chegar até o palácio dos Vittra, mas eles não conheceriam os detalhes do local como Loki. Se fosse necessário, eu poderia pegar um mapa da Sala de Guerra.

– Não pode ir sozinha – disse ele.

– Lamento se o rei machucou você, lamento mesmo. Sei que ele é terrível, mas, depois que você me contou o quanto ele é horrível, eu passei a achar a minha ida mais necessária ainda. Preciso impedir que ele faça com o meu povo o que ele fez com o seu próprio. Tenho que ir.

Eu me virei para girar a maçaneta, mas Loki me parou. Ele agarrou o meu pulso e ficou bem na minha frente.

– Loki. – Suspirei e olhei para ele. – Me solte.

– Não, Wendy, não vou deixar você fazer isso – disse Loki.

– Você não pode me impedir.

– Sou bem mais forte que você.

Tentei empurrá-lo para longe de mim, mas foi como empurrar concreto. Ele me pressionou contra a parede do quarto e colocou um braço de cada lado do meu corpo. Seu corpo não estava tocando o meu, mas estava tão perto que eu não conseguia me mexer.

— Talvez você seja mais forte fisicamente, mas eu sou capaz de fazer você cair no chão se contorcendo de dor numa questão de minutos. Não quero machucá-lo, mas, se for necessário, vou fazer isso.

— Não precisa — disse Loki enfaticamente. — Não precisa fazer isso.

— Preciso sim. Vou fazer tudo que for necessário para salvar vidas — argumentei. — Se você não vai comigo, tudo bem. Mas saia do meu caminho.

Ele mordeu o lábio e balançou a cabeça, mas não se afastou.

— É madrugada e você quer fugir comigo — disse Loki. — O que vai dizer para o seu marido?

— Nada.

— Nada? — Loki ergueu a sobrancelha. — A princesa desaparece sem avisar? Seria o maior caos.

— Vou pedir para Duncan contar pela manhã para onde fui — expliquei. — Assim ganhamos algumas horas para chegar até lá antes que alguém venha atrás de nós.

— Se o rei não quiser deixar você ir embora, ele vai matar o grupo que for resgatá-la — salientou Loki. — Finn, Tove, Duncan, talvez até Willa. Está disposta a arriscá-los nessa causa?

— Talvez seja a minha única chance de salvá-los — falei com a voz pastosa.

— Não vou conseguir fazer você desistir? — sussurrou ele, cujos olhos tentavam encontrar os meus.

— Não.

Ele engoliu em seco e afastou um fio de cabelo da minha testa. Sua mão pousou no meu rosto por um instante e eu não a tirei. Seus olhos estavam tristes de uma forma estranha, e eu queria perguntar o motivo de eles estarem assim, mas não ousei.

– Quero que se lembre disso – disse ele, com a voz baixa e rouca.

– De quê? – perguntei.

– Você quer que eu a beije.

– Não quero – menti.

– Quer sim. E quero que se lembre disso.

– Por quê?

– Porque sim. – Sem mais nenhuma explicação, ele se virou de costas para mim. – E, se quer mesmo fazer isso, vá trocar de roupa. Você não vai querer encontrar o rei de pijama.

DOZE

rendez-vous

Loki gostava de música country alternativa, e o rádio por satélite do Cadillac tocava Neil Young, Ryan Adams, The Raconteurs e Bob Dylan desde que saímos de Förening. Ele às vezes cantava junto de uma maneira desafinada que era estranhamente cativante.

Ainda estava escuro e nevava, mas Loki parecia não se importar com isso. O carro deslizou em alguns lugares, mas ele corrigia a rota. Eu me maquiei no carro e ele conseguiu mantê-lo estável o suficiente para que eu não furasse o meu olho com o delineador.

Loki zombou da minha maquiagem e da roupa que escolhi. Estava com um longo violeta-escuro, coberto de renda e diamantes, com um manto preto de veludo por cima. Eu tinha escolhido essa roupa por saber que Oren dava muito valor à reverência.

Depois que eles me sequestraram, Sara nunca me deixara encontrar com ele sem antes colocar um longo. Respeito era algo importante para ele, então garantir que eu estava bonita quando fosse vê-lo era uma forma de mostrar que eu o respeitava.

Na verdade, eu dei sorte de encontrar algo tão bonito para vestir. A maioria das roupas tinha sido levada do meu quarto antigo para os aposentos da rainha, que eu dividia com Tove, mas algumas peças tinham sido deixadas para trás. Fui me vestir no quarto antigo porque não queria ter que contar a Tove o que estava fazendo.

Após me trocar, fui até o quarto de Duncan. Ele surtou quando expliquei os meus planos, e eu sabia que ele sairia correndo para contá-los a Tove assim que eu fosse embora, se é que não ia fazer isso *antes mesmo* de eu ir embora. Usei a persuasão para que ele demorasse o máximo possível, o que pelas minhas estimativas seria até umas oito da manhã. Talvez mais, se o efeito da persuasão durasse um tempo.

Por ser a princesa, eu tinha acesso a tudo. Fui até a garagem e peguei as chaves de um Cadillac preto. Partimos de Förening sem ninguém nos ver, exceto o guarda no portão. Usei a persuasão para que ele não alertasse ninguém e nós pegamos a estrada.

– Pode dormir – disse Loki enquanto eu olhava os flocos de neve que caíam no vidro da janela.

– Eu sei, mas estou bem. – Apesar de não ter dormido ontem, eu não me sentia cansada. Meu nervosismo estava me deixando bem inquieta.

– Podemos voltar a qualquer momento – lembrou-me ele, não pela primeira vez.

– Eu sei.

– Achei que seria bom lembrar – disse ele, parecendo desapontado. Ele ficou em silêncio por um minuto e depois começou a cantar junto com a música.

— O seu pai era Trylle, não era? — perguntei, interrompendo a cantoria dele.

— Meu pai nasceu em Förening — respondeu Loki com cuidado. — Mas ele tinha maior parentesco com uma víbora do que com Trylle ou Vittra.

— Está falando metaforicamente, não é? — perguntei. — O seu pai não era literalmente um réptil, era?

— Não. — Loki riu um pouco. — Ele não era uma víbora de verdade.

— Como ele foi parar nos Vittra? — perguntei. — Ele foi embora por causa da sua mãe?

— Não. — Ele balançou a cabeça. — Ele era o chanceler de Förening e conheceu o seu pai quando Oren veio aqui pedir aos seus avós a mão de Elora em casamento.

— Não sabia que seu pai era uma autoridade.

— Era sim. — Loki acenou com a cabeça. — Enquanto organizava o casamento, meu pai teve que trabalhar bastante com Oren. E ver o quanto Oren cobiçava o poder foi algo que mexeu com ele. Pelo jeito, o mal atrai mais mal.

— Então ele foi embora para se juntar aos Vittra? — perguntei.

— Não exatamente — disse ele. — Na época, o plano era unir os dois reinos. Oren governaria os dois depois que sua mãe se tornasse rainha. Isso tudo aconteceu antes até de ela voltar para Förening, quando ela ainda estava com a família hospedeira, mas eles já tinham começado a preparar o acordo. Como chanceler, meu pai foi enviado para o reino Vittra como embaixador dos Trylle. Foi assim que ele conheceu minha mãe.

— Achei que você tinha dito que ele não foi embora por causa dela.

— E não foi mesmo. Ela foi apenas uma maneira de ele conseguir o que queria. Ele se casou com ela para poder ir embora, não o contrário – disse Loki.

— Então ele não a amava? – perguntei.

— Não; ele a achava insuportável. Apesar de ela ser linda. – Ele ficou em silêncio, pensando nela. – Mas acho que ele nem se importava com isso. Ela era uma marksinna poderosa. Meu pai queria poder, e isso ela tinha. Por um tempo, ele foi chanceler Trylle e príncipe Vittra simultaneamente. Tecnicamente eu não sou um príncipe Vittra, nem ele era um, mas, como temos o título de markis mais nobre, as pessoas se referem a nós dessa maneira.

— O seu pai cometeu uma traição contra os Trylle, não foi? – perguntei hesitantemente, lembrando que ele tinha me contado que Oren executara seu pai.

— Você sabe disso? – Loki olhou para mim. – Alguém contou para você o que meu pai fez?

— Elora disse que seu pai contou para Oren onde ela e minha avó tinham se escondido – respondi. – Por causa disso, Oren as encontrou e matou minha avó.

— Sim, ele fez isso – disse Loki. – Na verdade, ele fez mais do que isso. Ele queria contar a Oren onde você estava, só que você estava tão bem escondida que meu pai não conseguiu descobrir. Mas, por causa de seus esforços, ele se tornou o ajudante de Oren. – Loki deu um sorriso amargo. – Ele conseguiu tudo o que sempre quis. Então você pode imaginar que com isso ele tenha ficado feliz, mas não ficou.

— O que aconteceu? – perguntei.

— Quando eu tinha nove anos, Oren casou-se com Sara, e meu pai ficou furioso – disse Loki. – Existia a probabilidade de eles terem um filho saudável, e meu pai não queria isso. Se eles não tivessem um filho, eu seria o único herdeiro do trono.

— Mas Sara não pode ter filhos, não é? – perguntei.

— Não sabíamos disso na época – explicou Loki. – Ela tem um pouco de sangue Trylle, já de duas gerações, e é por isso que tem a habilidade de curar. Mas o sangue Vittra deve ter apagado o sangue Trylle demais, pois ela não pôde ter nenhum filho.

— Mas, quando ela se casou com Oren, o seu pai achou que eles poderiam ter um filho? – perguntei.

— Isso. – Ele concordou com um gesto de cabeça. – Meu pai só queria uma coisa: que eu fosse rei. Não importava minha vontade ou se Oren fosse viver para sempre, o que faria com que eu nunca me tornasse rei.

— Por que ele queria tanto que você fosse rei? – perguntei.

— Ele queria poder, queria mais poder – disse Loki. – Achou que se eu me tornasse rei nós poderíamos governar o mundo, algo assim. Ele nunca teve planos muito específicos, só queria mais.

— E o que aconteceu? – perguntei. – Ouvi falar que ele tentou desertar de volta para Förening.

— Sim, isso foi depois que tudo deu errado – disse Loki. – Meu pai elaborou um plano para matar Sara. Não sei os detalhes, mas acho que ele queria envená-la. Minha mãe descobriu e ela... – Ele parou e balançou a cabeça. – Minha mãe foi gentil. Eu e Sara tínhamos sido noivos, então ela se tornara praticamente um membro da família. Minha mãe a convidava para jantar com frequência e a tratava como uma filha. Mesmo depois que Sara se casou com Oren, minha mãe continuou próxima dela.

— E seu pai ia matá-la? – perguntei.

– Sim, mas minha mãe não deixou que ele fizesse isso. – Ele mordeu o interior da bochecha e ficou olhando para a neve que caía mais à frente. – Então ele a matou.

– O quê? – perguntei, achando que tinha entendido errado. – Sara está viva.

– Não, meu pai matou minha mãe – disse Loki com calma. – Ele a golpeou na cabeça com um vaso de metal, várias e várias vezes. Eu estava escondido no closet e vi tudo.

– Meu Deus. – Fiquei boquiaberta. – Sinto tanto.

– O rei descobriu, e ele não se importou com o fato de meu pai ter assassinado alguém – disse ele. – Mas então eu contei para o rei *por que* ele a matou, contei os planos que ele tinha de assassinar Sara. – Meu pai tentou voltar para os Trylle. Ele ofereceu para Elora segredos comerciais, qualquer coisa que ela quisesse saber. Ouvi dizer que ela aceitou, mas ele nunca conseguiu chegar até aqui. Oren descobriu e o executou.

– Sinto muito – falei, sem saber o que dizer.

– Eu não – disse Loki. – Mas tive sorte pelo fato de o rei não ter me matado também. Sara ficou com pena de mim e eu me mudei para o palácio com eles.

– O rei e a rainha criaram você – concluí, percebendo melhor o que Loki quis dizer quando falou que Sara era sua única família.

Ele assentiu com a cabeça.

– Sim, criaram. Mais Sara. O rei nunca gostou muito de mim, mas acho que ele nunca gostou de ninguém.

O silêncio tomou conta do carro e Loki ficou taciturno. Devia ser pela menção à morte da mãe.

Foi terrível o que aconteceu com ele; não que minha infância tivesse sido uma maravilha. Lembrei-me de quando ele chegou a Förening, de quando eu coloquei a mão na cicatriz em seu peito. Senti que ele era semelhante a mim, e, quanto mais eu parava para pensar, mais percebia o quanto de fato éramos parecidos.

Nós dois tínhamos um pai ou uma mãe de criação que nos odiavam. Nós dois ficamos órfãos ainda crianças. O pai dele queria que ele fosse rei, apesar de Loki não querer, e minha mãe queria que eu fosse rainha, apesar de eu não querer. E nós dois tínhamos uma linhagem mista, éramos Trylle e Vittra ao mesmo tempo.

– Por que você não é como eu? – perguntei quando pensei nisso.

– Como?

– Por que você não é tão poderoso quanto eu? – perguntei. – Nós dois somos Trylle e Vittra.

– Bom, entre outras razões, você é filha da Trylle mais poderosa e do Vittra mais poderoso – disse Loki. – Eu sou filho de uma Vittra bastante poderosa e de um Trylle relativamente fraco. Meu pai era um markis não tão importante. Ele não tinha praticamente nada. Mas eu herdei sua habilidade de deixar as pessoas inconscientes, e a minha é bem mais forte do que a dele.

– Mas você tem mais força física do que eu – salientei.

– O seu pai não é tão forte fisicamente – disse Loki. – Não me entenda errado, ele é muito forte, em especial para os padrões Trylle. Mas em boa parte ele é só... imortal.

– *Só* imortal. Que bom. Assim vai ser bem mais fácil matá-lo.

– Podemos voltar – sugeriu Loki novamente.

– Não, não podemos – respondi, balançando a cabeça.

O carro bateu num pedaço do gelo e desviou para o lado. Loki colocou a mão no meu braço para garantir que eu estava bem antes de endireitar o carro.

– Desculpe – disse ele, mantendo a mão no meu braço.

– Tudo bem.

Senti o calor de sua mão na minha pele e mexi o braço para poder segurá-la. Não sei exatamente por que fiz isso, mas fiquei me sentindo melhor. Assim, meu nervosismo e a sensação de aperto no estômago diminuíram.

Fiquei olhando pela janela, quase com vergonha de olhar para ele, que não falou nada. Apenas ficou segurando minha mão, e depois de um tempo recomeçou a cantar com o rádio.

A neve tinha diminuído quando chegamos no palácio dos Vittra em Ondarike. Não tive oportunidade de olhar para ele da última vez que estive ali. Agora via o quanto se parecia com um castelo antigo. As torres e espirais de tijolos agigantavam-se diante do céu nublado. Havia árvores desfolhadas na floresta ao redor e eu fiquei imaginando que a qualquer momento ia aparecer um fosso.

Loki estacionou diante das portas gigantescas de madeira e desligou o carro. Fiquei boquiaberta olhando para o palácio e tentei impedir que o nervosismo tomasse conta de mim. Eu era capaz de fazer aquilo.

– Como eu o encontro? – perguntei. – Onde está o rei?

– Eu mostro para você. – Loki abriu a porta do carro.

– O que está fazendo? – perguntei enquanto ele saía.

– Levando você lá dentro – disse ele, e fechou a porta com força.

— Você não pode entrar — falei após sair do carro. — O rei pode fazer alguma coisa com você.

— Que tipo de guia turístico eu seria se não mostrasse pessoalmente as atrações? — Ele sorriu para mim, mas seus olhos não estavam sorrindo.

— Loki, sério. — Não quis ir atrás dele pelo caminho, então ele se virou para mim. — O rei vai jogá-lo na masmorra de novo.

— Talvez — concordou Loki. — Mas acho que ele não vai fazer isso se você conseguir um acordo. E nós dois estamos contando com isso.

— Não gosto dessa história de você entrar lá.

— Bom, eu também não gosto dessa história de você entrar lá. — Ele deu de ombros. — Então estamos quites.

Com relutância, assenti com a cabeça. Eu não queria colocá-lo em perigo, mas ele tinha razão. Se Oren concordasse comigo, algo com que eu realmente estava contando, eu poderia incluir a anistia de Loki no acordo.

Loki seguiu pelo caminho até as portas ao meu lado. Tentei abrir uma delas, sem sucesso. Loki riu um pouco, estendeu o braço ao meu redor e a empurrou como se não fosse nada. E então nós entramos no palácio dos Vittra.

TREZE

a verdade

Eu tinha me esquecido de como os aposentos do rei pareciam uma caverna. Não havia nenhuma janela e as paredes eram feitas de mogno escuro. Os tetos eram altos e havia uma fraca iluminação de candelabros.

Estávamos sentados em cadeiras vermelhas e elegantes, os únicos móveis do ambiente, exceto pela estante de livros e uma grande mesa. Loki, Sara e eu ficamos sentados sem dizer nada enquanto esperávamos o rei. Loki mordia o polegar, e sua perna balançava nervosamente. Sara mantinha as mãos no colo, olhando para o nada sem nenhuma expressão no rosto.

Assim que entramos no castelo, o pequeno lulu da pomerânia de Sara veio em disparada na nossa direção, latindo. Ele rosnou para mim, mas ficou felicíssimo ao ver Loki e o encheu de lambidas. Sara apareceu logo depois, ao escutar seus latidos.

Quando nos viu, ela empalideceu. Ficou parada, olhando-nos, e Loki perguntou se ela estava contente em vê-lo. Sem responder, ela mandou um hobgoblin que estava por perto ir buscar o rei e nos levou aos aposentos dele para aguardá-lo.

Sara entregou o cachorro para Ludlow, um dos hobgoblins, e indicou para que nos sentássemos. Esperamos em silêncio por um tempo que pareceu longo, mas devem ter sido apenas alguns minutos.

— Não deviam ter vindo – disse Sara afinal.

— Eu sei – respondeu Loki.

— Não devia tê-la trazido – disse Sara.

— Eu sei – repetiu ele.

— Por que voltou? – perguntou ela.

— Não sei – disse Loki, ficando irritado.

— *Isso* você não sabe? – Sara riu com desdém. – Ele vai matar você.

— Eu sei – disse ele baixinho.

— Não vou deixá-lo fazer isso – falei firmemente, e Loki virou-se para mim.

— Peço desculpas, princesa, mas você é tão ingênua – disse Sara.

— Eu tenho um plano – retruquei, soando mais convincente do que eu me sentia. – E vai dar certo.

— Ele nunca vai deixar você ir embora – disse Sara, como se estivesse me advertindo.

— Vai, sim – insisti. – Contanto que eu ofereça algo maior do que eu mesma em troca.

— E o que você tem para oferecer? – perguntou Sara.

— Meu reino.

Loki mudou de assunto chamando atenção para duas espadas penduradas na parede. Ele explicou que, por mais que as espadas de metal provavelmente conseguissem matar os Vittra, Oren tinha mandado fazer um conjunto especial de platina e diamantes. Ele as utilizava em todas as suas execuções para que a morte fosse garantida.

Não sabia como ouvir isso aliviaria a tensão no ambiente, mas não importava mais, pois a porta dupla do aposento foi aberta e o rei entrou.

A perna de Loki parou de balançar de imediato e ele colocou a mão no colo. Oren sorriu para nós, e isso me deixou arrepiada. Sara levantou-se quando ele entrou, então eu fiz o mesmo, mas Loki demorou mais um pouco.

– Então, afinal, a trouxe para cá? – perguntou Oren, com um olhar fulminante e perspicaz.

– Eu não a trouxe, Majestade – disse Loki. – Ela me trouxe.

– Ah, foi? – Oren pareceu surpreso, mas acenou com a cabeça para mim, em aprovação. – Você encontrou o lixo e decidiu devolvê-lo, como eu pedi.

– Não – respondi. – Ele vai voltar comigo quando eu for embora.

– Quando você for embora? – perguntou Oren, e sua gargalhada ecoou pelas paredes. – Ah, minha querida princesa, você não vai embora.

– Você não sabe ainda o que vim oferecer – falei.

– Eu já tenho tudo o que quero neste quarto. – Oren começou a andar ao nosso redor, formando um grande círculo. Loki virou-se em sua direção para segui-lo com os olhos, mas eu não fiz o mesmo.

– Você não tem Förening nem nenhuma parte do reino Trylle – argumentei. – Você nem sequer tem o que sobrou de Oslinna. Pode até ter devastado a cidade, mas ela ainda é nossa.

– Eu vou ter seu reino – disse Oren, e a voz saiu bem detrás de mim.

– Talvez – respondi. – Mas quanto tempo vai demorar até conseguir isso? Possuir a princesa não garante sua vitória sobre os Trylle. Na verdade, dessa forma eles só vão lutar mais.

– O que está propondo? – perguntou Oren, e deu a volta para ficar na minha frente.

– Tempo – falei. – Me dê tempo para eu fazer o povo apoiar essa ideia, e assim você evita o levante que aconteceu quando você se casou com minha mãe.

– Eu acabei com aquele levante. – Oren sorriu com malícia, provavelmente se lembrando com prazer de todas as mulheres e crianças que matou.

– Mas perdeu o reino, não foi? – perguntei, e seu sorriso esmoreceu.

– E o que você seria capaz de fazer para me garantir o reino? – perguntou Oren.

– Logo eu serei a rainha – respondi. – Você viu como Elora está. Sabe que não vai demorar.

– E a nossa trégua acabará – disse Oren, com um tom ameaçador.

– Se me desse o período de agora até eu ser coroada para preparar o povo para a transição, nós conseguiríamos fazer isso. Posso fazer com que eles fiquem do seu lado. Se eu os convencesse de que estou governando *com* você, e não sob seu domínio, eles me apoiariam.

– Você não governaria comigo – resmungou ele.

– Eu sei – concordei apressadamente. – Só preciso que fiquem do meu lado e que apoiem você. Depois que tudo estiver correndo bem e que você for rei de todos os Vittra e Trylle, eles vão se curvar diante de você sem reclamar. Eles a serviriam em tudo que quisesse.

– Por quê? – Oren ergueu a sobrancelha com ceticismo e deu um passo para trás. – Por que você faria isso?

– Porque eu sei que você vai continuar nos atacando e que após um tempo vai vencer, mas isso custaria milhares e milhares de vidas do meu povo – respondi. – Prefiro trabalhar com você e garantir uma conquista pacífica agora do que presenciar uma conquista brutal depois.

– Hum. – Oren pareceu pensar mais no assunto e assentiu com a cabeça. – Que inteligente. Bem inteligente. E o que quer em troca?

– O fim dos ataques às nossas cidades – falei. – Pare com todos os ataques contra nós. Se continuar massacrando meu povo, vai ser difícil convencê-los a confiar em você. Além disso, como tudo vai passar a ser parte do seu reino, isso seria destruir sua própria propriedade.

– Tem razão – disse Oren. Ele começara a andar novamente, dessa vez se afastando de costas para nós. – E como Loki entra nisso tudo?

– Ele é um Vittra – falei. – Sendo gentil com os Trylle, ele vai ajudar a convencê-los de que você não é uma pessoa má. Que foi tudo um mal-entendido. Vai ajudar a ganhar a confiança do povo em seu nome.

– Mas tem certeza de que quer *ele*? – Oren virou-se em nossa direção mais uma vez. – Posso enviar Sara no lugar dele.

– Eles já conhecem Loki – argumentei. – Já estão começando a confiar nele.

— Não, *você* confia nele. — O sorriso de Oren se abriu ainda mais ao dizer isso. — Ele não lhe contou, não foi?

— Está sendo vago demais. É impossível que eu saiba a que está se referindo.

— Que maravilha! — Oren riu. — Você não sabe.

Molhei os lábios.

— Não sei o quê? — perguntei.

Oren riu de novo.

— É uma mentira.

— Não é tudo mentira — disse Loki depressa. Escutei o tremor em sua voz e, do canto dos olhos, vi que ele estava mais pálido. — As cicatrizes nas minhas costas não são de mentira.

— Sim, isso você mereceu. — Oren parou de rir e lançou um olhar severo para ele. — Você fracassou inúmeras vezes.

— Não fracassei — disse Loki com cuidado. — Eu me neguei a fazer o que pediu.

— Não, você fracassou. — Oren aproximou-se e Loki teve dificuldade de continuar encarando-o. — Ela não fugiu com você. Ela escolheu outra pessoa. Então você fracassou.

— O quê? — perguntei, e uma sensação de náusea começou a crescer dentro do meu estômago.

— Eu não a teria trazido até aqui — insistiu Loki.

— Está dizendo isso agora — disse Oren, e afastou-se dele. — Mas não foi isso que disse quando voltou.

— Eu estava na masmorra e você estava me surrando! — gritou Loki. — Eu teria concordado com qualquer coisa.

— E concordou mesmo com qualquer coisa — disse Oren. — Concordou em seduzir a princesa, em fazê-la se apaixonar por você, pois assim você a traria de volta para mim. Não foi?

— Sim, mas... – Loki começou a falar, mas Oren o interrompeu:

— Você foi até o palácio dela e foi preso de propósito para poder ficar com ela, passar tempo com ela, manipulá-la – disse Oren.

— Não foi exatamente o que... – disse Loki.

— E quando Sara trouxe você de volta, você disse que estava quase conseguindo. – Oren sorriu, como se estivesse contando uma anedota engraçada. – Você disse que ela quase o beijou e que ela corou quando você sugeriu que ela se casasse com você, e não com aquele idiota com quem ela está agora.

Loki não disse nada. Ele ficou fitando o chão e mordendo o lábio. Uma dor horrível começou a crescer dentro do meu peito, pois eu sabia que aquilo era verdade.

— Não foi? – gritou Oren. Loki sobressaltou-se, mas continuou olhando para baixo.

— Não tive escolha – disse Loki em voz baixa.

— E só por causa disso o que você fez não é errado? – Oren sorriu olhando para mim. – Tudo que aconteceu entre vocês dois foi uma mentira. Mas ele fez isso porque eu pedi, então não tem problema. Não é? Não tem nenhum problema você saber que cada palavra que ele disse foi uma *mentira*?

— Não é verdade – disse Loki, e ergueu a cabeça. – Eu não menti. Eu *nunca* menti.

— Como pode confiar nele? – Oren deu de ombros.

— Por que está me contando isso? – perguntei, surpresa ao ver o quanto minha voz estava calma.

— Porque eu estava esperando que você reconsiderasse sua decisão – disse Oren. – Você pode voltar para seu palácio, para seu marido e seu reino, e deixar Loki comigo. Você não precisa dele. Ele é inútil. É um lixo.

— Não — respondi, olhando nos olhos de Oren. — Ele vai comigo. Se quiser o acordo, se quiser ter-me junto com o meu reino assim que eu me tornar rainha, ele volta comigo agora. Senão o acordo está cancelado.

— Ele é tão importante assim para você? — perguntou Oren. Ele aproximou-se de mim, tão perto que senti sua respiração no meu rosto. — Mesmo sabendo que ele a traiu, ainda quer que ele volte?

— Eu prometi que o levaria de volta, e é o que vou fazer — respondi deliberadamente.

— Você cumpre suas promessas — disse Oren. — Ótimo. Pois, se não cumprir o combinado, se não me entregar seu reino assim que se tornar rainha, Loki vai ser a primeira pessoa que vou matar. E vou fazer isso bem na sua frente. Está entendendo?

— Sim.

— Ótimo. — Ele sorriu. — Então o acordo está feito. Todos os Trylle serão meus.

— E até lá você não vai tocar em nenhum Trylle nem em suas cidades — falei. — Vai deixar todos nós em paz.

— Combinado — disse Oren, e estendeu a mão.

Eu a apertei e inevitavelmente senti que estava fazendo um acordo com o diabo.

Sara acompanhou-nos até a porta e eu não disse nada por todo o caminho. Ela falou pouco, mas na porta nos avisou para tomarmos cuidado. Ela abraçou Loki e por um instante pareceu que ela queria me abraçar, mas eu não teria deixado.

Loki e eu fomos até o carro e eu me recusei a olhar para ele. Quando entramos, fiquei olhando para a janela.

— Wendy, sei que está chateada, mas você *precisa* me escutar. Algumas coisas que o rei falou são verdadeiras, mas ele distorceu tudo.

— Não quero falar sobre isso.

— Wendy.

— Apenas dirija — exclamei, secamente.

Ele suspirou, mas não disse mais nada; o carro começou a se afastar do palácio Vittra.

Eu devia estar me sentindo aliviada. Tinha ido falar com Oren e conseguira o que queria. Oren não matou nenhum de nós, o que de fato era uma possibilidade, e eu ganhara mais tempo para o meu povo.

Só percebi o quanto me importava com Loki quando descobri que era tudo mentira. Loki estava apenas obedecendo ordens e, estranhamente, eu não o culpava por isso. Mas ainda assim eu me sentia como uma idiota, e não sei por que ele continuou os seus joguinhos comigo mesmo após ter abandonado os Vittra.

O que doía mais era o fato de eu ter me sentido tentada. Na noite em que Loki veio atrás de mim no jardim, eu me senti tentada a fugir com ele. Até me senti mal por ter dito não. Fiquei com medo de magoá-lo.

Mas tudo não passou de uma mentira.

Girava sem parar a minha aliança, sem me permitir chorar. Vai ver era o que eu merecia por trair o meu noivo, por querer trair o meu marido. O tipo de casamento que eu e Tove tínhamos não importava; nada justificava o que eu pudesse estar sentindo por Loki.

Isso serviria de alerta. Era para eu me concentrar em honrar os meus votos de casamento e o meu reino. Não um cara idiota.

– Sei que agora está pensando o pior de mim – disse Loki, depois que já estávamos na estrada havia uma hora ou mais. Não respondi, e ele prosseguiu: – Oren é um exímio manipulador. Ele está tentando envenenar sua mente contra mim, está tentando me torturar, torturar nós dois.

Não tirei os olhos da janela. Não tinha olhado para ele desde a partida.

– Wendy. – Ele suspirou. – Por favor. Você tem que me escutar.

– Não tenho que fazer nada – respondi. – Eu tirei você de lá com vida. Fiz minha parte.

– Wendy! – gritou Loki. – Eu *nunca* tive nenhuma intenção de levá-la de volta para Oren. O rei é muitas coisas, mas não é burro, e ele sabe muito bem que eu deixei você, Matt e Rhys escaparem. Ele teria me matado por causa disso, mas me permitiu ficar em liberdade para que eu trouxesse você de volta. Eu contei isso para você.

Eu ri melancolicamente.

– Você nunca me contou que ele deixou você ir embora para que você me *seduzisse* e me fizesse voltar.

– Porque eu nunca tive intenção de fazer isso. Juro, Wendy.

– Não acredito em você – falei, e enxuguei as lágrimas. – Nunca vou confiar de novo em você.

– Isso é a maior bobagem. – Ele balançou a cabeça, puxou o carro para o acostamento abruptamente e o freou.

– Como é que isso é bobagem? – gritei. – Foi você que mentiu para mim! Você me enganou!

– Eu nunca enganei você! – gritou Loki. – Nunca menti! Tudo que senti por você é real! E passei pelo maior inferno por sua causa!

– Para com isso, Loki! Pode parar! Agora eu já sei da verdade!
– Não, não sabe!
– Não consigo fazer isso. – Balancei a cabeça. – Não vou fazer isso.

Eu não tinha para onde ir, então saí do carro. Tínhamos viajado o suficiente para já estarmos mais uma vez na área da neve, e eu saí descalça no frio. Aquele pedaço da estrada estava deserto e os milharais vazios se estendiam por quilômetros.

– Para onde você vai? – perguntou Loki, saindo com pressa do carro para vir atrás de mim.

– Para nenhum lugar. Preciso de ar fresco. – Cobri mais o corpo com o manto. – Preciso ficar longe de você.

– Não faça isso – implorou Loki, vindo atrás de mim. – Você só escutou a versão dele. Não sabe o que aconteceu. Precisa me escutar.

– Por quê? – perguntei, virando-me para ele. – Por que eu deveria escutar você?

– Ele teria me matado. Ele executa qualquer pessoa que não o obedece. Para sobreviver no reinado de Oren, a pessoa precisa dizer e fazer tudo que o rei quiser escutar, nada mais importa. Você viu isso hoje à noite. – Ele respirou fundo. – Quando você veio para o palácio pela primeira vez, ele viu a maneira como nós dois interagimos e achou que eu poderia me aproveitar disso. Achou que você se apaixonaria por mim.

– Eu *nunca* vou amar você – falei amargamente, e ele se retraiu.

– Só estou dizendo o que o rei achou – disse Loki com cuidado. – Ele me pediu para convencer você a voltar comigo por vontade própria, e eu concordei. Porque não tinha escolha. Mas, Wendy, uma coisa eu juro, eu nunca teria levado você de volta para ele. Se isso fosse mentira, eu não teria tentado convencê-la a não ir lá esta noite. Se meu plano fosse mesmo esse, eu a teria incentivado a se entregar para ele.

— Eu compreendo que você precisou satisfazer as vontades de Oren para sobreviver – respondi. – Compreendo mesmo. E isso eu até posso perdoar. Mas por que não me contou isso quando chegou quebrando a minha porta, implorando para que eu lhe concedesse anistia?

Ele olhou solenemente para o chão, depois seus olhos encontraram os meus.

— Porque estava com vergonha de ter concordado em fazer aquilo, mesmo tendo só fingido que concordava. E não queria que isso alterasse o que você pensava de mim. Não queria que você questionasse todos os momentos verdadeiros que tivemos juntos. – Ele sorriu com tristeza. – Como está fazendo agora.

— E por que voltou? – perguntei com a voz pesada. – Por que não se recusou a voltar com Sara e não ficou em Förening?

— Porque se eu ficasse seria o fim da trégua, ou pelo menos é o que o rei argumentaria – disse Loki. – Ele viria atrás de você. Não queria arriscar isso.

— E o que você falou no jardim? – perguntei, olhando para meus pés. Por alguma razão, de repente ficou difícil olhá-lo nos olhos. – Quando me pediu para fugir com você, você não teria me levado de volta para ele?

— Não – disse Loki veementemente. – Nunca teria feito isso. Nem para salvar minha própria vida. Nem se o reino inteiro estivesse em risco. Quando beijei você e a pedi em casamento, estava sendo sincero. Queria que você ficasse comigo.

Funguei e fiquei encarando a brancura erma ao nosso redor. O peso no meu peito começou a esmorecer. Enxerguei um carro ao longe, vindo em nossa direção, mas Loki colocou a mão no meu queixo, inclinando-o para que eu olhasse para ele.

– Eu fiz uma escolha entre você e o rei. E escolhi você – disse Loki. – No jardim, nós estávamos a sós. Eu poderia tê-la feito desmaiar, a jogado por cima do ombro e a levado para o rei. Ele teria me poupado se eu tivesse feito isso. Mas não foi o que fiz. – Ele aproximou-se de mim, e eu senti o calor irradiando de seu corpo. – Ele me disse o que faria comigo se eu não a levasse de volta, mas mesmo assim eu não fui capaz.

Ele ergueu o outro braço e ficou com o meu rosto entre as mãos. Senti o calor de sua pele na minha e, mesmo se ele não estivesse me segurando, eu não teria desviado o olhar. Havia algo em seus olhos, um anseio, um afeto, que me deixava sem ar.

– Agora está entendendo? – perguntou Loki, com a voz rouca. – Eu faria isso de novo por você, Wendy. Eu passaria pelo maior inferno por sua causa mais uma vez. Mesmo sabendo o quanto você me odeia neste instante.

Estava tão absorta no momento que só percebi o quão próxima estava o SUV que passava por nós quando os pneus cantaram até o carro parar bruscamente ao nosso lado, quase batendo no Cadillac. Loki se aproximou mais de mim, e Tove saltou do banco do motorista. Finn deu a volta no carro e golpeou Loki.

CATORZE

confronto

Loki foi esmurrado por Finn no rosto e ergueu o punho como se quisesse revidar. O que não teria sido tão ruim, exceto pelo fato de Loki ser umas cinquenta vezes mais forte do que Finn; ele provavelmente teria arrebentado o rosto dele.

— Loki! – gritei. – Não ouse bater nele!

— Você tem muita sorte. – Loki fulminou Finn com o olhar e limpou o sangue do nariz.

— O que diabos acha que está fazendo? – gritou Finn. – O que há de errado com você? Você não tinha nenhum direito de levá-la para fora do palácio!

— Finn – disse Tove. – Pare. Acalme-se. Ela está bem.

Duncan e Willa saíram do banco de trás do SUV e eu senti o maior aperto no coração. Loki tinha razão. Eles também estavam participando da equipe de resgate e, se tivéssemos saído de Ondarike uma hora depois, Duncan, Willa, Tove e Finn estariam todos mortos.

— Até parece que a ideia foi minha! – gritou Loki para Finn. – Ela é a princesa. Ela ordenou e eu obedeci!

— Não é para você obedecer quando se trata de uma missão suicida! – gritou Finn.

— Não era uma missão suicida – respondi, alto o suficiente para que eles me escutassem por cima da gritaria.

Eles estavam na frente do Cadillac, um encarando o outro, e, estranhamente, eu fiquei feliz por Loki ser tão mais forte do que Finn. Se fossem igualmente fortes, Loki provavelmente não se conteria e aconteceria a maior briga.

— Você está bem? – perguntou Willa, vindo até mim.

— Por que estão no acostamento? – perguntou Duncan.

— Eu estava precisando de um pouco de ar fresco – falei. – Está tudo bem. Consegui fazer com que os Vittra não ataquem mais até eu me tornar rainha. Eles não vão atacar nenhum de nós, não importa onde estivermos.

— Com que diabos você concordou? – perguntou Finn, desviando o olhar gélido de Loki para me encarar.

— Não importa. Vamos detê-los antes disso.

— Wendy. – Finn suspirou e balançou a cabeça, depois se virou novamente para Loki. – E você, markis, eu perdi qualquer respeito que tinha pela sua pessoa.

— Ela ia independentemente de mim – disse Loki. – E achei melhor que ela não fosse sozinha.

— Ela não teria ido! – gritou Finn.

— Sim, teria! – gritei com ele. – Se não tivesse feito isso, os Vittra ainda estariam matando o nosso povo. Assim ganhamos mais tempo, e eu salvei vidas. É o meu trabalho, Finn. Eu fiz o que precisava ser feito e faria de novo num piscar de olhos.

— Não precisava ter feito desse jeito – disse Finn.

– Não importa. Já está resolvido. Mas eu tive um dia muito longo e agora tudo que quero é ir para casa.

– Vamos, Wendy. – Willa colocou o braço ao meu redor.

– Duncan, você se incomoda de ir com Loki? – perguntou Tove. – Queria conversar com minha esposa.

– Não, claro que não – respondeu Duncan, fazendo um sinal positivo com a cabeça.

Willa deu a volta no SUV comigo e eu olhei para Loki por cima do ombro. Ele ainda estava parado na estrada, observando enquanto eu me afastava. Algo em seus olhos fez meu coração partir ao meio e desviei o olhar.

Entrei no SUV, e Willa sentou-se atrás de mim. Finn ficou lá fora, parecendo que queria dizer algo para Loki, mas Tove pediu para que ele voltasse para o carro. Ao sentar-se ao lado de Willa, Finn ainda estava morrendo de ódio e ficou olhando pela janela.

Tove ficou lá fora mais um pouco, conversando com Loki, e nesse instante eu teria achado bom saber ler lábios.

– O que estava pensando, Wendy? – perguntou Finn, mal disfarçando a raiva na voz.

– Eu fiz o que era o melhor para meu reino – respondi simplesmente. – Não é isso que você sempre diz para eu fazer?

– Não se isso significa colocar sua própria vida em risco – disse Finn.

Passei a usar o espelho retrovisor para poder olhá-lo nos olhos.

– Você me disse inúmeras vezes que não era para eu tomar decisões por minha causa. Que eu devia pensar no bem do reino. E você tinha razão, mas isso também não tem a ver comigo.

– Fico feliz por você estar bem – disse Willa, quebrando o clima tenso. – E sei que você é durona e tal, mas não precisava ter feito isso sozinha. Podia ter pedido ajuda.

– Eu tive ajuda – retruquei, observando Loki pela janela do carro. – Loki estava comigo.

Finn riu com desdém, mas pelo menos não falou nada.

Eu vi Loki acenar com a cabeça lá fora e entrar no lado do motorista. Tove voltou para o SUV e entrou. O Cadillac de Loki saiu em disparada pela estrada e Tove deu a volta e foi dirigindo atrás dele.

– Você não me contou – disse Tove afinal.

– Desculpe – respondi. – Mas fiz o que...

– Não – interrompeu-me Tove. – Isso não tem a ver com o que você fez, nem com o motivo de ter feito o que fez, nem com o fato de o que você fez ser ou não correto.

– E tem a ver com o quê, então? – perguntei.

– Nós somos casados, Wendy. – Tove olhou para mim. – Não sabe por que eu pedi você em casamento?

– Não – respondi, e dava para perceber que Finn e Willa estavam nos observando do banco de trás.

– Para que nós formássemos um time – disse Tove. – Achei que você precisava de alguém para apoiá-la e para ficar ao seu lado, e sei que eu também estava precisando disso.

– Nós somos um time – falei humildemente.

– Então por que fez isso escondida de mim? – perguntou Tove.

– Achei que você não entenderia.

– Quando foi que não entendi alguma coisa? – perguntou Tove. – Quando foi que não confiei em você? Quando foi que eu tentei impedi-la de fazer algo?

– Você não fez nada disso – admiti em voz baixa. – Desculpe.

– Não peça desculpa – disse Tove. – Só não faça de novo. Eu quero que a gente dê certo. Mas para isso você vai ter que me informar as coisas. Não pode arriscar a própria vida ou tomar decisões importantes a respeito do reino sem eu saber.

– Desculpe – repeti, e fiquei olhando para meu colo.

– Loki me contou o que você fez – disse Tove, e eu ergui a cabeça.

– Sobre o quê?

– O que você ofereceu em troca da paz de agora – disse Tove. – Ele me contou o plano, e é um bom plano. Mas agora temos trabalho a fazer.

Willa inclinou-se para a frente entre os bancos.

– Qual é o plano?

Eu não disse nada, pois não queria mais falar. Estava exausta e sabia o quanto de trabalho nos aguardava se era para termos alguma chance de derrotar os Vittra. Mas naquele momento tudo o que eu queria era dormir.

Felizmente, Loki contou a Tove o suficiente para que ele pudesse explicar o plano a Willa e Finn. Apoiei a cabeça no vidro frio da janela do carro e os escutei conversar sobre o que precisaríamos fazer.

Alguns dos rastreadores já tinham voltado para Förening, e o restante chegaria nos próximos dias. Thomas começara o treinamento deles.

Os rastreadores costumavam aprender um pouco de técnicas de combate para poder proteger os changelings e outros Trylle, mas não eram soldados. Thomas estava encarregado de transformá-los num exército, porém eles enfrentariam um inimigo poderoso que não sabiam como derrotar.

Graças à extensão do acordo de paz, agora estávamos livres para ir até Oslinna. Quando chegássemos a Förening, poderíamos organizar outra equipe e sair no dia seguinte. Dessa vez, Willa se ofereceu para ir. Eu iria, independentemente do que as pessoas achassem, mas não falei nada durante o caminho. Não tinha mais forças para discutir.

A parte mais difícil seria convencer outros markis e marksinnas a participar do combate. Loki achava que a única coisa mais forte do que os hobgoblins eram as habilidades dos Trylle, então os mais preparados para enfrentá-los seriam os Trylle mais importantes.

Willa disse que não deveríamos contar aos outros Trylle o que tinha sido oferecido em troca do novo acordo de paz. Eles se revoltariam caso achassem que eu colocara o reino em risco. Eu diria que tinha encontrado Oren e estendido o acordo em troca de me entregar a ele em seis meses.

Ainda assim, os Trylle não gostariam disso, mas pelo menos não achariam tão ruim perder somente a princesa. E, enquanto isso, eu os incentivaria a lutar contra os Vittra e esperaria que tudo corresse bem na época da guerra.

Todos nós tínhamos algo a fazer quando voltamos a Förening. Willa ficou responsável pelos markis e marksinnas. Todos pareciam gostar dela, então talvez ela convencesse alguns a lutar conosco. Ela também estava treinando suas próprias habilidades e poderia ajudar aqueles que deixaram as habilidades atrofiarem.

Finn ficou encarregado de trabalhar com o pai e os rastreadores na formação do exército. Até concordou, de má vontade, em chamar Loki para ajudar. Loki tinha a força física de um hobgoblin, então, no mínimo, os rastreadores poderiam treinar lutando contra ele para ter uma ideia de como era enfrentar uma força tão grande.

Tove tinha que pensar em alguém para nomear como chanceler temporário até que uma eleição pudesse ser feita. Ele se ofereceu para ocupar o cargo de chanceler porque se sentia responsável por ter requisitado que o antigo chanceler participasse da equipe que foi atacada. Eu o assegurei de que a culpa não era dele, mas ele disse que já estava pensando no markis Bain para ocupar a posição.

Eu tinha o trabalho que parecia o mais fácil de todos, mas na minha opinião era o mais impossível. Eu precisava descobrir uma forma de matar o rei.

Quando voltamos para o palácio, havia uma enxurrada de reuniões acontecendo. Tove não tinha comentado com ninguém que eu saíra com Loki, com medo de que isso fosse criar uma onda de pânico; porém, assim que voltamos, eu convoquei uma reunião para informar a todos.

Loki planejara ir para seu quarto, mas eu pedi que ele nos acompanhasse. Eu precisava que os Trylle confiassem nele. Por ser quem mais sabia a respeito dos Vittra, ele era a pessoa mais preparada para nos ajudar a lutar.

A reunião correu como eu esperava. Muita gritaria e discórdia, apesar de a marksinna Laris ter ficado quieta por causa da ameaça de Tove de bani-la. Após eu conseguir acalmá-los e explicar o que precisava ser feito, eles aceitaram as coisas um pouco melhor. Um plano claro fazia os medos diminuírem.

Terminei a reunião dizendo que nós iríamos a Oslinna numa missão de recuperação e que isso também seria bom para nos informarmos. Sem nem perguntar nada, eu me ofereci, assim como Willa, Tove e Aurora, para ir. Eu estava tentando fazer a população Trylle aceitar que os markis e marksinnas eram mesmo capazes de trabalhar, com esperança de que eles realmente o fizessem quando eu os convocasse.

Depois todos nós nos separamos para cumprir nossos deveres. Por mais que estivesse desesperada para dormir um pouco, não havia tempo. Eu tinha que ir até a biblioteca e encontrar todos os livros possíveis a respeito dos Vittra. Deviam ter existido outros imortais antes de Oren, então provavelmente havia uma maneira de matá-los.

Claro que todos os textos antigos estavam escritos em tryllic, para que os Vittra não os entendessem. Era nesses textos que haveria as informações mais úteis sobre como detê-los. Meu tryllic tinha melhorado, mas não era maravilhoso. Eu demorava séculos para ler uma única página.

– Wendy – disse Tove. Olhei para cima e vi que ele estava na entrada da biblioteca. Minha vista estava embaçada por eu ter passado tanto tempo lendo textos antigos.

Eu estava sentada no chão, no meio de uma pilha de livros, encostada numa parede mais distante. Tinha começado a carregar livros até a mesa antes de decidir que era um desperdício de tempo, um tempo que eu não podia desperdiçar. Sairíamos para Oslinna de manhã e passaríamos alguns dias fora, e eu não seria capaz de pesquisar até voltar.

– Precisa de algo? – perguntei.
– Está tarde – disse Tove. – Muito tarde.

– Ainda preciso ler alguns documentos.

– Quando foi a última vez que dormiu?

– Não sei. – Balancei a cabeça. – Não importa. Não tenho tempo de dormir. Temos tanto a fazer e não sei como vamos ser capazes de dar conta de tudo. Não sei como estaremos prontos, a não ser que eu aproveite todos os minutos para trabalhar.

– Você precisa dormir. – Ele entrou no cômodo e se aproximou. – Nós precisamos que você esteja forte, e para isso você precisa descansar às vezes. É um mal necessário.

– Mas e se eu não conseguir fazer isso? – perguntei, olhando para ele com lágrimas nos olhos. – E se eu não descobrir uma maneira de deter Oren?

– Você vai descobrir – assegurou-me ele. – Você é a princesa.

– Tove. – Suspirei.

– Vamos. – Ele estendeu a mão para mim. – Venha dormir agora. Amanhã a gente lê mais.

Eu o deixei segurar minha mão e me erguer. Ele já estava de pijama e seu cabelo estava mais despenteado do que o normal. Vai ver havia tentado dormir sem mim e veio me procurar ao perceber que eu não tinha ido deitar.

Minha mente estava a mil, pensando em tudo o que eu precisava fazer. Não achei que eu fosse conseguir realmente dormir, mas assim que minha cabeça encostou no travesseiro apaguei.

QUINZE

oslinna

Parecia que uma bomba tinha explodido. Oslinna era uma cidade pequena, menor até do que Förening. Ficava num vale, na base de várias montanhas baixas. Nunca tinha ido lá antes do ataque, mas, pelos resquícios de alguns dos prédios, ela devia ter sido bem bonita.

Todas as casas dos rastreadores tinham sido destruídas. Eles moravam em pequenas casas, que na maioria das vezes ficavam no meio de árvores ou de montanhas, e o chão delas normalmente era de terra. Eram muito fáceis de destruir. Mas as melhores casas, onde moravam os markis e marksinnas, também tinham sido danificadas; os tetos estavam parcialmente destruídos e paredes inteiras tinham desmoronado.

O palácio central foi a única coisa que restou em pé. Era como uma versão do meu próprio palácio, mas menor e com menos janelas. Enquanto a parte de trás do meu palácio era voltada para o rio, este tinha sido construído na base de uma montanha.

Metade do palácio fora atingida e estava meio enegrecida, como se tivesse pegado fogo. A outra metade parecia normal, pelo menos do lado de fora. Claro que havia alguns danos, como janelas quebradas e uma fonte destruída, mas estava bem melhor do que o restante da cidade.

Passamos de carro lentamente pela cidade inteira, embasbacados com a carnificina, e Tove teve que desviar algumas vezes para não bater em escombros no meio da rua. Ele parou diante do palácio, estacionando ao lado de um carvalho que tinha sido desenraizado.

— É demais; não seremos capazes de cuidar disso tudo – disse Aurora do banco de trás. Ela passara o caminho inteiro reclamando por ter que ajudar, mas não tinha escolha. Ela era a curadora mais forte, e as pessoas de Oslinna estavam machucadas.

— Vamos fazer tudo que pudermos – falei. – E, se não pudermos fazer mais, assim será.

Saí do carro antes de ouvir mais reclamações, e Duncan estacionou o outro Cadillac atrás de nós. Ele estava com Willa, Matt e Loki. Finn também queria participar, mas ele ainda estava se recuperando e Thomas precisava que ele ajudasse com os rastreadores. Matt insistiu em ir conosco e inicialmente eu fui contra, mas a verdade era que qualquer ajuda seria muito bem-vinda.

— É pior do que imaginei – disse Willa. Ela colocou os braços em volta do corpo e balançou a cabeça.

— São eles que vocês estão enfrentando? – perguntou Matt, olhando ao redor. – As pessoas que fizeram isso?

— Não estamos enfrentando ninguém agora – respondi, interrompendo seu raciocínio. – Nós vamos limpar, ajudar os sobreviventes, levar refugiados para Förening e é só com isso que precisamos nos preocupar.

Loki ergueu um galho pesado e o tirou do caminho que levava até o palácio. Era feito de paralelepípedos, mas havia vários faltando – estavam espalhados pelo gramado.

Tove e eu nos aproximamos do palácio, tentando parecer solenes e solidários ao mesmo tempo. A parte da solidariedade não era difícil. Ver tantos danos era devastador.

Antes de chegarmos ao palácio, a porta foi escancarada. Uma garota apareceu, não muito mais velha do que eu, e ela estava com o cabelo escuro preso e embaraçado. Havia manchas de sujeira e de cinzas cobrindo seu rosto e suas roupas. Ela era pequena, menor até do que eu, e parecia prestes a chorar.

– Você é a princesa? – perguntou ela.

– Sim, sou a princesa de Förening – respondi, depois apontei para Tove. – Este é o príncipe. Viemos ajudá-la.

– Ah, graças a Deus. – Ela caiu aos prantos, correu em minha direção e me abraçou. – Achei que não viria ninguém.

– Estamos aqui agora. – Dei um tapinha nas costas dela, porque não sabia mais o que fazer, e troquei um olhar com Tove. – Faremos tudo que pudermos para ajudar.

– Desculpe. – Ela afastou-se de mim e enxugou as lágrimas. – Não era para eu ter feito isso. Eu... tem tanta coisa que precisa ser feita. – Ela balançou a cabeça. – Meu pai ficaria aborrecido se me visse me comportando assim. Desculpe.

– Não precisa se desculpar. Você passou por maus bocados.

– Não, agora estou no comando – disse ela. – Então é melhor eu me comportar de outro jeito.

– Kenna Thomas? – perguntei, esperando ter lembrado corretamente seu nome. Ela tinha sido uma das candidatas a minha madrinha, e Willa me contou um pouco a seu respeito. Kenna só não foi madrinha porque Aurora gostava dela. Fora isso, ela parecia ser uma ótima garota.

Ela sorriu.

— Sim, sou Kenna; como meus pais morreram, agora sou a marksinna de Oslinna.

— Tem algum sobrevivente aqui? – perguntei. – Alguém precisando de cuidado médico? Nós trouxemos uma curadora.

— Ah, claro! – assentiu Kenna. – Venham comigo.

Conforme entrávamos no palácio, ela explicou o que acontecera. Enquanto os cidadãos estavam dormindo, os hobgoblins entraram e começaram a destruir a cidade inteira. Pelo que viu, era esse o objetivo deles. As pessoas se machucaram porque os hobgoblins destruíram casas que por acaso tinham pessoas dentro ou porque jogavam árvores, que caíam em cima dos curiosos. Foi como se um tornado tivesse atingido a cidade no meio da noite, sem nenhuma sirene para alertar a população.

Havia poucos rastreadores na cidade quando o ataque começou, mas eles não duraram muito tempo. Kenna viu um rastreador atacar um hobgoblin e ser partido ao meio. Mas os hobgoblins bateram em retirada bem depressa quando os markis e as marksinnas começaram a se defender.

No palácio de Oslinna, um pequeno salão de baile tinha sido transformado em uma unidade de tratamento improvisada. Alguns Trylle mais seriamente machucados tinham ido para hospitais nas proximidades, mas a maioria preferia morrer a ser tratada por humanos.

Era algo horrível de ver. Camas dobráveis haviam sido espalhadas em todos os cantos para os sobreviventes, e a maioria deles estava ensanguentada e machucada. As crianças mänsklig de braços quebrados e rostos sujos choravam enquanto seus pais hospedeiros as abraçavam.

Aurora começou a trabalhar de imediato, sem eu nem precisar pedir, o que foi bom. Willa e eu fomos conversar com as pessoas e dar água a elas, ajudando no que fosse possível.

Kenna levou Tove, Duncan, Loki e Matt para fora, para mostrar os locais que precisariam de mais trabalho, e eu queria ter ido com eles. Eu seria bem mais útil erguendo objetos do que Matt ou Duncan, pois conseguia movê-los com a mente.

Contudo senti que era necessário ficar lá dentro com as pessoas, pelo menos por algum tempo. Eu não era capaz de fazer nada pela maioria delas, a não ser entregar garrafas d'água, mas acho que elas só queriam conversar, saber que alguém se importava.

As histórias eram de partir o coração. Esposas tinham perdido os maridos, filhos tinham perdido os pais, e a maioria dos rastreadores perdera tudo. Eu queria chorar, mas não podia. Seria errado e egoísta. Eu precisava me manter calma e assegurar que nós resolveríamos isso, que *eu* faria tudo ficar melhor.

Parei ao passar por uma jovem sentada numa das camas. Ela devia ser no máximo dois anos mais velha do que eu, se tanto, e mesmo coberta de sujeira e de machucados era incrivelmente linda. Seu cabelo castanho tinha tons mais claros, como ferrugem queimada.

Porém foram os seus olhos que chamaram a minha atenção. Eram de um castanho profundo e estavam olhando o nada, sem nenhuma expressão. Lágrimas escorriam deles silenciosamente.

Em seus braços, ela ninava uma criancinha de menos de um ano. A garotinha de braços gorduchos estava agarrada à jovem, parecendo um macaquinho pendurado na mãe. Pela aparência da bebê – sua pele bronzeada, seus cachos escuros e rebeldes –, eu diria que era Trylle, o que significava que era filha de um rastreador.

– Como você está? – perguntei. Ela não olhou para mim, e eu me ajoelhei na frente dela. – Você está bem?

– Estou bem – disse ela entorpecidamente, ainda olhando para o chão.

– E a bebê? – Toquei com hesitação na criança. Nunca tinha interagido muito com bebês, mas achei que devia fazer algo.

– A bebê? – Ela pareceu ficar confusa inicialmente, mas depois olhou para a garotinha em seus braços. – Ah. Hanna está bem. Ela está com sono, mas não entende o que aconteceu.

– Vai ver é melhor assim – falei.

Hanna olhou para mim com seus olhos grandes demais para seu rostinho. Então estendeu o braço e segurou meu dedo, praticamente o agarrando e sorriu espantada para mim.

– Hanna é uma garotinha linda. Ela é sua?

– Sim. – Ela assentiu com a cabeça. – Obrigada. – Ela engoliu em seco e forçou um sorriso para mim. – Meu nome é Mia.

– Onde está o pai dela? – perguntei, com alguma esperança de que não estivesse lá quando o ataque aconteceu.

– Ele... – Mia balançou a cabeça, e as lágrimas silenciosas se avolumaram. – Ele estava tentando nos proteger e...

– Eu não devia ter perguntado. – Coloquei a mão no braço de Mia, tentando consolá-la.

– Eu simplesmente não sei o que vou fazer sem ele. – Ela começou a soluçar.

Sentei-me na cama ao lado dela e coloquei o braço ao redor de seu corpo, pois era tudo o que eu podia fazer. Havia algo nela, algo de cativante e indefeso, e eu queria acabar com seus problemas e diminuir sua dor. Mas isso eu não seria capaz de fazer.

Ela não parecia ter idade suficiente para ser uma esposa, muito menos mãe e viúva. Não dava para imaginar pelo que ela estava passando, mas eu faria tudo que pudesse para ajudá-la.

— Você vai ficar bem. — Tentei consolar Mia enquanto ela chorava no meu ombro. Hanna começou a berrar, provavelmente por ter visto a mãe chorando. — Vai demorar um tempo, mas você e Hanna vão ficar bem.

Mia esforçou-se para parar de chorar e balançou a bebê. Isso fez Hanna se acalmar, e em seguida ela exalou profundamente.

— Me desculpe por estar assim, princesa — disse Mia, olhando para mim. — Não era para eu estar chorando na sua frente.

— Não, nem se preocupe com isso. Mas, Mia, escute: quando formos embora de Oslinna, quero que volte para Förening conosco. Lá nós temos um cantinho para você, e então a gente pensa no que você vai fazer. Está bem? Mas você e Hanna sempre poderão ficar no palácio.

— Obrigada. — Os olhos dela brilhavam com novas lágrimas, e fiquei com medo de fazê-la cair aos prantos novamente; então a deixei a sós para ninar a filha.

Mia ficou na minha cabeça por alguma razão. Mesmo ao circular pelo salão, eu não conseguia parar de pensar em seu olhar inconsolável. Ela tinha uma afetuosidade e uma bondade implícitas sob a tristeza, e eu esperava que um dia ela fosse feliz novamente.

Fiquei tempo o suficiente para falar com todas as pessoas no salão, mas depois tive que ir. Eu ajudaria mais lá fora do que dentro. Willa foi comigo pelos mesmos motivos, deixando Aurora sozinha para curá-los o máximo que pudesse.

Quando saímos, Willa estava prestes a chorar. Ela trazia um pequeno ursinho de pelúcia sujo nas mãos e enxugou as lágrimas.

– Foi muito difícil lá dentro – falei, contendo minhas próprias lágrimas.

– Um pequeno rastreador me deu isso. – Ela ergueu o urso. – Toda a família dele morreu. Os pais, a irmã, até o cachorro. E ele me deu isso porque eu cantei para ele. – Ela balançou a cabeça. – Não queria ter aceitado. Mas ele disse que era da irmã e que ele queria que outra garota ficasse com ele.

Coloquei o braço ao redor dela e percorremos juntas o corredor em direção à porta do palácio.

– Temos que fazer mais por essas pessoas – disse Willa. – Aquele garotinho não está machucado, mas, caso estivesse, Aurora não o curaria. Ela não ia querer desperdiçar energia num rastreador.

– Eu sei. – Suspirei. – É maluquice.

– Isso tem que mudar. – Willa parou e apontou para o salão de baile. – Todas aquelas pessoas ali passaram pelo maior inferno e todas merecem a mesma ajuda.

– Eu sei. E estou tentando melhorar isso – respondi. – Quando vou a todas aquelas reuniões, é o que tento fazer, e é por isso que quero que você me ajude. Eu vou mudar isso e vou fazer melhorar. Mas preciso de ajuda.

– Ótimo. – Ela fungou e brincou com o ursinho. – Vou começar a comparecer às reuniões. Quero fazer parte do que você está fazendo.

– Obrigada. – Senti um pouco de alívio ao ouvir aquilo. – Mas agora a melhor forma de ajudar essas pessoas é limpar este lugar para que elas possam reconstruir suas casas.

Willa concordou com um aceno de cabeça e voltou a caminhar ao meu lado. Lá fora já dava para ver uma certa melhora. Antes, metade do teto estava no gramado do palácio, mas agora ele tinha sido removido de lá, assim como o carvalho desenraizado perto dos carros. Dava para ouvir os homens discutindo a algumas casas de distância, tentando decidir o que fazer com os escombros.

Matt sugeriu que por enquanto fizessem uma pilha na estrada, e depois eles se preocupariam em desfazê-la. Loki começou a argumentar contra isso, mas Tove disse para ele obedecer. Eles não tinham tempo para desperdiçar com brigas.

Willa e eu nos reunimos a eles e começamos a trabalhar. Loki, Tove e eu erguíamos a maior parte das coisas enquanto Matt, Duncan e Willa tentavam limpar tudo e organizar as casas. Tirar o lixo do caminho não ia solucionar os problemas dos cidadãos, mas era o primeiro passo necessário para que pudessem reerguer suas casas.

À medida que o dia passava, comecei a me sentir exausta, mas continuei trabalhando mesmo assim. Loki teve que mover tudo fisicamente, então, apesar do frio, ele acabou ficando com calor e suado. Ele tirou a camisa, o que normalmente me agradaria, mas na verdade fiquei aflita. Ainda havia marcas em suas costas, apesar de estarem sumindo. Eram lembranças do que ele tinha passado por minha causa.

– O que aconteceu com ele? – perguntou Willa enquanto limpávamos uma das casas. Uma árvore atravessara a janela. Eu a removi e ela tirou o vidro e os galhos.

– O quê? – perguntei, mas vi que ela estava olhando para Loki pela janela enquanto ele arremessava um sofá destruído na pilha de lixo na estrada.

— Com as costas de Loki – disse ela. – Foi isso que o rei fez com ele? Foi por isso que ele pediu anistia?

— Sim, foi por isso.

Um vento passou atrás de mim, fazendo meu cabelo esvoaçar e cobrir meus olhos; era Willa criando um pequeno tornado no meio da sala. Ele ficou circulando, sugando todo o vidro e os pequenos restos de árvore para dentro do funil para que Willa pudesse jogar tudo no lixo.

— E o que está acontecendo entre vocês dois? – perguntou Willa.

— Entre quem? – Tentei erguer um dos sofás que tinha sido virado e Willa aproximou-se para me ajudar.

— Entre você e Loki. – Ela me ajudou a colocar o sofá na posição normal. – Não se faça de boba. Tem alguma coisa grande acontecendo entre vocês.

— Não tem nada acontecendo – respondi, balançando a cabeça.

— Se está dizendo. – Ela revirou os olhos. – Mas estava querendo perguntar uma coisa: como está o casamento?

— Os últimos três dias foram uma maravilha – falei secamente.

— Mas e a noite de núpcias? – perguntou Willa sorrindo.

— Willa! Não é hora de falar nisso.

— Claro que é! Precisamos relaxar um pouco – insistiu ela. – E eu ainda não tive a oportunidade de falar com você sobre nada disso. A sua vida está o maior drama desde o casamento.

— Nem me fale – murmurei.

— Pare por cinco minutinhos. – Willa sentou-se no sofá e deu um tapinha no lugar ao lado dela. – Dá para ver que está exausta. Você precisa de um intervalo. Então pare por cinco minutos e converse comigo.

— Está bem — falei, mais porque minha cabeça estava começando a latejar de tantos objetos que eu tinha movido. Foi bem difícil começar a mover os últimos três. Sentei-me ao lado dela, e um pouco da sujeira que estava no sofá se espalhou no ar. — Isso nunca vai ficar limpo.

— Não se preocupe — disse Willa. — Vamos organizar isso aqui e depois podemos mandar todas as faxineiras de Förening virem dar os retoques finais. Por enquanto vamos apenas nos concentrar em iniciar o processo de recuperação. Não podemos recuperar tudo num dia só, mas após algum tempo vamos ter cuidado de tudo.

— Espero que sim.

— Mas, Wendy, me conta como foi sua noite de núpcias — disse Willa.

— Quer mesmo saber? — Suspirei e recostei a cabeça no sofá.

— Neste momento não existe nenhum outro assunto que me interesse mais.

— Então vai se desapontar um bocado. Eu não tenho nada para contar.

— Foi tão sem graça assim? — perguntou ela.

— Não aconteceu nada. Literalmente nada. Nós não fizemos nada.

— Espera. — Ela recostou-se no sofá como se quisesse me olhar melhor. — Está dizendo que está casada e continua virgem?

— Sim, é o que estou dizendo.

— Wendy! — Willa ficou boquiaberta.

— Por que o espanto? Nosso casamento é estranho. Bem estranho. Você sabe disso.

— Eu sei. — Ela pareceu ficar desapontada. — Mas é que eu estava esperando que você pudesse ter um "e viveram felizes para sempre"...

— Bom, o *para sempre* não chegou ainda — salientei.

— Wendy! — gritou Matt lá de fora da casa. — Preciso da sua ajuda com uma coisa!

— O dever está me chamando — falei, levantando-me.

— Isso não foi nem um minuto — disse Willa. — Você precisa dar uma descansada, Wendy. Está em frangalhos.

— Eu estou bem — respondi enquanto saía da casa. — Quando eu morrer, eu durmo.

Ficamos trabalhando até tarde da noite e conseguimos remover e empilhar a maior parte dos destroços. Eu teria insistido para que trabalhássemos mais, mas estava claro que ninguém seria capaz de fazer isso.

— Acho que precisamos encerrar o expediente, Wendy — disse Loki. Ele encostou os braços numa geladeira virada, apoiando-se nela.

Matt e Willa estavam sentados num tronco de árvore ao lado da pilha, e Tove estava ao lado deles bebendo água. Só Duncan ainda estava me ajudando a puxar um colchão rasgado para fora da casa de um rastreador. Tive que parar de usar meus poderes, pois minha cabeça só faltava me matar todas as vezes que eu tentava.

Apenas três postes estavam funcionando na cidade inteira, e Matt, Willa e Tove estavam descansando perto de um deles. Tinham parado de trabalhar havia uns quinze minutos, mas eu insisti que devia continuar.

— Wendy, vamos lá — disse Matt. — Você já fez tudo que podia.

— Ainda existem coisas a fazer, então está claro que não fiz tudo.

— Duncan precisa descansar — disse Willa. — Vamos parar. Amanhã trabalhamos mais.

— Eu estou bem — disse Duncan arfando, mas eu parei de puxar o colchão por um instante para olhar para ele. Ele estava imundo, com o cabelo todo bagunçado, e seu rosto vermelho e suado. Nunca o tinha visto assim.

— Está bem. Encerramos por hoje — cedi.

Fomos até o tronco e nos sentamos ao lado de Matt e Willa. Ela trazia um pequeno isopor térmico com água e entregou uma garrafa para cada um de nós. Abri a minha e bebi vorazmente. Tove estava andando de um lado para outro na nossa frente, brincando com a tampa da garrafa. Não sei como ele ainda tinha energia para andar tanto.

— Estamos limpando tudo, e isso é bom — disse Matt. — Mas não vamos fazer nada para reconstruir. Não temos nem capacidade para isso.

— Eu sei. — Concordei com a cabeça. — Temos que mandar outra equipe para cá, uma que seja capaz de reconstruir e de fazer uma limpeza mais especializada. Depois que voltarmos para Förening, vamos ter que mandar gente pra cá.

— Posso trabalhar com algumas plantas, se você quiser — ofereceu Matt. — Posso desenhar algo que seja rápido e fácil de construir, mas que não pareça barato.

— Seria fantástico. Seria um ótimo passo na direção certa.

Matt era arquiteto, ou pelo menos seria se eu não o tivesse arrastado para Förening comigo. Não sei o que ele fazia em seu tempo livre no palácio, mas trabalhar em algo faria bem para ele. Sem falar que também faria bem para Oslinna.

— A boa notícia é que os danos parecem confirmar o que Kenna estava dizendo – disse Loki. Ele afastou-se da geladeira e aproximou-se de nós para se sentar ao meu lado.

— Como assim? – perguntei.

— Os hobgoblins não são maus nem cruéis de jeito nenhum – continuou Loki. – Eles são destrutivos e irritantes, isso sim, mas nunca ouvi falar de eles matarem pessoas.

— Mas agora mataram. – Willa apontou para o cenário ao nosso redor.

— Não acho que assassinato tenha sido o objetivo principal deles – insistiu Loki. – Estavam tentando destruir a cidade. E mesmo quando enfrentaram a nossa equipe naquela noite não mataram quase ninguém.

— Isso ajuda em alguma coisa? – perguntei.

— Não sei. – Loki deu de ombros. – Mas acho que eles não são tão difíceis de derrotar como nós pensávamos. Não são bons de combate.

— Acho que isso vai ser um consolo e tanto para todas as pessoas que morreram aqui – disse Tove.

— Está bem. – Willa levantou-se. – Pra mim já basta. Estou pronta para entrar, tomar um banho e dormir um pouco. E vocês?

— Temos lugar para dormir? – perguntou Duncan.

— Sim. – Willa acenou com a cabeça. – Kenna me disse que a maioria dos quartos do palácio não foi danificada, e lá tem água corrente caso a gente queira tomar banho.

— Bom, eu com certeza vou querer as duas coisas – disse Loki, levantando-se.

Todos nós voltamos para o palácio, mas Tove ficou um pouco mais atrás. Diminuí o passo para acompanhá-lo, e ele estava se contorcendo bastante. Não parava de balançar a mão perto da orelha, como se houvesse um mosquito ou uma mosca zunindo ali, mas eu não vi nada. Perguntei se estava bem, mas ele só fez concordar com um gesto de cabeça.

Kenna nos mostrou os quartos extras do palácio, e eu me senti mal por ocupar um deles quando tinha tanta gente sem casa. Ela salientou que havia poucos cômodos para tantas pessoas, então não queria dividi-los entre os sobreviventes porque isso só causaria discussões e pioraria uma situação que já estava bem complicada.

Além disso, os quartos que ela nos mostrou não eram tão bons assim. Eram pequenos e, apesar de não terem sido danificados, estavam bagunçados. O nosso quarto inteiro parecia estar um pouco inclinado, e havia livros e móveis espalhados por toda parte.

Eu arrumei o quarto e deixei Tove ir tomar banho primeiro. Parecia haver algo de errado com ele e achei que seria melhor ele descansar um pouco em vez de trabalhar.

– O que está fazendo? – perguntou Tove. Ele estava voltando para o quarto após o banho com o cabelo molhado e despenteado.

– Estou fazendo a cama. – Eu estava esticando os lençóis, mas me virei na direção dele. – Foi bom o banho?

– Por que está fazendo a cama? – exclamou ele sem paciência e correu na direção dela. Eu me afastei e ele puxou o lençol.

– Desculpe. Não sabia que isso ia chatear você. Só achei que...

– Por quê? – Tove se virou para ficar de frente para mim, com seus olhos verdes pegando fogo. – Por que você faria isso?

– Eu só estava fazendo a cama, Tove – falei com cuidado. – Posso desfazer se você quiser. Por que não se deita? Está bem? Você está exausto. Eu vou tomar banho e você pode dormir logo.

— Tá bom! Que seja!

Ele puxou os lençóis para fora da cama com força e murmurou algo para si mesmo. Tinha trabalhado demais, e isso sobrecarregara seu cérebro. Eu, que era mais forte, ainda estava com a cabeça zunindo. Não dava para imaginar o que ele devia estar sentindo.

Peguei a bolsa de viagem que eu tinha organizado em Förening e fui tomar banho. Deixá-lo a sós para descansar era provavelmente a melhor coisa que eu poderia fazer. Queria tomar um longo banho quente, mas, quando cheguei ao banheiro, a água já estava fria, então fui rápida.

Antes mesmo de voltar para o quarto, eu já estava escutando Tove. Seus murmúrios tinham ficado mais altos.

— Tove? — chamei baixinho e abri a porta do quarto.

— Onde você estava? — gritou Tove, com os olhos arregalados e desvairados. Toda a limpeza que eu tinha feito no quarto fora desfeita. Estava tudo espalhado, e ele andava de um lado para outro.

— Eu estava no banho — expliquei. — Eu avisei pra você.

— Escutou isso? — Ele parou e olhou ao redor.

— O quê? — perguntei.

— Você nem está escutando! — gritou Tove.

— Tove, você está cansado. — Entrei no quarto. — Precisa dormir.

— Não, não posso dormir. — Ele balançou a cabeça e desviou o olhar. — Não, Wendy. — Ele passou as mãos no cabelo. — Você não entende.

— O que eu não entendo? — perguntei.

— Eu consigo escutar tudo. — Ele colocou as mãos nas laterais da cabeça. — Consigo escutar tudo! — Ele não parava de repetir isso e ficou apertando a cabeça com mais força. Seu nariz começou a sangrar e ele gemeu.

– Tove! – Corri até ele e estendi a mão, apenas para consolá-lo, mas, ao fazer isso, ele me deu o maior tapa no rosto.

– Nem ouse fazer isso! – disse Tove, virando-se para mim, e me empurrou na cama. Eu estava surpresa demais para reagir de alguma forma. – Não posso confiar em você! Não posso confiar em nenhum de vocês!

– Tove, por favor, acalme-se – implorei. – Você não é assim. Está apenas cansado.

– Não venha me dizer quem eu sou! Você não sabe quem eu sou!

– Tove. – Fui até a beirada da cama para ficar sentada e ele ficou na minha frente, fulminando-me com o olhar. – Tove, por favor, me escute.

– Não posso. – Ele mordeu o lábio. – Não posso escutar *você*!

– Você está me escutando – falei. – Eu estou bem aqui.

– Está mentindo! – Tove me agarrou pelos ombros e começou a me sacudir.

– Ei! – gritou Loki, e Tove me soltou.

Eu tinha deixado a porta aberta quando entrei, e Loki estava voltando para seu quarto após tomar banho. Ele ainda estava sem camisa, e o cabelo claro molhado pingava em seus ombros.

– Vá embora! – gritou Tove para ele. – Você não pode ficar aqui!

– O que diabos está fazendo? – perguntou Loki.

– Loki, ele não é assim – falei. – Ele usou demais as habilidades, e elas fizeram alguma coisa com ele. Ele precisa dormir.

— Pare de dizer o que eu devo fazer! — resmungou Tove. Ele ergueu a mão como se quisesse me dar outro tapa, e eu me encolhi.

— Tove! — gritou Loki, correndo até ele.

— Loki! — gritei, com medo de que ele fosse bater em Tove, mas ele não bateu.

Loki segurou Tove pelos ombros, fazendo-o olhar para ele. Tove tentou se afastar, mas numa questão de segundos ele já estava inconsciente. Seu corpo relaxou e Loki o segurou. Eu saí do caminho para que Loki pudesse deitá-lo na cama.

— Desculpe — falei, sem saber o que dizer.

— Não se desculpe. Ele ia bater em você.

— Não, não ia. — Balancei a cabeça. — Quer dizer, ele ia. Mas não era Tove. Não é quem ele é. Ele nunca machucaria ninguém. Ele só...

Não terminei a frase. Queria chorar. Meu rosto estava ardendo no lugar onde Tove o havia atingido. Mas não era nem por causa disso que eu queria chorar. Ele estava doente e só ia piorar. No dia seguinte ele estaria melhor, mas com o passar do tempo seus poderes corroeriam seu cérebro. E após algum tempo não sobraria mais nada de Tove.

Loki inclinou-se para a frente, olhando o meu rosto com uma expressão de aflição. A pele começou a latejar e eu percebi que era bem provável que tivesse ficado uma marca vermelha. Eu virei o rosto com vergonha.

— Obrigada — falei —, mas estou bem.

— Não, não está — disse Loki. — Não quero nem saber se ele é seu marido e não quero nem saber se ele perdeu a cabeça. Não há nenhuma justificativa para ele bater em você, e se ele fizer isso de novo... — O músculo de seu maxilar contorceu-se, e seus olhos brilharam com uma raiva protetora.

– Ele não vai fazer isso de novo – assegurei, apesar de não ter certeza se isso era verdade.

– Acho melhor não – disse Loki, mas sua raiva pareceu diminuir e ele tocou meu braço carinhosamente. – Mas venha. Você não pode ficar aqui com ele esta noite.

DEZESSEIS

uma noite

Fui buscar Aurora para ela passar a noite com Tove. Senti-me culpada por não ficar com ele, mas ela estava mais preparada para lidar com a situação caso ele se descontrolasse novamente.

Como ela ia ficar com Tove, fui para o quarto dela. A cama de quatro colunas ficava num canto, coberta por cortinas e lençóis vermelhos. Uma das paredes estava bastante inclinada, praticamente encostando no topo da cama, o que fazia o quarto parecer menor ainda.

– Vai ficar bem agora? – perguntou Loki. Ele tinha me acompanhado até o quarto e estava esperando na porta.

– Sim, estou ótima – menti, e me sentei na cama. – O reino inteiro está caindo aos pedaços. As pessoas estão morrendo. Eu tenho que matar meu pai. E o meu marido acabou de enlouquecer.

– Wendy, nada disso é culpa sua.

– Bom, mas eu sinto como se tudo fosse culpa minha – retruquei, e uma lágrima escorreu pela minha face. – Eu só faço tudo ficar pior.

— Isso não é verdade de jeito nenhum. – Loki aproximou-se e se sentou ao meu lado na cama. – Wendy, não chore.

— Não estou chorando – menti. Enxuguei as lágrimas e olhei para ele. – E por que está sendo gentil comigo?

— Por que eu não seria gentil com você? – perguntou ele, pensativo.

— Porque não. – Apontei para as cicatrizes que cobriam suas costas. – Elas foram feitas por minha causa.

— Não, não é verdade. – Loki balançou a cabeça. – Elas foram feitas porque o rei é cruel.

— Mas, se eu tivesse ido com ele desde o princípio, nada disso teria acontecido. Nenhuma dessas pessoas teria morrido. Até Tove estaria melhor.

— E você estaria morta – disse Loki. – O rei continuaria odiando os Trylle, talvez até mais se achasse que eles tinham feito uma lavagem cerebral em você. Ele terminaria atacando-os e tomando o reino para si.

— Talvez. – Dei de ombros. – Talvez não.

— Pare com isso. – Ele me envolveu com o braço, o que me fez sentir segura e aquecida. – Nem tudo é culpa sua, e você não pode resolver tudo. Você é só uma pessoa.

— Parece que nunca é suficiente. – Engoli em seco e olhei para ele. – Nada do que faço é o bastante.

— Ah, vá por mim; você faz mais do que o suficiente. – Ele sorriu e afastou um fio de cabelo do meu rosto.

Seus olhos encontraram os meus, e eu senti um antigo desejo tomar conta de mim, um desejo que ficava mais forte toda vez que eu estava com ele.

— Por que você queria que eu lembrasse? – perguntei.

— Lembrasse de quê?

— Quando estávamos no meu quarto, você disse que era para eu me lembrar de que eu queria beijar você.

— Então está admitindo que queria que eu a beijasse? — Loki deu um sorriso malicioso.

— Loki.

— Wendy — imitou ele, sorrindo para mim.

— Por que simplesmente não me beijou? — perguntei. — Não teria sido melhor lembrar do beijo?

— Não era a hora certa.

— Por que não?

— Você estava tão determinada. Se eu tivesse beijado você, teria durado apenas um segundo, pois você estava com muita pressa — disse ele. — E um segundo não seria o bastante.

— E quando vai ser a hora certa? — perguntei.

— Não sei — sussurrou ele.

Loki estava com a mão na minha face, enxugando uma lágrima, e seus olhos analisavam meu rosto. Ele inclinou-se para a frente e seus lábios encostaram nos meus. De maneira bem delicada, quase como se estivesse conferindo se aquilo era mesmo verdade. Seus beijos eram suaves e doces, muito diferentes dos beijos de Finn.

Assim que pensei em Finn, afastei a lembrança da cabeça. Não queria pensar em mais nada. Não queria sentir nada, exceto Loki. A exaustão da noite foi colocada de lado enquanto algo começou a tomar conta de mim, algo intenso e caloroso.

Loki beijou-me mais profundamente e me empurrou para a cama. Ele colocou o braço ao redor da minha cintura, erguendo-me, e me puxou mais para trás da cama. Eu me segurei nele, com minhas mãos presas em suas costas nuas. As cicatrizes pareciam braille nos meus dedos, cicatrizes que tinham sido causadas porque ele estava me protegendo.

– Wendy – murmurou ele enquanto beijava meu pescoço, com os lábios percorrendo toda minha pele e me fazendo estremecer.

Ele parou de me beijar para me olhar. Seu cabelo claro estava caindo nos olhos. Algo na forma como ele me olhava, com seus olhos da cor de mel queimado, fez meu coração bater mais rápido.

Era como se eu nunca tivesse visto quem ele realmente era. Todo o seu fingimento tinha desaparecido: seu sorriso irônico, seu jeito presunçoso, tudo tinha sumido. Era só ele quem estava ali, e eu percebi que era a primeira vez que o enxergava de verdade.

Loki era vulnerável, gentil e um tanto arisco. Mas, mais do que isso, ele era solitário, e se importava comigo. Ele se preocupava tanto comigo que ficava temeroso, e, por mais que isso também devesse me deixar temerosa, a verdade é que não deixava.

Só conseguia pensar no fato de nunca ter visto nada tão lindo. Era estranho pensar isso de um rapaz, mas era assim. Enquanto olhava para mim, esperando que eu o aceitasse ou o afastasse, Loki estava *lindo*.

Estendi o braço e toquei no seu rosto, impressionada, pensando em como ele poderia ser real. Ele fechou os olhos e beijou a palma da minha mão. Uma de suas mãos estava apoiada na lateral do meu corpo e me apertou com mais firmeza, fazendo um arrepio quente me percorrer por inteiro.

– Odeio perguntar isso, mas... – disse Loki, reticente. – Tem certeza de que quer fazer isso?

– Eu quero você, Loki – falei antes que pudesse pensar em alguma outra coisa.

Eu o queria, *precisava* dele, e por uma noite eu me recusei a pensar nas consequências e nas repercussões. Tudo o que queria era ficar com ele.

Loki sorriu, aliviado, e quase pareceu brilhar. Ele curvou-se, beijando-me de novo, mas agora mais profunda e apaixonadamente.

Sua mão deslizou por baixo da minha camisola e segurou a minha coxa com firmeza. Eu amava a força e o poder que ele tinha e a maneira como eu era capaz de sentir isso até nos menores toques. Ele tentou se conter para não me machucar, mas quando tentou tirar minha calcinha, ele a rasgou no meio.

Tirei minha camisola, passando-a por cima da cabeça, pois não queria que Loki também a rasgasse. Ele tentou manter a calma, e parte de mim queria que ele fizesse isso, pois era assim que eu imaginava que a minha primeira vez devia ser. Mas nós dois estávamos ardentes de desejo.

Ele começou devagar, tentando me penetrar com calma, mas eu gemi em seu ouvido, segurando-me firmemente nele, e então toda a calma desapareceu. Estava dolorido, e eu encostei o meu rosto em seu ombro para não gritar. Mas ele não desacelerou, e logo um calor tomou conta de mim. Fiquei contente por ele não ter desacelerado. Até a dor era prazerosa.

Depois ele desabou na cama ao meu lado, e nós dois estávamos ofegantes. A cama tinha se desalinhado, e eu me lembrava vagamente de ter escutado uma tábua quebrando, então talvez tivéssemos quebrado a cabeceira. As cortinas vermelhas da cama de quatro colunas antes estavam amarradas, mas agora tinham se soltado e caído ao redor da cama, isolando o mundo ao nosso redor.

Algumas velas iluminavam o quarto, e a luz delas atravessava a cortina, cobrindo-nos com um brilho quente e avermelhado. Eu me sentia protegida, como se estivesse envolvida por um casulo quentinho, e acho que nunca me senti tão contente e segura em toda minha vida.

Estava deitada de costas e Loki aproximou-se de mim, quase me envolvendo. Um braço estava atrás do meu pescoço e o outro por cima da minha barriga. Coloquei os braços ao redor dele para abraçá-lo mais.

Como estava aconchegada em seus braços, a cicatriz em seu peito estava bem do meu lado. Nunca a tinha visto tão de perto antes. Era áspera e rugosa. E era inclinada: começava bem acima do coração e ia até o outro mamilo.

— Você me odeia? — perguntei baixinho.

— Por que diabos eu odiaria você? — perguntou Loki, rindo.

— Por causa disso. — Toquei na cicatriz, e a pele ao redor dela estremeceu. — Por causa do que meu pai fez com você por minha causa.

— Não, eu não odeio você. — Ele beijou minha têmpora. — Nunca seria capaz de odiar você. E o que o rei fez não foi culpa sua.

— Como foi que ele fez isso?

— Antes de decidir me punir, ele pensou em me executar — disse Loki, meio cansado. — Ele usou uma espada antes de decidir que me torturar talvez fosse mais divertido.

— Ele quase matou você? — Olhei para ele, e só de pensar na morte de Loki fiquei com vontade de chorar.

— Mas não matou. — Ele afastou meu cabelo do rosto, desembaraçando-o entre seus dedos, e sorriu para mim. — Ele não conseguia, não importa o quanto tentasse, mas meu coração se recusava a desistir; ele sabia que eu tinha um motivo pelo qual viver.

— Não devia falar isso. — Engoli as lágrimas e baixei os olhos. — Esta noite foi... linda e maravilhosa, mas foi só hoje.

— Wendy. — Loki gemeu e deitou-se de costas. — Por que dizer algo assim agora?

— Porque sim. — Sentei e aproximei os joelhos do peito. Os lençóis cobriam minhas pernas, mas minhas costas estavam nuas, voltadas para ele. — Não quero que você... — Suspirei. — Não quero machucá-lo mais do que já machuquei.

— Na verdade parece que eu machuquei você. — Loki sentou-se e tocou meu braço. — Está com um machucado.

— Onde? — Olhei para baixo e vi uma mancha roxa no braço. — Não lembro de você ter feito isso. — Eu provavelmente estava com machucados nas pernas, mas Loki não tinha agarrado os meus braços. — Ah. Não foi você. Foi Tove que fez isso.

— Tove. — Loki suspirou. Ele não falou nada por um minuto e depois olhou para mim. — Amanhã você vai voltar para ele, não é?

— Ele é meu marido.

— Ele bateu em você.

— Ele não estava são. Quando ele voltar a ser quem normalmente é, vai se sentir péssimo. Não vai acontecer de novo.

— Acho melhor não — disse ele firmemente.

— Enfim, eu casei com ele por um motivo, e isso não mudou.

— E que motivo foi esse? — perguntou Loki. — Sei que você não o ama.

— Os Trylle não querem que eu me torne a rainha — expliquei. — Eles não confiam em mim por eu ser filha de quem sou, entre outros motivos. A família de Tove é muito influente, e isso equilibra as coisas. Se eu não fosse casada com ele, sua mãe estaria organizando uma campanha para me destronar. Sem Tove, eu nunca seria rainha.

– Por que isso é ruim? – perguntou Loki. – Aquelas pessoas não confiam nem gostam de você e você está sacrificando tudo por elas. Como isso faz algum sentido?

– Porque elas precisam de mim. Posso ajudá-las. Posso salvá-las. Sou a única pessoa capaz de enfrentar meu pai e a única pessoa que acha importante lutar pelos direitos dos rastreadores e dos Trylle menos poderosos. Tenho que fazer isso.

– Queria que você não estivesse dizendo isso com tanta convicção. – Ele colocou o braço ao meu redor e se aproximou. Então beijou meu ombro, sussurrando: – Não quero que volte para Tove amanhã.

– É o que tenho que fazer.

– Eu sei – disse ele. – Só não quero que faça.

– Mas sou sua esta noite. – Dei um pequeno sorriso e ele ergueu a cabeça para me olhar nos olhos. – É tudo o que posso oferecer.

– Não quero só uma noite. Quero *todas* as noites. Quero você inteira, para sempre.

Lágrimas encheram meus olhos, e meu coração estava sentindo algo tão forte que chegava a doer. Acho que, enquanto estava sentada ali com Loki, nunca me senti tão arrasada na vida.

– Não chore, Wendy. – Ele sorriu com tristeza para mim e vi a mágoa em seus olhos espelhando a minha. Ele me puxou para perto e beijou minha testa, depois minhas bochechas, depois minha boca.

– Se isso é tudo que você pode me dar, eu aceito – disse Loki. – Sem conversas nem preocupações com o reino, com responsabilidades ou com outras pessoas. Você não é a princesa. Eu não sou um Vittra. Somos apenas um cara e uma garota loucos um pelo outro que estão pelados numa cama.

– Isso eu posso fazer – concordei, assentindo com a cabeça.

– Ótimo, pois quero aproveitar ao máximo. – Ele sorriu e me empurrou de novo para a cama. – Acho que já quebramos um pouco da cama. Que tal a gente aproveitar e tentar destruí-la de vez?

Eu ri, e ele me beijou. Talvez no dia seguinte eu me arrependesse. Talvez no dia seguinte eu ficasse em apuros. Mas, por uma noite, eu me recusei a pensar e a me preocupar. Eu estava com Loki, e ele fazia com que eu me sentisse a única coisa que importava no mundo inteiro. E, naquela noite, ele era a única coisa que importava no mundo inteiro para mim.

Acordei com uma batida na porta e fiquei surpresa por praticamente não ter dormido. A noite tomou conta da minha cabeça num borrão feliz e nebuloso. Parecia que tudo tinha sido um sonho maravilhoso, e eu não sabia que era capaz de me sentir tão próxima de uma pessoa ou tão... *feliz*. Os braços fortes de Loki estavam ao meu redor e eu me aconcheguei mais neles. Queria ficar grudada nele para sempre.

– Princesa? – chamou Aurora de fora do quarto, o que foi o maior tapa na cara para que eu voltasse à realidade. – Está acordada? Preciso pegar minhas roupas. – Os braços de Loki ficaram tensos ao meu redor e, antes que eu pudesse responder, a porta do quarto rangeu e Aurora entrou.

DEZESSETE

consequência

As cortinas ainda estavam fechadas ao redor da cama, mas, se Aurora as puxasse, ela me encontraria pelada na cama com um rapaz que não era seu filho. Escutei-a andando pelo quarto e fiquei apavorada demais para falar ou até respirar.

Minha mente disparou tentando lembrar o que acontecera com as nossas roupas. Será que o pijama de Loki estava no chão? E a calcinha que ele tinha rasgado?

– Princesa? – disse Aurora outra vez, e dava para ver sua silhueta pela cortina. Ela estava bem perto. – Você está aqui?

– Estou – respondi, com medo de que ela abrisse a cortina caso eu não respondesse. – Hum, desculpe. Estou meio... desnorteada. Ontem foi... bem cansativo.

– Entendo – disse Aurora. – Vou levar minha mala, assim você fica com mais tempo para se levantar.

– Tudo bem. Obrigada.

– Claro. – Os passos de Aurora foram em direção à porta e então ela parou. – Tove está se sentindo péssimo pelo que aconteceu ontem. Ele não queria machucá-la de maneira alguma.

– Eu sei. – Eu me encolhi ao escutar o nome de Tove. Todas as lembranças calorosas da noite transformaram-se numa verdade nua e crua: eu tinha traído meu marido.

– Ele vai pedir desculpas pessoalmente, mas queria que você soubesse logo disso – disse Aurora. – Ele nunca a machucaria de propósito.

Aquilo foi como uma faca penetrando meu coração, fazendo um corte tão profundo que quase fiquei sem respirar por um instante. Sabia que Tove não me amava, mas duvidava que ele fosse gostar da ideia de eu transar com outro cara. E ele merecia muito mais do que isso.

– Nos vemos lá embaixo no café da manhã – disse Aurora.

– Sim – respondi, com a voz firme para conseguir conter as lágrimas.

A porta do quarto se fechou, e eu exalei profunda e tremulamente. Afastei-me de Loki e me sentei. Nunca tinha me sentido tão confusa na vida. Tudo o que queria era ficar deitada com ele para sempre, mas ficar ali fazia com que eu me sentisse culpada e terrível.

– Ei. – Loki colocou o braço ao redor da minha cintura, tentando me aproximar de si mais uma vez. – Não precisa se apressar. Ela foi embora.

– Temos muito o que fazer hoje. – Afastei o braço dele, odiando ter de rejeitá-lo, e peguei minha camisola, que estava amassada na beira da cama.

– Eu sei – disse Loki, parecendo um pouco magoado. Ele sentou-se enquanto eu vestia a camisola. – Eu nunca tentaria impedir você de trabalhar, mas não pode passar mais cinco minutinhos aqui na cama comigo?

– Não, não posso. – Balancei a cabeça e me recusei a olhar para ele. Não queria ver a expressão em seu rosto, nem pensar no que tínhamos feito. Ainda estava com seu gosto nos meus lábios e sentindo como era tê-lo dentro de mim. Queria cair em prantos.

– Então... é isso? – perguntou Loki.

– Eu disse a você que esta noite era tudo que aconteceria entre nós.

– Disse sim. – Ele respirou profundamente. – Acho que estava esperando que você fosse mudar de ideia.

Saí da cama e encontrei minha calcinha rasgada aparecendo debaixo das dobras da coberta do colchão. A cama rangeu quando Loki também saiu dela. Fiquei de frente para ele. Ele tinha vestido a calça, mas estava sem camisa ao entrar no quarto.

– Tem que voltar escondido para seu quarto – pedi. – Ninguém pode ver você.

– Eu sei. Vou tomar cuidado.

Ficamos parados, olhando-nos sem dizer nada. Havia uns dois metros entre nós dois, mas parecia que eram quilômetros. Eu queria dizer diversas coisas, mas não podia. Palavras só piorariam tudo.

Se eu falasse em voz alta o quanto a noite tinha significado para mim, tudo passaria a ser real demais.

Loki começou a andar em direção à porta, mas parou perto de mim. Seus punhos estavam cerrados e percebi que ele fazia um grande esforço. Sem dizer nada, me agarrou repentinamente e me puxou para si.

Ele me beijou com tanta paixão que meus joelhos ficaram bambos. Eu não sabia se conseguiria ficar em pé quando ele me soltasse, mas consegui.

— Foi a última vez. — Exalei quando paramos de nos beijar.

— Eu sei — disse ele simplesmente. Então ele me soltou e saiu do quarto.

Assim que ele saiu, cruzei os braços, abraçando a mim mesma. Meu estômago se contraiu, e fiquei achando que ia realmente vomitar, mas depois de um instante a vontade passou. *Não chore, não chore, não chore.* Repeti isso na cabeça sem parar, mas eu não seria capaz de usar a persuasão em mim mesma. Estiquei o braço para trás e me segurei na coluna da cama, com medo de que minhas pernas fossem ceder.

O que é que eu tinha feito? Com Loki? Com Tove? Comigo mesma?

— Princesa? — Duncan bateu na porta, mas eu não consegui pronunciar nenhuma palavra para responder. O nó na garganta estava grande demais. — Princesa? — Ele abriu a porta e eu tentei me recompor ao máximo. — Wendy, você está bem?

— Sim. — Concordei com a cabeça e engoli as lágrimas. — Estou cansada. Foi muita coisa ontem.

— Pois é, eu sei — disse Duncan. — Eu dormi como um bebê, mas tive uns sonhos estranhos com barulhos de pancadas. Ouviu algo ontem à noite? Meu quarto é bem aqui ao lado.

— Não. — Balancei a cabeça. — Desculpe.

— Só queria ver como você estava — disse Duncan. — Tem certeza de que está bem?

— Sim, estou — menti.

— Falei com Kenna agora de manhã, e ela gostaria que nós levássemos para Förening as pessoas cujas casas ainda estão inabitáveis — disse Duncan. — Willa sugeriu que voltássemos hoje e acomodássemos os sobreviventes no palácio. E depois a gente pode enviar para cá pessoas que realmente saibam como reconstruir Oslinna, pois nenhum de nós sabe construir uma casa.

– Hum, sim, isso me parece bom. Mas primeiro tenho que falar com Kenna. – Então me dei conta de algo e olhei para ele. – Todo mundo já está acordado?

– Sim, todo mundo, menos você, Tove e Loki – disse Duncan.

– Mas acabei de ver Loki no banheiro, então ele já está de pé. O que aconteceu com Tove ontem à noite? Aurora disse que ele estava doente ou algo do tipo.

– Sim – falei de pronto. – Ele está... doente. – Massageei o machucado no braço, tentando escondê-lo. – Preciso falar com ele. Ele está no quarto?

– Pelo que eu sei, sim – disse Duncan.

– Obrigada. Vou falar com ele e me vestir, depois eu encontro todo mundo lá embaixo. Pode ser?

– Sim, parece ótimo – disse Duncan. – E, princesa, é melhor pegar mais leve hoje. Está parecendo que vai ficar gripada.

Eu acenei a mão com desdém e ele foi embora. Enquanto ia para o quarto de Tove, fiquei pensando no que deveria dizer. Será que eu devia contar sobre Loki?

Não, aqui não. Agora não. Tínhamos muito o que fazer pelo povo dali. E eu não queria desperdiçar tempo com uma briga.

Bati na porta timidamente. Ainda não tinha pensado no que devia dizer para ele. Tove abriu a porta, e vê-lo só piorou tudo. Ele parecia péssimo. Seu cabelo sempre estava despenteado, mas não assim. Apesar de eu saber que Tove tinha dormido, ele estava com olheiras. Sua pele, que normalmente era um pouco esverdeada, tinha empalidecido, e o pior de tudo era que ele parecia ter envelhecido anos da noite para o dia.

— Wendy, peço mil desculpas. — Foram as primeiras palavras que saíram de sua boca e por um instante eu não entendi por que ele estava pedindo desculpas. — Nunca quis bater em você. Eu *nunca* faria isso. Não se estivesse pensando direito.

— Não, tudo bem — falei, anestesiada. — Eu sei. Ontem foi desgastante para todos nós.

— Isso não justifica nada. — Tove balançou a cabeça. — Eu devia... ter feito alguma coisa.

— Não era possível fazer nada — insisti. — E eu entendo.

— Não, não entende. O que eu fiz foi errado. Nunca é certo bater numa mulher, e no meu caso é pior ainda, porque foi com a minha esposa.

A palavra *esposa* fez com que eu me contraísse um pouco, mas acho que ele não percebeu. De todo jeito, eu não queria conversar sobre esse assunto. Não conseguia escutá-lo pedindo desculpas depois do que tinha feito. Eu também não achava certo bater em mulher, mas não havia sido Tove que fizera isso. Ele não estava pensando direito.

E eu tinha feito algo igualmente ruim — eu tinha dormido com Loki. Minha mente também não estava uma maravilha na hora, mas, para ser sincera, eu *queria*, mesmo quando não estava exaurida por causa dos meus poderes. O trabalho excessivo só fez as minhas inibições enfraquecerem, então eu estava bem mais propensa a ceder e fazer algo que eu queria.

Eu ainda queria ficar com Loki, e era por isso que meu crime tinha sido bem pior do que o de Tove.

Passei por Tove e fui até minha mala para pegar roupas. Ele tentou se desculpar novamente, e eu repeti que não precisava pedir desculpas por nada. Antes que ele pudesse mencionar a noite anterior mais uma vez, mudei de assunto e falei sobre tudo o que tínhamos a fazer naquele dia.

Tínhamos feito quase toda a limpeza, então não havia mais nada que pudéssemos fazer por Oslinna pessoalmente.

Eu me vesti e desci para tentar pensar numa maneira de tirar as pessoas dali. Alguns veículos ainda estavam funcionando, mas não era o suficiente para todos. Teríamos que enviar mais carros quando voltássemos ao palácio.

Enquanto ajudávamos a organizar o transporte, decidindo quem iria e quem ficaria, Willa comentou que eu parecia estranha. Eu estava tentando me comportar com o máximo de normalidade, exceto quando Loki chegava perto de mim e eu saía em disparada. Até ficar perto dele era difícil.

Após todos colocarem as coisas nos carros, fomos para casa. Kenna ficou para administrar o que tinha sobrado de Oslinna, mas eu prometi que mais ajuda estaria a caminho logo mais. Reconstruir a cidade seria minha prioridade. Bom, logo depois de impedir que os Vittra dominassem o nosso reino.

Willa e Matt foram para Förening comigo e com Tove, o que achei bom. Acho que não aguentaria fazer a longa viagem só com Loki e Aurora. Matt estava no banco de trás, fazendo esboços de plantas e falando sobre todas as coisas que poderíamos fazer por Oslinna.

Ao chegarmos, ajudamos os refugiados a se acomodar nos quartos extras do palácio. Seria estranho ter tanta gente morando lá, mas também seria bom. Eu ajudei pessoalmente Mia e sua filha a acharem um quarto, e as duas pareceram um pouco mais felizes.

Deixei Willa encarregada de arrecadar os recursos para a reconstrução de Oslinna, e Matt ficou mais do que contente em se responsabilizar pelos planos de reconstrução.

Assim que terminamos de cuidar do povo de Oslinna, fui à biblioteca para dar continuidade à minha pesquisa. Eu ainda tinha que descobrir uma maneira de matar Oren e de deter os hobgoblins. Mais cedo ou mais tarde precisaríamos enfrentar os Vittra, e eu tinha que saber como derrotá-los.

Além disso, seria bom me entregar ao trabalho. Não queria pensar na bagunça que eu tinha feito com minha vida pessoal.

Passei a maior parte da noite pesquisando textos antigos em tryllic, mas não adiantou. Nenhum deles mencionava nada a respeito de trolls imortais, pelo menos nada que eu entendesse. Fui procurar um livro diferente. Quando olhei para cima, vi Finn na entrada da biblioteca.

Acho que foi quando o vi que minha culpa atingiu o ápice. Apesar de Finn e eu nunca termos ficado realmente juntos – sem mencionar que o que quer que tivemos havia acabado de vez –, sabia o quanto ele ficaria desapontado se soubesse que eu tinha dormido com Loki.

– Você está bem, princesa? – Finn estreitou os olhos, preocupado, e entrou na biblioteca.

– Hum, sim, estou ótima. – Baixei os olhos e voltei para a mesa onde estava estudando. Queria manter um espaço entre nós, e uma mesa gigantesca de madeira com certeza ajudaria.

– Está tão pálida – disse Finn. – A viagem deve tê-la desgastado muito.

– Sim, todos nós trabalhamos muito lá – falei, e abri um livro para parecer ocupada. Aceitaria qualquer coisa que me fizesse não prestar atenção em Finn e em seus olhos escuros.

– Foi o que eu soube. – Ele inclinou-se na minha frente por cima da mesa. – Loki veio conversar comigo hoje.

– O quê? – Minha cabeça ergueu-se repentinamente e meu estômago apertou. – Quer dizer, foi mesmo?

– Sim. – Finn olhou para mim de uma forma estranha. – Tem certeza de que está tudo bem?

– Sim, está tudo ótimo. O que Loki disse?

– Ele me contou o que aprendeu sobre os hobgoblins na visita a Oslinna – respondeu Finn. – Que todos os danos tinham a ver com as propriedades e que as vítimas foram atingidas por acaso. Ele está achando que os hobgoblins não estão exatamente querendo ver sangue, mas mesmo assim ele vai nos ajudar a treinar os rastreadores amanhã.

– Ah. – Mexi na aliança e baixei o olhar novamente.

– Estou começando a achar que ele não é tão ruim quanto pensei – disse Finn, quase com rancor. – Mas mesmo assim você passa tempo demais com ele. Você tem que tomar cuidado com o que isso faz parecer.

– Eu sei. – De repente, minha boca ficou bastante seca. – Estou tentando prestar mais atenção nisso.

Finn permaneceu do outro lado da mesa, como se estivesse esperando eu dizer alguma coisa, mas eu não tinha nada a dizer. Fiquei olhando para o livro, tão nervosa que quase não conseguia respirar.

– Só vim saber como tinha sido a viagem – disse Finn.

– Foi tudo bem – respondi depressa, quase o interrompendo.

– Wendy. – Ele baixou a voz. – Está deixando de me contar algo?

– Ah, princesa, desculpe interromper – disse Mia, e eu nunca tinha ficado tão feliz na vida com uma interrupção.

Ela estava na entrada da biblioteca, segurando Hanna na lateral do corpo. Após chegarem ao palácio, elas tiveram tempo de tomar banho e Mia parecia ainda mais bonita do que em Oslinna, o que eu achava impossível.

— Não, não, Mia; não está interrompendo nada — falei rapidamente.

— Estava apenas tentando encontrar a cozinha. — Ela sorriu para mim como quem pede desculpas. — Hanna está com fome e eu estava perambulando, mas só faço errar o caminho. Este palácio é tão maior que o de Oslinna.

— É, é normal demorar um tempo para se acostumar ao palácio — disse Finn, retribuindo o sorriso dela. — Posso mostrar onde fica a cozinha, se quiser.

— Seria ótimo. — O sorriso de Mia intensificou-se e ela pareceu aliviada. — Obrigada. — Depois a expressão dela mudou para preocupação. — Não estou interrompendo o trabalho de vocês, estou, princesa?

— Não, de jeito nenhum. — Balancei a cabeça. — Finn vai ajudá-la com prazer.

— Sim, claro que vou — disse ele. — Mia, não é?

— Sim. — Mia sorriu para ele novamente e depois apontou para a bebê. — Esta é Hanna.

— Terei prazer em mostrar o palácio a vocês. — Ele começou a se afastar com elas, mas se virou para mim com os lábios pressionados antes de ir embora e fez um aceno com a cabeça.

Quando ele saiu, eu exalei tremulamente.

Enterrei a cara nos livros, mas não adiantou. Ainda não estava encontrando nada que fosse útil.

Estava ficando tarde quando Willa bateu na porta aberta.

— Wendy, sei que está bastante ocupada, mas precisa vir ver uma coisa – disse Willa. – O palácio todo está comentando.

— Comentando sobre o quê?

— Sobre o quadro novo de Elora. – Willa pressionou os lábios. – Todo mundo aparece morto nele.

DEZOITO

futuro

Elora tinha o "dom" da pintura precognitiva, apesar de ela costumar dizer que isso era mais uma maldição. Ela era capaz de pintar uma cena do futuro, de algum acontecimento que ainda aconteceria, e fim da história. Não havia nenhum contexto, nem o que ocorreria antes – apenas uma cena isolada do acontecimento.

Como ela estava muito fraca ultimamente, quase não pintava mais. Era muito desgastante, mas, se Elora tinha uma visão muito forte, não era capaz de mantê-la dentro da mente. Enquanto não pintava as visões, colocando-as para fora, a precognição causava-lhe enxaquecas terríveis.

Elora tentava ao máximo esconder os quadros, a não ser que achasse que valia a pena que todos os vissem. E esse com certeza era importante.

O quadro estava num cavalete em um canto da Sala de Guerra. Elora tentou fazer com que pouca gente comparecesse, só as pessoas que precisassem saber daquilo, mas, como Willa dissera, a existência do quadro tinha virado o assunto do momento no palácio.

Garrett estava à porta para impedir que o povo bisbilhotasse. Quando Willa e eu entramos, a marksinna Laris, o markis Bain, Tove, Thomas e Aurora estavam em volta do quadro. Havia mais algumas pessoas sentadas à mesa, perplexas demais para dizer qualquer coisa.

Empurrei Laris para o lado para poder aumentar meu campo de visão, e Tove deu um passo para trás. O quadro era ainda mais apavorante do que Willa tinha dado a entender.

Elora pintava tão bem que parecia mais uma fotografia. Tudo fora retratado com requinte de detalhes. Havia a rotunda, com sua escada em espiral caída no meio. O candelabro, que normalmente ficava pendurado no centro, tinha se esmagado no chão e estava destruído. Pequenas chamas cobriam o topo da escada, e os adornos dourados da parede estavam se soltando.

Havia corpos por todo lado. Não reconheci todos, mas dava para ver alguns muito bem. Willa estava pendurada na escada, com a cabeça tão virada para o lado que era impossível ela ter sobrevivido. Duncan fora esmagado embaixo do candelabro, com vidro quebrado por cima de todo o corpo. Tove estava no meio de uma poça de sangue que escorria de si mesmo. Finn encontrava-se todo contorcido embaixo da escadaria quebrada, com fraturas expostas. Loki tinha uma espada atravessada no peito, prendendo-o à parede como se fosse um inseto numa exposição entomológica.

Eu estava morta aos pés de um homem. Havia uma coroa esmagada ao lado da minha cabeça. Eu morrera após ter sido coroada. Eu era rainha.

O homem estava de costas para quem via o quadro, mas seu longo cabelo preto e seu casaco preto de veludo eram inconfundíveis: era Oren, meu pai. Ele tinha vindo até o palácio e causado toda essa carnificina. Havia no mínimo mais vinte corpos espalhados pela cena que Elora tinha pintado, incluindo o meu.

Estávamos todos mortos.

– Quando pintou isso? – perguntei a Elora assim que encontrei forças para falar.

Ela estava sentada numa cadeira mais ao canto da sala, olhando fixamente pela janela a neve que caía nos pinheiros. Suas mãos estavam cruzadas sobre o colo; a pele parecia acinzentada e enrugada. Ela estava morrendo, e aquele quadro provavelmente tinha sido o golpe final em sua saúde.

– Ontem à noite, quando você estava fora – disse Elora. – Não sabia se devia contar para as pessoas. Não queria gerar um pânico desnecessário, mas Garrett achou melhor que todos soubessem.

– Talvez assim seja mais fácil mudar as coisas – disse Garrett, e eu olhei para ele. A preocupação estava deixando seu rosto tenso. Sua filha também aparecia morta no quadro.

– Como assim mudar as coisas? – perguntou Laris, com a voz aguda. – Aquilo ali é o futuro!

– Não dá para impedir o futuro de acontecer – disse Tove. – Mas dá para alterá-lo. – Ele virou-se para mim para confirmar o que tinha acabado de dizer. – Não dá?

– Sim. – Concordei com a cabeça. – Foi o que Elora me disse. Ela disse que o futuro é fluido, e que só porque ela pintou uma cena não quer dizer que vá realmente acontecer.

– Mas pode acontecer – disse Aurora. – O caminho em que estamos agora está nos levando para esse futuro. Esse futuro em que o rei Vittra vai destruir o palácio e conquistar Förening.

— Não sabemos se ele vai conquistar Förening – disse Willa, tentando ajudar em vão. – Só dá para ver que algumas pessoas estão mortas.

— Que consolo maravilhoso, marksinna – disse Laris com sarcasmo.

— Mas Aurora tem razão – falei. – Só precisamos alterar o caminho que estamos tomando.

— Como podemos colocar o caminho na direção certa? – perguntou Laris. – Talvez seja exatamente a ação que vamos tomar para impedir essa cena que vai na verdade dar origem a ela.

— Não podemos simplesmente ficar de braços cruzados. – Afastei-me do quadro. Não queria mais ficar olhando para todas as pessoas que eu amava após terem sido assassinadas.

Encostei-me na mesa e passei as mãos no cabelo. Tinha que pensar numa forma de impedir e de mudar aquilo. Não podia permitir que acontecesse.

— Temos que remover algum elemento – falei, pensando alto. – Temos que mudar algo no quadro. Tirar alguma coisa. Assim vamos saber que mudamos a cena.

— Como o quê? – perguntou Willa. – Como a escada?

— Posso me livrar dela agorinha – sugeriu Tove.

— Nós precisamos da escada – disse Aurora. – É o único acesso que temos ao segundo andar.

— Nós não precisamos da princesa – murmurou Laris baixinho.

— Marksinna, eu avisei que se você dissesse... – disse Tove, mas eu o interrompi.

— Espera. – Eu endireitei a postura. – Ela tem razão.

— Ela tem razão? – perguntou Willa, sem entender.

— Se nos livrarmos da princesa, a cena inteira vai ser alterada — disse Aurora ao perceber o que eu queria dizer. — O rei está vindo atrás dela há todo esse tempo e, no quadro, ele finalmente consegue pegá-la. Se a entregarmos para ele, a cena do quadro desaparece.

Ninguém falou nada e, pelos olhares interrogativos e preocupados nos rostos de Willa e de Tove, eu diria que até eles estavam considerando seriamente essa opção. Mas era mesmo difícil não considerá-la. Se só eu estivesse morta no quadro, eles provavelmente se esforçariam mais para tentar me manter aqui, mas todos estavam mortos. Minha vida não era mais importante do que a de todos eles juntos.

— Mas, mesmo se entregarmos a princesa para o rei, ele vai continuar querendo o reino Trylle — salientou Bain. — Vai continuar vindo atrás de nós mesmo após tê-la.

— Talvez — concordei.

— Não, com certeza — disse Tove, com um olhar de entendido. — Pegar você é apenas o meio do caminho para os planos do rei. Ele quer pegar você para poder conquistar o reino.

— Sei que tem razão, mas... — Não terminei a frase. — Não estou dizendo que o fato de eu me entregar para o rei vá impedir que uma guerra aconteça entre os Vittra e os Trylle, pois não é verdade. O que estou dizendo é que isso vai impedir que a cena do quadro aconteça.

— E daí? — Tove deu de ombros. — Não vamos morrer daquela maneira, naquele dia. Mas o rei vai nos matar mesmo assim.

— Não — insisti. — Posso me entregar para o rei e ganhar mais tempo para vocês se prepararem para enfrentá-lo. Posso impedir a cena do quadro de acontecer e vocês podem preparar o exército Trylle para derrotá-lo.

– Mas, assim, tudo o que ele vai fazer é matar você, Wendy – disse Tove. – Você sabe disso.

– Tove – disse Aurora com gentileza. – Se ela estiver com o rei, não vai estar na cena do quadro. Ela vai ter alterado os acontecimentos e talvez essa seja a única maneira de impedir que todas essas mortes aconteçam. É algo que precisamos considerar seriamente.

– Vocês não vão entregar minha filha a ele – disse Elora com firmeza. Ela segurou-se na parte de trás da cadeira e se ergueu. – Isso não é uma opção.

– Mas, se eu vou morrer de todo jeito, pelo menos poderíamos poupar algumas vidas – argumentei.

– Você arranja outra solução – insistiu ela. – Não vou sacrificá-la por causa disso.

– Você não estará sacrificando nada – insisti. – Eu faria isso por vontade própria.

– Não – disse Elora. – É uma ordem. Você não vai se entregar para ele.

– Elora, eu sei que a ideia de perder sua filha única é insuportável – disse Aurora da maneira mais delicada possível. – Mas precisa pelo menos pensar no que seria melhor para o reino.

– Se não fizer isso, vamos destronar você – disse Laris. – Todas as pessoas do reino me apoiariam se você estivesse nos levando na direção de uma morte certa.

– A morte não é garantida! – exclamou Elora sem paciência. – Podem me destronar se quiserem. Mas até isso acontecer eu continuo sendo a rainha de vocês, e a princesa não vai a lugar algum.

— Elora, por que não se senta de novo? — perguntou Garrett delicadamente, aproximando-se dela.

— Não vou me sentar. — Ela deu um tapa na mão que ele estendeu em sua direção. — Não sou uma velha fraca. Sou a rainha e sou a mãe dela, e a minha palavra importa aqui! Na verdade, a minha palavra é a *única* que importa!

— Elora — chamei. — Não está pensando direito. Você sempre me disse que o bem do reino vem em primeiro lugar.

— Talvez eu tenha cometido um erro. — Os olhos de Elora, que costumavam ser tão escuros, estavam quase prateados e percorreram a sala inteira. Não sabia se ela ainda conseguia enxergar alguma coisa. — Eu fiz tudo por este reino. *Tudo*. E olha só o que ele se tornou.

Ela deu um passo para a frente, mas eu não sabia para onde ela queria ir. Suas pernas não aguentaram o peso e ela caiu no chão. Garrett tentou segurá-la, mas demorou demais. Ela já estava inconsciente quando atingiu o chão.

Corri para o lado dela; Garrett já a estava tirando do chão e colocando-a em seu colo. Seu cabelo branco estava espalhado ao redor do corpo e ela continuava imóvel nos braços dele. Um fio de sangue começou a escorrer de seu nariz, mas eu duvidava que tivesse sido por causa do impacto contra o chão. Sangramentos nasais costumavam acontecer quando as habilidades ficavam sobrecarregadas.

— Ela está bem? — perguntei, ajoelhando-me ao seu lado. Queria tocar nela, mas fiquei com medo de fazer isso. Ela parecia tão frágil.

— Ela está viva, se é o que está perguntando – disse Garrett. Ele tirou um lenço do bolso e limpou o sangue. – Mas desde que pintou este quadro ela não está muito bem.

— Aurora – chamei, olhando para ela por cima do ombro. – Venha curá-la.

— Não, princesa. – Garrett balançou a cabeça. – Não adianta.

— Como assim não adianta? – perguntei, incrédula. – Ela está doente!

— Não podemos fazer mais nada por Elora. – Garrett ficou olhando para minha mãe com os olhos cheios de amor. – Ela não está doente, não pode ser curada. A vida se esvaiu dela, e Aurora não é capaz de reverter isso.

— Mas ela pode fazer algo – insisti. – Alguma coisa para ajudar.

— Não – disse ele simplesmente. Ele levantou-se, ainda com Elora nos braços. – Vou levá-la para o quarto, para deixá-la mais confortável. É tudo que podemos fazer.

— Vou com você. – Levantei-me e olhei para a sala. – Amanhã continuamos a discussão.

— Mas a decisão já não foi tomada? – perguntou Laris com um sorriso malicioso.

— Amanhã nós discutimos isso – disse Tove com firmeza, e cobriu o quadro com um pano.

Fui com Garrett até o quarto da minha mãe e afastei da cabeça os pensamentos relacionados ao quadro. Queria ver Elora enquanto ainda era possível. Ela não tinha mais tanto tempo de vida, não que eu soubesse o que isso significava exatamente. Poderiam ser algumas horas, alguns dias, talvez até algumas semanas. Mas o fim estava se aproximando.

Isso queria dizer que eu me tornaria rainha em breve, mas eu também não tinha vontade de pensar nesse assunto. Eu tinha pouco tempo para passar com minha mãe e devia aproveitá-lo ao máximo. Não queria me ocupar com pensamentos sobre o reino, sobre meus amigos ou até mesmo sobre meu casamento.

Sentei-me na cadeira ao lado da sua cama e esperei que ela acordasse. Demorou mais do que imaginei, e acabei cochilando. Foi Garrett que me avisou quando ela acordou.

— Princesa? — perguntou Elora, cansada, parecendo surpresa por me ver ali.

— Ela estava esperando ao seu lado — disse Garrett. Ele posicionara-se na beirada da cama e olhava para ela, que parecia pequena debaixo das cobertas.

— Gostaria de ter um momento a sós com minha filha, se for possível — disse Elora.

— Sim, claro — concordou Garrett. — Estarei aqui fora, se precisar de mim.

— Obrigada. — Ela sorriu para ele, que nos deixou a sós.

— Como está se sentindo? — perguntei e aproximei a cadeira de sua cama. Sua voz tinha se tornado praticamente um sussurro.

— Já estive melhor — respondeu ela.

— Lamento.

— E eu estava mesmo falando sério. — Elora virou a cabeça na minha direção, mas eu não sabia se ela conseguia me ver. — Não deve se entregar para os Vittra. Por motivo algum.

— Não posso permitir que as pessoas morram por minha causa — falei delicadamente. Não queria discutir com ela, não desse jeito, mas seria um sacrilégio mentir para ela em seu leito de morte.

— Tem que haver algum outro jeito – insistiu ela. – Tem que haver outra opção que não seja sacrificá-la para seu pai. Eu fiz tudo certo. Sempre pensei no que era melhor para o reino. E tudo que peço em troca é que você fique em segurança.

— Isso não pode ser só por causa da minha segurança – respondi. – Você nunca se importou tanto com isso antes.

— Claro que me importei. – Elora parecia ofendida. – Você é minha filha. Sempre me importei com você. – Ela parou, suspirando. – Eu me arrependo de ter obrigado você a se casar com Tove.

— Você não me obrigou a me casar com ele. Foi ele que me pediu em casamento. E eu que disse sim.

— Então não devia ter deixado você fazer isso – disse Elora. – Eu sabia que você não o amava. Mas achei que, se fizesse a coisa certa, a estaria protegendo. Assim você poderia ser feliz. Mas agora estou achando que nunca fiz nada que tenha cooperado para sua felicidade.

— Eu estou feliz – falei, sem mentir totalmente. Havia muitas coisas na minha vida que me deixavam feliz. Eu só não tinha tido a oportunidade de aproveitá-las tanto ultimamente.

— Não cometa os mesmos erros que eu – disse ela. – Eu me casei com um homem que não amava porque era o melhor para o reino. E deixei o homem que eu realmente amava escapar porque era o melhor para o reino. E dei minha filha única porque era o melhor para o reino.

— Você não me deu – discordei. – Você me escondeu de Oren.

— Mas era para eu ter ficado com você – disse Elora. – Poderíamos ter nos escondido juntas. Eu poderia ter protegido você disso tudo. Esse é o meu maior arrependimento. Não ter ficado com você.

– Por que estamos falando disso agora? – perguntei. – Por que nunca me falou nada disso?

– Não queria que você me amasse – disse ela simplesmente. – Sabia que não tínhamos tanto tempo juntas e não queria que você sentisse minha falta. Achei que seria melhor se você não se importasse.

– Mas agora mudou de ideia? – perguntei.

– Não quero morrer sem que você saiba o quanto eu a amo. – Ela estendeu a mão para mim. Eu a segurei e senti sua pele fria e flácida apertando a minha mão. – Cometi tantos erros. Tudo que queria era que você fosse forte para poder se proteger sozinha. Peço mil desculpas, de verdade.

– Não peça desculpas – falei, forçando um sorriso. – Você fez tudo que pôde e eu sei disso.

– Sei que vai ser uma boa rainha, uma líder nobre e forte, e que isso é mais do que esse povo merece – disse ela. – Mas não se entregue demais. Você precisa guardar uma parte de você para si mesma. E escute seu coração.

– Não acredito que está me dizendo para escutar meu coração – reclamei. – Nunca achei que fosse ouvir isso de você.

– Não aja só com base no coração, mas faça questão de escutá-lo. – Elora sorriu. – Às vezes seu coração tem razão.

Elora e eu ficamos conversando mais um tempo depois disso. Ela não me falou muitas coisas que eu já não soubesse, mas, de uma maneira estranha, aquela pareceu ser a primeira conversa de verdade que tivemos. Ela não estava falando comigo como uma rainha que conversa com uma princesa, mas como uma mãe que conversa com a filha.

Infelizmente não demorou para que Elora ficasse cansada e adormecesse. Mesmo assim, continuei sentada com ela mais algum tempo. Não queria sair do seu lado. Qualquer tempinho que eu ainda pudesse ter com ela seria precioso.

DEZENOVE

alívio

— Não sei, Wendy. – Tove balançou a cabeça. – Não quero que você morra, mas não sei o que mais posso dizer.
– Eu sei. – Suspirei. – Também não consigo pensar em mais nada.

Tove sentara-se no baú que ficava na frente de nossa cama e eu estava diante dele, mordendo a unha do polegar. Nós ainda estávamos de pijama e acho que nenhum dos dois tinha dormido muito bem na noite anterior. Acordei-o bem cedo, quando ainda estava escuro lá fora, e imediatamente comecei a perguntar sobre o que ele achava que eu devia fazer a respeito do quadro de Elora.

– Você ainda não sabe como matar o rei – salientou Tove. – E você prometeu a ele que entregaria seu reino quando se tornasse rainha.

– Se eu estiver com ele, não vou me tornar rainha.

– Mas ele não vai deixar isso passar – disse Tove. – Mesmo se for até ele, talvez ele a rejeite só porque quer o reino.

— Posso dizer que vocês me expulsaram daqui quando descobriram meu plano de nos juntar aos Vittra – argumentei. – Assim ele vai me aceitar.

— Mas ele vai continuar querendo o reino – disse Tove. – Ele virá atrás do reino mesmo se tiver você. No melhor dos casos, você estaria apenas adiando o inevitável.

— Talvez – admiti. – Mas, se for o melhor que posso fazer, então é o melhor que posso fazer.

— Mas e depois? – perguntou Tove, olhando fixamente para mim. – O que acontece depois que o rei estiver com você?

— Você se torna o rei Trylle – respondi. – E protege o nosso povo.

— E fim de história? – perguntou Tove. – Você vai e eu fico?

— Sim – assenti, concordando com um gesto de cabeça.

Loki escancarou as portas do quarto, fazendo-as colidir com as paredes. Eu pulei, e Tove se levantou. Os olhos de Loki fixaram-se em mim quando ele entrou apressado, ignorando meu marido.

— O que está fazendo? – perguntei, surpresa demais para demonstrar raiva.

— Eu sabia! – gritou Loki sem desgrudar os olhos de mim um segundo. – Assim que Duncan me contou, eu soube que você optaria imediatamente pelo suicídio. Por que faz tanta questão de ser uma mártir, Wendy?

— Não sou uma mártir. – Endireitei os ombros, preparando-me para a briga. – O que Duncan disse? E o que acha que está fazendo invadindo meu quarto às seis da manhã?

— Não consegui dormir, então vim ver se estava acordada – disse Loki. – Escutei vocês dois conversando, mas eu já sabia que era isso que você ia fazer. Duncan me contou a respeito do quadro. Eu sabia que você tentaria voltar para os Vittra.

– Estava espreitando a nossa conversa? – Estreitei os olhos. – Estou nos meus aposentos pessoais! Você não tem o direito de me espiar, nem de entrar no meu quarto sem ser convidado!

Loki revirou os olhos.

– Não estava espiando você. Não seja tão dramática, princesa. Eu parei perto da porta para ver se você estava acordada, percebi que estava, e então entrei.

– Mesmo assim, você não pode simplesmente entrar sem pedir licença. – Cruzei os braços.

– Quer que eu saia de novo e bata na porta? – Loki apontou para as portas. – Vai se sentir melhor?

– Eu quero que você vá embora e volte para seu quarto.

Eu não falava de verdade com Loki desde que dormimos juntos e dava para perceber pelo canto do olho que Tove estava nos observando. Loki não queria desviar o olhar, e eu me recusei a fazer o mesmo, então nós ficamos meio que numa aposta para ver quem ia ceder primeiro, uma aposta que eu estava determinada a ganhar.

– É o que vou fazer – disse Loki. – Assim que você admitir que se entregar para o rei é o maior absurdo.

Eu me irritei:

– Não é absurdo. Não é o ideal, mas é a melhor ideia que tivemos. Não posso deixar que a cena do quadro se torne realidade.

– Como tem certeza de que se entregar para o rei vai mudar algo? – argumentou Loki.

– Você não viu o quadro. Você não entende.

— A única maneira de realmente impedir que a cena aconteça é matando o rei – disse Loki. – E você é a única pessoa que tem força suficiente para isso.

— Eu não sei como fazer isso – respondi. – E você é forte. Você também consegue. Mas eu preciso fazer algo para evitar que a cena aconteça enquanto você não descobre como deter o rei.

— Wendy, se eu fosse capaz de matá-lo, eu já teria feito isso – disse Loki. – Você sabe.

— Não importa. – Acenei com as mãos e me afastei dele. – Esse assunto não está em discussão. Já decidi o que vou fazer.

— E acha que eu simplesmente vou deixá-la ir? – perguntou Loki.

— *Deixar* eu ir? – Fulminei-o com o olhar. – Não é para você "deixar" nada.

— Sei que sou capaz de impedi-la. – Seus olhos encontraram os meus calmamente e ele veio em minha direção. – Vou fazer tudo o que puder para mantê-la longe dele.

— Loki, ele vai matar todos nós – enfatizei. – O rei vai matar Tove, eu e *você*. É a única forma de nos proteger.

— Não me importo – disse Loki. – Prefiro morrer lutando com ele. Prefiro ver *você* morrer lutando do que saber que você se entregou. Não pode desistir.

Baixei os olhos e engoli em seco. Tove estava mais afastado. Queria que ele desse sua opinião, que dissesse alguma coisa, mas ele não fez nada.

— O que propõe que eu faça? – perguntei baixinho, ainda olhando para o chão.

— Ainda temos tempo antes de ele vir atrás de você – disse Loki. – Aprenda a matá-lo e, quando ele chegar, lute com ele.

— E se perdermos? — perguntei. — E se eu não conseguir detê-lo?

— Não conseguir detê-lo depois só significa que agora você também não consegue — disse Loki. — Desistir agora não quer dizer que mais tarde você poderá enfrentá-lo. Só significa que você morrerá.

Olhei para Tove, que continuava em silêncio, e pensei no que Loki tinha dito. Odiava o fato de não saber qual era a decisão certa. Só queria que todos ficassem em segurança, e estava morrendo de medo de que a decisão errada terminasse causando a morte de todos nós.

— Tudo bem — concordei afinal, e me virei para Loki. — Fico aqui, por ora. Mas você precisa trabalhar em dobro com Finn. Os rastreadores precisam estar preparados para qualquer coisa que acontecer.

— Como desejar, princesa. — Loki deu um pequeno sorriso, curvando um canto de sua boca.

Mas havia uma vivacidade por trás do brilho costumeiro de seus olhos, algo mais profundo, alguma ânsia. Quando ele me olhava daquele jeito, meu coração batia tão alto que eu tinha certeza de que ele conseguia escutá-lo.

Percebi muito bem o quanto Loki estava perto de mim. Dava para ele esticar o braço e me tocar. Fiz questão de manter os braços cruzados firmemente para não me sentir tentada a fazer isso.

Com todo o caos no palácio, eu não tivera a oportunidade de pensar em Loki, mas, com ele parado ali, só conseguia pensar na noite que passamos juntos.

Mais do que as coisas que fizemos e das marcas na pele onde ele tinha me tocado, foi a lembrança do que tínhamos compartilhado que mexeu mais comigo. Um momento em que eu nunca me senti tão próxima de ninguém, como se nós dois tivéssemos nos tornado um só.

A imagem do quadro apareceu subitamente na minha cabeça, com Loki espetado nas mãos do meu pai, e eu sabia que faria de tudo para salvá-lo, mesmo que isso contrariasse os desejos de Loki. Eu não poderia deixar que ele morresse.

– Imagino que você tenha muito a fazer, markis – falei entorpecidamente, e minhas faces coraram quando percebi que estávamos nos encarando havia algum tempo. Com meu marido nos observando.

– Claro. – Loki concordou com a cabeça rapidamente e se virou para ir embora.

Tove foi atrás dele e fechou as portas. Tove ficou diante delas por um instante, apoiando a testa na madeira. Ao se virar na minha direção, ele não olhou para mim. Seus olhos cor de musgo percorreram depressa o quarto e ele arregaçou as mangas do pijama.

– Está tudo bem? – perguntei com cuidado.

– Sim. – Ele franziu a testa e balançou a cabeça. – Não sei. Estou feliz porque você não vai se entregar e morrer. Acho que não gostaria se você morresse.

– Eu também não gostaria se você morresse – falei.

– Mas... – Tove não terminou a frase e ficou olhando fixamente o chão. – Está apaixonada por ele?

– O quê? – perguntei, e senti o maior aperto no estômago. – Por que você... – Queria argumentar, mas não havia nenhuma força nas minhas palavras.

– Ele está apaixonado por você. – Ele levantou a cabeça e olhou para mim. – Sabia disso?

— Eu... eu não sei do que você está falando – gaguejei. Fui até a cama, precisando me ocupar com alguma coisa, e estiquei os lençóis. – Loki é apenas...

— Eu consigo ver as auras de vocês – interrompeu-me Tove, com a voz firme, mas não raivosa. – A dele é prateada e a sua é dourada. Quando estão perto um do outro, vocês dois ficam com uma auréola rosada. Agora mesmo vocês dois estavam emitindo um rosa bem vivo e as auras de vocês se entrelaçaram.

Parei e não disse nada. O que eu podia responder? Tove era capaz de enxergar fisicamente o que eu e Loki sentíamos um pelo outro. Eu não podia negar. Continuei de costas para ele, esperando que prosseguisse, que gritasse comigo e me acusasse de ser uma vadia.

— Era para eu estar com raiva – disse ele finalmente. – Ou com ciúmes. Não era?

— Tove, desculpe – falei e olhei para ele outra vez. – Nunca quis que isso acontecesse.

— Eu estou com ciúmes, mas não da maneira que era para eu estar. – Ele balançou a cabeça. – Ele ama você, e eu... e eu não. – Ele passou a mão no cabelo e suspirou. – Naquela noite, quando eu surtei e bati em você...

— Aquilo não foi culpa sua – falei depressa. – Aquilo não alterou em nada o que sinto por você.

— Não, eu sei. – Ele concordou com a cabeça. – Mas aquilo me fez pensar. Não me resta muito tempo antes de enlouquecer de vez. Essas habilidades... elas vão continuar corroendo meu cérebro até não sobrar nada.

— Ficarei do seu lado, não importa o que acontecer. – Eu me aproximei dele, tentando reconfortá-lo. – Mesmo que eu goste de... – Parei, ainda sem querer admitir o que sentia por Loki. – As outras pessoas não importam. Você é meu marido e eu fico ao seu lado na saúde e na doença.

– Você faria mesmo isso, não é? – perguntou Tove, com um jeito quase triste. – Você cuidaria de mim se eu enlouquecesse.

– Claro que sim – concordei, balançando a cabeça.

Em momento algum pensei em deixar Tove, pelo menos não por causa do que tinha acontecido naquela noite, nem porque ele ficaria doente e fraco como Elora. Tove era um homem bom, um homem gentil, e merecia o máximo de amor e de cuidado que eu pudesse dar.

– Assim fica bem mais difícil de eu dizer uma coisa. – Ele suspirou e sentou-se na beira da cama.

– O quê? – Sentei-me ao lado dele.

– Percebi que tenho muito pouco tempo – disse ele –, antes de perder a mente de vez. Talvez vinte anos, se eu der sorte. E depois já era. Quero me apaixonar por alguém. – Tove respirou fundo. – Quero dividir minha vida com alguém. E... esse alguém não é você.

– Ah – falei, e por um instante eu não senti nada. Não sabia o que sentir a respeito do que ele estava dizendo, então meu corpo simplesmente ficou dormente.

– Desculpe – disse Tove. – Sei que abdicou de muitas coisas para ficar comigo, e me perdoe por eu não ser forte o suficiente para fazer o mesmo por você. Achei que era. Achei que sermos amigos e eu acreditar que você seria uma boa rainha já bastava. Mas não basta.

– Não, não basta – concordei baixinho.

– Wendy, eu... – Ele parou, olhando para o chão. – Eu sou gay.

Engoli em seco.

— Eu imaginei que isso talvez fosse verdade.

— Imaginou? — Ele levantou a cabeça para olhar para mim. — Por quê?

Dei de ombros.

— Foi só uma sensação. — Era mentira. Finn tinha me contado, mas, depois que soube, passei a achar isso algo bem óbvio. — Então... me desculpe por ter me casado com você. Não era para eu ter deixado isso acontecer, não quando eu sabia que você nunca seria feliz desse jeito.

— Bom, eu também não achei que você seria feliz desse jeito. — Ele massageou a parte de trás do pescoço. — Mas pelo menos posso dizer que só descobri o quanto você gostava de Loki no casamento. Quando dançou com ele, vocês dois brilharam tanto...

— Então você sabia? — perguntei. — Sempre soube? — Ele concordou com um gesto de cabeça. — Você sabe... sabe que eu dormi com ele?

— Dormiu? — Algo surgiu em seus olhos, algo que talvez fosse mágoa. — Quando?

— Em Oslinna, depois... que nós brigamos — expliquei, escolhendo as palavras com cuidado.

— Ah. — Ele desviou o olhar e não falou nada por um momento.

— Está com raiva? — perguntei.

— Não, com raiva não. — Ele balançou a cabeça. — Mas... também não posso dizer que esteja feliz. — Ele franziu a testa. — Não sei como explicar. Mas fico contente por você ter me contado.

— Me perdoe. Nunca quis que isso acontecesse e não queria magoar você. — Sorri para ele com um jeito triste. — E não vai acontecer de novo. Isso eu prometo.

– Eu sei. Porque, Wendy, eu acho que... – Ele parou, respirando fundo mais uma vez. – Eu quero o divórcio.

E então aconteceu. Eu caí no pranto. Não sei exatamente o porquê. Era uma mistura de alívio, tristeza, confusão e de diversas outras coisas que eu estava me esforçando para não demonstrar. Fiquei feliz e aliviada, mas também triste e assustada, e mais um milhão de outras coisas ao mesmo tempo.

– Wendy, não chore. – Tove colocou o braço ao meu redor para me consolar, e foi a primeira vez que ele me tocou desde que nos casamos. – Não queria deixar você triste.

– Não, não estou triste, mas... – Funguei e olhei para ele. – É porque eu dormi com Loki?

Ele riu um pouco.

– Não. Tomei a decisão antes de você me contar. É porque não nos amamos e eu acho que nós devíamos ter a oportunidade de passar mais tempo com as pessoas que realmente amamos.

– Ah. Que bom. – Balancei a cabeça e enxuguei as lágrimas. – Desculpe. É coisa demais. E você tem razão. A gente devia pedir a anulação. – Balancei a cabeça e parei de chorar com a mesma rapidez com que tinha começado. – Desculpe. Não sei de onde veio isso.

– Tem certeza de que está tudo bem? – perguntou Tove, observando-me com cuidado.

– Sim, está tudo bem. – Sorri de leve para ele. – Provavelmente é o melhor para nós dois.

– Pois é, espero que sim. – Tove concordou com um gesto de cabeça. – Somos amigos e eu sempre a apoiarei, mas não precisamos ser casados para isso.

— É verdade – concordei. – Mas quero esperar até que toda essa história com os Vittra acabe. Caso algo aconteça comigo, quero que você seja o rei.

— Tem certeza de que quer que eu seja rei? – perguntou Tove. – Eu vou enlouquecer um dia.

— Mas, até que isso aconteça, você é a única pessoa em quem eu confio que tem alguma espécie de poder – expliquei. – Willa vai ser uma boa governante um dia, mas não acho que agora ela esteja pronta. Ela pode assumir seu cargo depois, se você precisar.

— Acha mesmo que vai acontecer alguma coisa com você? – perguntou Tove.

— Não sei – admiti. – Mas preciso saber que o reino vai ficar em boas mãos, não importa o que aconteça.

— Tudo bem – disse ele. – Então eu prometo: vamos ficar casados até derrotarmos os Vittra e, se algo acontecer com você, eu governarei o reino, e o farei da melhor forma possível.

— Obrigada. – Sorri para ele.

— Ótimo. – Tove abaixou o braço e ficou olhando para a frente. – Agora que já resolvemos isso, é melhor a gente se arrumar. Temos o funeral do chanceler às onze.

— Não preparei ainda o que vou falar. – Suspirei, e Tove levantou-se. – O que devo dizer sobre ele?

— Bom, se quer dizer alguma coisa boa, vai ter que mentir – murmurou Tove enquanto ia para seu closet.

— Não fale mal dos mortos.

— Você não escutou o que ele queria fazer com você – disse Tove, falando alto para que eu o ouvisse do closet. – Aquele homem era uma ameaça à nossa sociedade.

Sentei-me na cama, escutando meu marido pegar suas roupas para poder tomar banho e, apesar de tudo que ainda estava acontecendo, senti como se um peso enorme tivesse sido retirado dos meus ombros.

Ainda não tinha ideia do que fazer para deter os Vittra e para salvar todas as pessoas com quem eu me importava. Além disso, eu precisava pensar no que falar em homenagem ao chanceler. Mas, pela primeira vez em um bom tempo, senti que talvez fosse mesmo existir uma vida depois de tudo isso. Se eu derrotasse o rei, se eu salvasse a todos nós, talvez uma razão para viver fosse mesmo surgir.

VINTE

orm

Willa estava toda de preto, mas a bainha da saia ia só até o meio das coxas. Pelo menos ela estava um pouco mais elegante para o funeral. Minha homenagem correu bem, ou pelo menos foi o que se espera de uma homenagem. Ninguém chorou pelo chanceler, o que me entristeceu um pouco, mas eu também não consegui chorar por ele.

O funeral foi feito numa das maiores salas de reunião do palácio. Havia flores e velas pretas decorando o ambiente. Eu não sabia quem tinha organizado tudo, mas parecia coisa de adolescente gótico num show do The Cure.

Após levarem o corpo do chanceler para ser enterrado no cemitério do palácio, a maioria de nós ficou na sala. Ele não tinha família nem amigos, e eu fiquei me perguntando como é que tinha sido eleito.

Estava um clima bastante sombrio, mas não achei que fosse por causa do funeral. Todos os convidados estavam murmurando, sussurrando, aglomerados nos cantos e falando baixinho, e não paravam de olhar para mim. Eu escutava a palavra "quadro" flutuando pelo ar como uma brisa.

Permaneci na lateral da sala, conversando mais com Willa e Tove. Normalmente os membros da realeza aproveitariam num instante a oportunidade de conversar comigo, mas nesse dia todos estavam me evitando. Isso não me incomodava nem um pouco. Eu também não tinha muito a dizer para eles.

– Quando poderemos ir embora sem que isso seja considerado falta de educação? – perguntou Willa, balançando o champanhe dentro da taça. Acho que ela já tinha bebido mais do que devia, e soluçou discretamente antes de cobrir a boca com a mão. – Desculpe.

– Acho que já passamos tempo suficiente aqui. – Tove deu uma olhada na sala, que já se esvaziara um pouco. Seus pais não tinham podido comparecer, e minha mãe mal conseguia se mexer, ainda estava de repouso.

– Por mim, podemos ir a qualquer momento – falei.

– Ótimo. – Willa colocou a taça numa mesa perto de nós, com um pouco do líquido rosa borbulhante escorrendo do topo. Ela me deu o braço, mais para se estabilizar, e nós fomos embora.

– Bom, foi tudo ótimo. – Suspirei, tirando uma flor preta do cabelo enquanto percorríamos o corredor.

– Sério? – disse Tove. – Pois eu achei que foi tudo péssimo.

– Estava sendo sarcástica.

– Ah. – Ele enfiou as mãos nos bolsos ao andar ao meu lado. – Acho que poderia ter sido pior.

– Você devia ter bebido mais – disse Willa para mim. – Foi só assim que aguentei aquela coisa toda. E você tem sorte por eu ser a sua melhor amiga; se não fosse por isso, eu nem teria ido.

— Você precisa começar a fazer mais esse tipo de coisa, Willa — aconselhei-a. — Você lida tão bem com as pessoas, e um dia talvez precise fazer isso oficialmente.

— Não, esse é seu trabalho. — Ela sorriu. — Eu dei sorte. Posso muito bem ser a amiga bêbada e malcomportada.

Tentei convencer Willa das vantagens de ser um bom cidadão Trylle. Ela bajulava as pessoas muito melhor do que eu, e era uma ótima aliada quando estava determinada a ajudar. Mas agora ela estava aérea demais para poder ser sensata.

Ela estava rindo de algo que eu tinha dito quando chegamos à rotunda. Garrett estava descendo a escada, mas parou ao nos ver. Seu cabelo estava desarrumado, a camisa para fora da calça e os olhos tinham as bordas avermelhadas.

Assim que seus olhos encontraram os meus, eu entendi.

— Elora — sussurrei, exalando.

— Wendy, sinto muito — disse Garrett, com a voz grogue por causa das lágrimas, balançando a cabeça.

Sabia que ele não estava mentindo, mas eu tinha que ir lá ver com meus próprios olhos. Afastei o braço de Willa e ergui meu longo preto para poder subir a escada correndo. Garrett estendeu a mão para mim, mas passei correndo por ele. Não desacelerei nem por um segundo antes de chegar no quarto da minha mãe.

Ela estava imóvel na cama, com o corpo pequeno parecendo um esqueleto. Os lençóis tinham sido puxados até o peito e suas mãos estavam unidas por cima da barriga. Até seu cabelo tinha sido penteado e estava prateado, iluminando os arredores de seu corpo. Garrett a ajeitara exatamente como ela gostaria.

Ajoelhei ao lado da cama. Não sei por quê, só sei que senti uma vontade imensa de ficar perto dela. Segurei sua mão fria e rígida e só então me dei conta. Numa onda de desespero que eu nem sabia que era capaz de sentir, comecei a soluçar, afundando meu rosto nos cobertores ao lado dela.

Não esperava sentir algo tão forte. Com a morte dela, parecia que o chão tinha sido puxado debaixo de mim. Uma escuridão épica estendia-se por todo o espaço, esperando para me segurar.

A morte dela implicaria várias coisas, consequências que eu não estava pronta para enfrentar, mas eu nem pensei nisso. No início, não.

Eu me agarrei a ela, soluçando, pois eu era uma filha que tinha perdido a mãe. Apesar do nosso relacionamento instável, ela me amava e eu a amava. Ela era a única pessoa que sabia como era ser uma rainha, que sabia me dar conselhos e me guiar por esse mundo, e tinha morrido.

Eu me presenteei com uma tarde para sentir a perda de verdade, para sentir o novo buraco que surgira dentro de mim. Não tinha mais tempo do que isso para ficar de luto por Elora, e havia tantas coisas a fazer. Mas, durante aquela tarde, eu me deixei chorar por tudo que nunca pudemos ter e pelos momentos que compartilhamos e que merecem ser estimados.

Após algum tempo, Willa afastou-me do corpo de Elora para que Garrett pudesse começar a organizar o funeral. Ela me levou para o quarto de Matt, que me abraçou e me deixou chorar, e eu nunca tinha sentido tanta gratidão por ter um irmão. Sem ele, eu me sentiria uma órfã.

Tove ficou comigo no quarto de Matt sem dizer nada, e, após algum tempo, Duncan se juntou a nós. Fiquei sentada no chão, encostada na cama, com Matt ao meu lado. Willa tinha ficado sóbria bem rapidamente e estava sentada na cama atrás de mim, com suas pernas longas por cima da beirada.

— Odeio ir embora com você assim, mas acho que é melhor eu ajudar meu pai. — Willa tocou minha cabeça ao se levantar. — Ele não devia fazer isso sozinho.

— Eu posso ajudá-lo. — Comecei a me levantar, mas Matt colocou a mão no meu braço.

— Amanhã você ajuda — disse Matt. — Você vai ter muito o que fazer. Mas hoje pode só ficar triste.

— Matt tem razão — disse Willa. — Por enquanto, dá para eu resolver isso sozinha.

— Tudo bem. — Acomodei-me de novo e enxuguei as lágrimas. — Se for possível, nós precisamos evitar que a notícia se espalhe. Não contar que ela morreu, adiar o funeral o máximo possível. Não quero que o rei Vittra descubra.

— Ele vai acabar descobrindo — disse Willa com delicadeza.

— Eu sei. — Apoiei os cotovelos nos joelhos e me virei para Tove. — Quanto tempo tenho antes de me tornar rainha?

— Três dias — disse Tove. Ele estava apoiado na cômoda de Matt, com as pernas cruzadas na altura dos tornozelos. — Passado esse tempo, alguém tem que ser coroado.

— Então temos três dias. — Exalei profundamente, com a mente em disparada ao pensar em todas as coisas que precisavam ser feitas.

— Vamos ser discretos — disse Duncan. — Pode ser um funeral privado.

— Não podemos esconder a morte da rainha para sempre — falei. — Temos que começar a nos preparar agora.

— Volto assim que puder. — Willa sorriu para mim como quem pede desculpas. — Cuide-se, está bem?

— Claro. — Acenei com a cabeça distraidamente.

Ela deu um rápido beijo em Matt antes de ir embora. Duncan aproximou-se e se agachou na minha frente. Havia solidariedade em seus olhos, mas também uma intensa determinação.

– O que precisa que eu faça, princesa? – perguntou Duncan.

– Duncan, agora não – disse Matt severamente. – Wendy acabou de perder a mãe. Ela não está com cabeça para isso.

– Não tenho tempo de ficar sem cabeça para isso – retruquei. – Temos três dias antes que eu me torne rainha. Se dermos sorte, serão quatro ou cinco dias antes de Oren vir buscar seu prêmio. Já passei tempo demais chorando pela morte de Elora. Quando tudo isso acabar, poderei ficar de luto por ela. Mas agora preciso trabalhar.

– É melhor eu avisar Thomas – disse Tove. – Ele precisa deixar os rastreadores prontos.

Concordei balançando a cabeça.

– Quando Willa voltar, ela precisa falar com os refugiados de Oslinna. Tenho certeza de que alguns deles vão querer lutar contra os Vittra que mataram suas famílias e destruíram sua cidade.

– E o que você vai fazer? – perguntou Tove.

– Ainda tenho que descobrir uma maneira de deter o rei – falei e olhei para Duncan. – E Duncan vai me ajudar.

Matt tentou protestar. Ele achava que eu precisava de tempo para assimilar o que estava acontecendo, e talvez tivesse razão. Mas eu não tinha tempo. Duncan segurou minha mão e me ajudou a levantar. Tove abriu a porta do quarto para ir embora, mas deu um passo para o lado, deixando Finn entrar no quarto.

– Princesa – disse Finn, com os olhos escuros fixos em mim. – Vim ver se você estava bem.

– Sim. – Ajeitei meu longo preto, que estava amassado por eu ter passado tanto tempo sentada no chão.

— Vou falar com Thomas. — Tove olhou para mim, conferindo se eu estava bem, e eu confirmei com um gesto de cabeça.

— Eu espero você lá fora — sugeriu Duncan. Ele deu um pequeno sorriso para mim antes de sair rapidamente atrás de Tove.

Matt, entretanto, continuou ao meu lado. Seus braços estavam cruzados com firmeza e os olhos azuis encaravam Finn gelidamente. Eu até me senti grata pela desconfiança de Matt. Normalmente eu faria de tudo para ter um momento a sós com Finn, mas não tinha mais a menor ideia do que dizer para ele.

— Lamento pela sua mãe — disse Finn simplesmente.

— Obrigada. — Enxuguei os olhos outra vez. Eu tinha parado de chorar havia um tempo, mas meu rosto ainda estava grudento e úmido por causa das lágrimas.

— Ela era uma rainha maravilhosa — disse Finn, medindo cuidadosamente as palavras. — Assim como você será.

— Ainda veremos que tipo de rainha vou ser. — Passei a mão nos cachos e dei um leve sorriso para ele. — Ainda tenho muito o que fazer antes de me tornar rainha. Peço desculpas, mas tenho mesmo que cuidar disso agora.

— Sim, claro. — Finn baixou os olhos, mas não antes de eu perceber a mágoa que surgiu neles por um instante. Eu costumava ir atrás dele quando queria consolo, e agora não precisava mais dele. — Eu não queria atrapalhá-la.

— Tudo bem — falei e me virei para Matt. — Pode me acompanhar?

— O quê? — Matt pareceu surpreso, provavelmente porque eu praticamente não o chamava mais para fazer nada comigo. Boa parte do que eu fazia tinha a ver com os assuntos do palácio, e eu não podia deixar um mänsklig me acompanhar.

— Vou para a biblioteca — esclareci. — Pode vir comigo?

— Sim, claro. — Matt fez um sinal positivo com a cabeça, quase ansioso. — Vou adorar ajudá-la no que puder.

Matt e eu saímos do quarto, mas Finn veio conosco porque estava indo na mesma direção, presumivelmente para voltar a treinar o nosso exército. Os rastreadores estavam fazendo a maior parte do treinamento no salão de baile do primeiro andar, pois lá era mais espaçoso.

Tove já tinha saído para encontrar Thomas, mas Duncan havia nos esperado e nos seguiu pelo corredor um pouco mais atrás.

— Como está indo o treinamento? — perguntei para Finn, pois ele estava ao meu lado e eu precisava preencher o silêncio com algum assunto.

— Como era de esperar — disse Finn. — Eles estão aprendendo rápido, o que é bom.

— Loki está ajudando em alguma coisa? — perguntei, e Finn ficou tenso com a menção do nome dele.

— Surpreendentemente, sim. — Finn coçou a têmpora e pareceu hesitar em falar algo bom a respeito de Loki: — Ele é muito mais forte que os nossos rastreadores, mas tem ensinado as manobras muito bem. Seria impossível derrotar os hobgoblins Vittra só com a nossa força, mas com a nossa inteligência ficamos em vantagem.

— Ótimo. — Concordei com a cabeça. — Você sabe que só temos alguns dias antes de os Vittra chegarem.

— Sim — disse Finn. — Até lá nós trabalharemos em dobro.

— Não os deixe cansados demais — pedi.

— Vou tentar.

— E... – Parei, pensando em como dizer o que queria. – Se eles não forem capazes, se você realmente achar que eles não têm a mínima chance contra os Vittra, não os deixe lutar.

— Eles têm chance, sim – disse Finn, levemente ofendido.

— Não, Finn, preste atenção. – Parei e toquei o braço dele para que ele parasse e olhasse para mim. Ainda havia uma intensidade misteriosa em seus olhos escuros, mas eu me recusei a percebê-la. – Se o nosso exército Trylle não for capaz de vencer os Vittra, não o envie para o combate. Não vou deixar que façam parte de uma missão suicida. Está entendendo?

— Algumas vidas vão ser perdidas, princesa – respondeu Finn com cuidado.

— Eu sei – admiti, odiando o fato de isso ser verdade. – Mas só vale a pena perder vidas se formos capazes de vencer, caso contrário as vidas serão perdidas em vão.

— Então o que você propõe? – perguntou Finn. – Se as tropas não estiverem prontas para lutar contra os Vittra, o que quer que a gente faça?

— Vocês não vão fazer nada – exigi. – Eu resolvo isso.

— Wendy – disse Matt. – Do que está falando?

— Não se preocupe. – Comecei a andar novamente, mas eles vieram atrás de mim um pouco mais devagar. – Se chegar a esse ponto, eu resolvo as coisas, mas até lá o plano continua de pé. Vamos nos preparar para a guerra.

Continuei andando, indo com mais pressa para não ter que discutir com Finn e Matt. Os dois queriam me proteger, mas não conseguiriam. Não mais.

No caminho para a biblioteca, passamos pelo salão de baile. Finn entrou para terminar o treinamento e eu dei uma olhada no lugar. Todos os rastreadores estavam sentados no chão, formando um semicírculo ao redor de Tove e Loki. Os dois estavam falando, explicando o que precisava ser feito.

– Devo me juntar a eles? – perguntou Duncan, apontando para a sala com os rastreadores.

– Não. – Balancei a cabeça. – Você vem comigo.

– Tem certeza? – perguntou Duncan, mas ele me seguiu até a biblioteca. – Não era para eu estar aprendendo a lutar com o restante do pessoal?

– Você não vai lutar com o restante do pessoal – respondi simplesmente.

– Por que não? – perguntou Duncan. – Sou um rastreador.

– Você é meu rastreador – expliquei. – Preciso de você comigo. – Antes que ele pudesse responder, voltei minha atenção para meu irmão. – Matt, estamos procurando livros que falem algo sobre os Vittra. Precisamos descobrir quais são as fraquezas deles.

– Tá certo. – Ele deu uma olhada nas prateleiras cheias de livros que iam até o teto. – E por onde eu começo?

– Por qualquer lugar. Mal toquei nesses livros.

Matt subiu numa das escadas para alcançar os livros que estavam mais no alto e Duncan obedientemente fez o mesmo e começou a juntar mais livros.

Por mais que a história dos Vittra às vezes fosse interessante, o fato de nós sabermos tão pouco a respeito de como detê-los me irritava. Os Trylle, em boa parte de seu passado, costumavam evitá-los e fazer concessões. Nunca os tínhamos enfrentado de verdade.

De acordo com a opinião geral, Oren era o rei mais cruel dos Vittra em séculos, talvez em toda a história. Ele massacrava os Trylle por diversão e executava membros de seu próprio povo apenas por discordarem dele. Loki estar vivo era a maior sorte.

— O que está escrito aqui? — perguntou Matt. — Nem parecem palavras. — Ele estava sentado numa das cadeiras no outro lado da biblioteca e apontou para um livro aberto em seu colo.

— Ah, isso? — Duncan estava mais próximo, então ele se levantou e se inclinou perto de Matt para ver o livro. — É tryllic. É a nossa língua antiga; nós a utilizávamos para manter segredos dos Vittra.

— Muitas das coisas mais antigas estão escritas em tryllic — expliquei, mas sem me levantar. Tinha encontrado uma passagem sobre a Guerra do Longo Inverno e esperava achar algo de útil nela.

— O que está escrito aqui? — perguntou Matt.

— Hum, aqui... está escrito algo a respeito de um "orm" — disse Duncan, estreitando os olhos ao ler o texto. Ele não sabia muito tryllic, mas após ter passado tanto tempo pesquisando comigo tinha aprendido mais um pouco.

— O quê? — Levantei a cabeça, pensando ter escutado Oren.

— Orm — repetiu Duncan. — É como uma cobra. — Ele tocou as páginas e endireitou a postura. — Acho que isso não vai ajudar muito. É um livro de contos de fadas antigos.

— Como você sabe? — perguntei.

— Eu cresci ouvindo essas histórias. — Duncan deu de ombros e sentou-se novamente em sua cadeira. — Essa eu escutei umas cem vezes.

— E o que ela diz? — insisti. Havia algo naquela palavra, *orm*, que me chamou a atenção.

— É para explicar como os trolls surgiram – disse Duncan. – E o motivo pelo qual nós nos dividimos em tribos diferentes. Cada uma das tribos é representada por um animal diferente. Os Kanin são coelhos, os Omte são pássaros, os Skojare são peixes, os Trylle são raposas e os Vittra são tigres, ou às vezes leões, dependendo de quem está contando a história.

Os Kanin, os Omte e os Skojare eram as outras tribos de trolls, como os Vittra e os Trylle. Nunca conheci nenhum membro delas. Pelo que eu sabia, apenas os Kanin estavam se saindo razoavelmente bem, mas eles não tinham tido tanto sucesso quanto os Vittra nem quanto os Trylle. Os Skojare estavam praticamente extintos.

Eu só ouvira falar de cinco tribos, e ele já tinha citado as cinco, mas Duncan tinha mencionado o tal do orm.

— E o orm? – perguntei. – Que tribo ele representa?

— Nenhuma. – Ele balançou a cabeça. – O orm é o vilão da história. É bem parecido com Adão e Eva no Jardim do Éden.

— Como assim? – perguntei.

— Não sou capaz de contar com os mesmos floreios que minha mãe usava antes de eu dormir – disse Duncan –, mas a ideia básica é que todos os animais moravam e trabalhavam juntos. Havia paz e harmonia. O orm, que era uma criatura enorme e parecida com uma cobra, já existia havia milhares de anos e estava entediado. Ele ficou observando os animais vivendo juntos e, por pura diversão, decidiu bagunçar a vida deles. Foi atrás de cada um dos animais e disse que era melhor eles tomarem cuidado com os amigos – prosseguiu Duncan. – Contou para os peixes que os pássaros estavam planejando comê-los; para os pássaros, ele disse que as raposas tinham colocado armadilhas para capturá-los; e para os coelhos, que os pássaros estavam comendo todos os seus trevos. E então o orm foi até o tigre e lhe disse que ele era maior e mais forte do que todos os outros animais e que seria capaz de comer todos se quisesse – explicou. – O tigre percebeu que ele tinha razão e começou a caçá-los. Os animais perderam a confiança uns nos outros e então se dividiram. O orm achou tudo isso ótimo e engraçado, em especial quando viu todos passando por dificuldades por estarem sozinhos. Antes todos trabalhavam juntos; sozinhos eles não eram capazes de cuidar de si mesmos. Um dia, o orm encontrou o tigre, que estava com frio e com fome. O orm começou a rir de como o tigre estava de dar pena, e o tigre perguntou por que ele estava rindo. Quando o orm explicou que tinha enganado o tigre, que o fizera trair seus amigos, o tigre ficou com raiva e, usando sua pata com garras mais afiadas, decepou a cabeça do orm. Normalmente o fim é contado de uma forma mais dramática, mas a história é essa. – Duncan deu de ombros.

— Espera. – Inclinei-me para a frente por cima do livro. – Os Vittra mataram os orms?

— Bem, sim, o tigre representa os Vittra – disse Duncan. – Ou pelo menos foi isso que minha mãe me contou. Mas, na verdade, o tigre é o único animal capaz de decepar a cabeça da cobra. No melhor dos casos, uma raposa só seria capaz de mordê-la. E os pássaros só fariam bicar os olhos dela.

— É isso, não é? – perguntei, e de repente tudo pareceu extremamente óbvio para mim. Afastei o livro e me levantei com um pulo.

— Wendy? – perguntou Matt, confuso. – Para onde está indo?

— Tive uma ideia – falei, e saí correndo da biblioteca.

VINTE E UM

preparação

No salão de baile, todos os rastreadores estavam ocupados, praticando golpes uns nos outros. Loki se posicionara mais à frente, ensinando um jovem rastreador a se proteger. Tentei não pensar em como aquele garoto parecia jovem e em como ele participaria de um combate em breve.

– Loki! – gritei para chamar a atenção dele.

Ele virou-se para mim já sorrindo, deixando de prestar atenção no rastreador. Aproveitando a oportunidade, o rastreador moveu-se para a frente e esmurrou Loki no rosto. Não foi forte o suficiente para machucá-lo, mas o rastreador ficou parecendo assustado e orgulhoso ao mesmo tempo.

– Desculpe – disse ele. – Achei que ainda estivéssemos treinando.

– Tudo bem. – Loki massageou a mandíbula e acenou com a mão para que ele esquecesse o assunto. – Mas guarde o melhor para os hobgoblins, está bem?

Sorri timidamente para Loki enquanto ele atravessava o salão em direção à porta, onde eu estava. Não vi onde Finn e Thomas estavam, mas sabia que eles deviam estar em algum lugar ali dentro, treinando os outros rastreadores.

– Não queria fazer você se distrair e levar o maior murro.

– Estou bem – assegurou-me Loki com um sorriso e veio para o corredor a fim de termos um pouco de privacidade. – Em que posso ajudá-la, Wendy?

– Posso decapitar você? – perguntei.

– Está pedindo minha permissão para fazer isso? – Loki inclinou a cabeça para o lado e ergueu a sobrancelha. – Porque pra esse pedido eu vou ter que dizer não, princesa.

– Não, o que quero dizer é: eu seria capaz de fazer isso? – perguntei. – Você morreria se eu fizesse isso?

– Claro que morreria. – Loki encostou a mão na parede e se apoiou nela. – Não sou uma maldita barata. E de onde surgiu isso? O que está tentando descobrir?

– Se eu decapitasse Oren, ele morreria? – perguntei.

– Provavelmente, mas você nunca chegaria perto o suficiente dele para fazer isso. – Ele colocou a outra mão no quadril e ficou me encarando. – É esse o seu plano? Decapitar o rei?

– Tem algum melhor? – argumentei.

– Não, mas... – Ele suspirou. – Já tentei isso antes e não deu certo. Não dá pra chegar tão perto dele assim. Ele é forte e inteligente.

– Não, não dá pra *você* chegar tão perto dele – esclareci. – Você não tem as mesmas habilidades que eu.

– Eu sei, mas não consigo fazê-lo desmaiar – disse Loki. – A mente dele é impenetrável. Nem sua mãe conseguia usar poderes nele. – Os olhos dele acalmaram-se. – Aliás, sinto muito pelo que aconteceu.

— Não, não sinta. – Balancei a cabeça e baixei os olhos. – Não é culpa sua.

— Queria ter ido encontrá-la, mas sabia que você estava ocupada – disse Loki, em voz baixa. – Imaginei que você acharia melhor eu ficar aqui, ajudando os Trylle.

Concordei balançando a cabeça.

— E acertou.

— Mas me sinto um babaca – disse ele. Dava para sentir que ele estava me observando intensamente, mas não levantei a cabeça. – Como você está depois de tudo isso?

— Não tenho tempo de pensar no assunto. – Balancei a cabeça novamente, afastando qualquer pensamento relacionado a Elora, e olhei para ele. – Preciso descobrir como deter Oren.

— O que é um objetivo nobre – disse Loki. – Decepar a cabeça dele talvez resolva isso, ou atravessá-lo com uma espada. Mas a questão nunca foi matá-lo. O problema é chegar perto dele. Ele derruba a pessoa no chão antes mesmo de ela sacar a arma.

— Bom, eu vou conseguir – insisti. – Vou dar um jeito. Tenho sangue de tigre, então sou forte.

— Sangue de tigre? – Loki ergueu a sobrancelha. – Do que está falando, Wendy?

— Nada. Deixa pra lá. – Dei um sorriso fraco para ele. – Sou capaz de deter Oren. É isso que importa, não é?

— Como? – perguntou ele.

— Não se preocupe com isso. – Dei um passo para trás, afastando-me dele. – Concentre-se em deixá-los prontos. Eu me viro com Oren.

— Wendy – disse Loki, suspirando.

Voltei depressa para a biblioteca, onde Duncan e Matt ainda estavam esperando. Não contei minha ideia para Matt, pois ele a desaprovaria. Os últimos dias tinham sido heroicos e longos, então eu disse para Matt ir descansar. Poderíamos continuar pela manhã.

Eu mesma precisava descansar. Uma coisa que eu tinha aprendido com Tove foi que meus poderes me enfraqueciam e ficavam mais fora de controle se eu estivesse cansada demais. Andava tão completamente exausta que eu não teria a mínima chance contra Oren.

Era tudo tão simples que chegava a dar raiva. Todo mundo tinha falado que matar Oren era a coisa mais difícil do mundo, mas seria como matar qualquer outro Vittra. Achava que ia precisar de alguma poção mágica ou algo do tipo. Mas tudo que eu precisaria era chegar perto dele.

Sabia que Loki tinha razão, que falar era mais fácil do que fazer. Fisicamente, Oren ainda era muito mais forte do que eu, ele se curava com mais facilidade e sua mente era praticamente imune às minhas habilidades. Quando ele interrompeu meu casamento, tentei jogá-lo contra a parede e tudo que consegui foi despentear o seu cabelo.

Detê-lo seria difícil, mas era possível.

Eu precisava que minhas habilidades estivessem no máximo da força, por isso era necessário descansar. Senti-me uma preguiçosa indo deitar quando havia tantas coisas acontecendo no palácio, mas eu não tinha escolha.

Subi na direção do meu quarto e escutei Willa incentivando os refugiados de Oslinna. Ela os tinha reunido num dos quartos maiores e estava falando que eles poderiam fazer diferença, que poderiam se vingar do que acontecera com seus entes queridos.

Parei perto da porta e fiquei escutando por um momento. Sempre havia um jeito sedutor na maneira como ela falava. Era difícil negar alguma coisa a ela.

Willa estava se saindo bem sozinha, então continuei em direção ao meu quarto. Dentro dos meus aposentos, escutei um barulho, por isso abri a porta com cautela. Coloquei a cabeça para dentro do quarto e, com a luz fraca do abajur, deu para perceber que era Garrett. Ele estava remexendo na gaveta do meu criado-mudo.

– Garrett? – perguntei, entrando no quarto.

– Princesa. – Ele parou imediatamente o que estava fazendo e se afastou do meu criado-mudo. Suas bochechas coraram e ele baixou os olhos. – Desculpe. Não queria mexer nas suas coisas. Estava procurando um colar que dei para Elora. Não encontrei no quarto novo dela e achei que talvez tivesse ficado aqui.

– Posso ajudá-lo a procurar – sugeri. – Não vi nenhum colar, mas também não procurei. Como ele é?

– É uma pedra de ônix, com diamantes e prata ao redor. – Ele apontou para o próprio peito, para a altura em que o colar ficaria. – Ela costumava usar o tempo todo e eu achei que seria bom... – Ele se interrompeu, emocionado. – Achei que ela gostaria de ser enterrada com ele.

– Tenho certeza de que sim.

Ele fungou e colocou a mão na frente dos olhos. Eu não fazia ideia do que devia fazer. Fiquei parada, observando Garrett tentando se segurar para não chorar.

– Desculpe. – Ele enxugou os olhos e balançou a cabeça. – Não era para você me ver assim.

— Não, tudo bem — garanti. Dei um passo na direção dele, mas não sabia o que fazer, então não me aproximei mais. Girei a aliança no dedo e tentei pensar em algo reconfortante para dizer. — Sei o quanto gostava da minha mãe.

— Gostava. — Ele balançou a cabeça e fungou outra vez, mas parecia que tinha parado de chorar. — Gostava mesmo dela. Elora era uma mulher muito complicada, mas era boa. Ela sabia que acima de tudo era a rainha e que o resto vinha depois.

— Ela me disse que se arrependeu disso — falei baixinho. — Disse que queria ter feito escolhas diferentes, queria ter colocado as pessoas que amava em primeiro lugar.

— Ela estava se referindo a você. — Garrett sorriu para mim de uma maneira pesarosa e amável ao mesmo tempo. — Ela amava tanto você, Wendy. Todos os dias ela pensava em você, falava de você. Antes da sua volta, quando você ainda era criança, ela ficava sentada na sala de estar pintando você. Ela concentrava todas as energias em você só para poder enxergá-la.

— Ela me pintava? — quis saber, surpresa.

— Não sabia? — perguntou Garrett.

— Ela nunca mencionou — respondi, balançando a cabeça.

— Vamos. Vou mostrar a você.

Garrett foi em direção ao corredor, e eu o segui. Eu já tinha visto o quarto onde Elora guardava os quadros de pintura precognitiva e pensei em dizer isso a Garrett. Mas eu não tinha visto nenhum quadro que me mostrasse quando criança. Apenas alguns de quando eu era adolescente.

Ele me levou até o fim do corredor. Lá, na frente do meu quarto antigo, Garrett empurrou uma parede. Não entendi o que ele estava fazendo, mas então a parede se moveu para a frente.

Era uma porta disfarçada, feita para se camuflar perfeitamente as paredes.

– Não sabia que tinha isso aqui – observei, impressionada.

– Quando se tornar rainha, vou mostrar a você todos os segredos do palácio. – Garrett manteve a porta aberta para mim. – E, vá por mim, são muitos.

Passei pela porta e me deparei com um recinto pequeno, cujo único propósito era abrigar uma escada em espiral estreita. Olhei para trás e Garrett sinalizou para que eu fosse adiante. Ele ficou um passo atrás de mim enquanto eu subia os degraus de ferro barulhentos.

Antes de chegarmos ao topo, avistei os quadros. Havia claraboias no teto iluminando o quarto e eu pisei no chão de madeira de lei. Era pequeno; um quarto de sótão, com o teto inclinado. Mas as paredes eram cobertas de quadros, todos pendurados cuidadosamente a centímetros de distância um do outro. E eu estava em todos eles.

As pinceladas meticulosas de Elora faziam com que os quadros fossem praticamente iguais a fotografias. Eles mostravam vários estágios da minha vida. Numa festa de aniversário quando eu era bem pequena, com bolo no rosto. Um joelho arranhado quando eu tinha três anos, com Maggie me ajudando a colocar um curativo. Num recital de dança desastroso quando eu tinha oito anos, vestindo meu tutu. Nos balanços do jardim, com Matt me empurrando. Encurvada na cama, lendo *A coisa* com uma lanterna, aos doze anos. Pega de surpresa pela chuva quando estava voltando para casa do colégio, aos quinze anos.

— Como? — perguntei, olhando embasbacada para todos os quadros. — Como ela fez isso? Elora me disse que não era capaz de escolher o que via.

— É, ela não escolhia — disse Garrett. — Ela nunca era capaz de escolher *quando* ver você, e ela gastava muita energia para poder se concentrar em você, para poder ver você. Mas... para ela valeu a pena. Era a única maneira que ela tinha de ver você crescer.

— Gastava muita energia? — Eu me virei para ele com lágrimas nos olhos. — Está dizendo que ela envelheceu muito por causa disso. — Apontei para as paredes. — É por isso que ela parecia ter uns cinquenta anos quando a conheci? É por isso que ela morreu de velhice mesmo antes de fazer quarenta anos?

— Não interprete isso assim, Wendy. — Garrett balançou a cabeça. — Ela amava você e precisava ver você. Ela precisava saber que você estava bem. Então ela fez esses quadros. Ela sabia o quanto era desgastante, mas fez com alegria.

Pela primeira vez, eu realmente percebi o que tinha perdido. Eu tivera uma mãe que me amara a minha vida inteira, só que eu não era capaz de vê-la. Mesmo após conhecê-la, só me aproximei mais dela quando era tarde demais.

Caí aos prantos e Garrett se aproximou. De uma forma meio desajeitada, ele me abraçou, deixando que eu chorasse em seu ombro.

Quando eu já tinha colocado tudo pra fora, ele me acompanhou até o meu quarto. Pediu desculpas por ter me deixado triste, mas fiquei contente por ele ter feito o que fez. Eu precisava ter visto aquilo, precisava saber a respeito dos quadros. Fui para a cama e tentei dormir sem chorar.

Iniciada

Eu sabia que tinha muito o que fazer pela manhã, então me levantei cedo e fui à cozinha para comer. Quando cheguei na escada, escutei uma discussão no átrio principal. Parei e olhei por cima do corrimão para ver a origem do barulho.

Thomas estava conversando com sua esposa, Annali, e com a filha deles de doze anos, Ember. Eram a mãe e a irmã de Finn, sua família, mas Finn não estava por perto. Thomas falava baixo, mas Annali estava sendo insistente. Ember não parava de tentar se afastar, e Annali segurava seu braço com força, sem soltá-lo.

– Thomas, se é tão perigoso assim, é melhor você e Finn virem conosco – disse Annali, olhando para ele. – Ele também é meu filho e não quero que fique no meio do perigo por causa de um senso de dever desproposital.

– Não é desproposital, Annali. – Thomas suspirou. – É para proteger o nosso reino.

– Nosso reino? – zombou Annali. – O que o reino já fez pela gente? O salário que eles lhe pagam mal dá para alimentar as crianças! Eu preciso criar bodes para que haja um teto em cima das nossas cabeças!

– Annali, fale baixo. – Thomas ergueu as mãos para ela. – As pessoas vão escutar.

– Não estou nem aí se vão me escutar! – gritou Annali. – Que escutem! Espero que sejamos banidos! Quero mesmo que sejamos banidos! Assim finalmente vamos ser uma família em vez de sermos governados por essa monarquia horrorosa!

– Mãe, não diga isso. – Ember encolheu-se e se afastou da mãe. – Não quero ser banida. Todos os meus amigos estão aqui.

– Você pode fazer novos amigos, Ember, mas família você só tem uma – observou Annali.

— E é exatamente por isso que vocês têm que ir embora – disse Thomas. – Não é seguro ficar aqui. Os Vittra vão chegar em breve e vocês precisam se esconder.

— Não vou fugir sem você e sem meu filho – disse Annali firmemente. – Eu fiquei ao seu lado em situações bem piores e me recuso a perder você agora.

— Eu vou ficar bem – disse Thomas. – Sei lutar. Finn também. Você precisa proteger a nossa filha. Quando tudo isso acabar, nós poderemos ir embora juntos, se é o que você quer. Prometo que vou embora com você. Mas agora eu preciso que parta com Ember.

— Não quero ir! – reclamou Ember. – Quero ajudar vocês a lutar! Sou tão forte quanto Finn!

— Por favor – implorou Thomas. – Preciso que fiquem em segurança.

— E para onde você espera que a gente vá? – perguntou Annali.

— Sua irmã é casada com um Kanin – disse Thomas. – Podem ficar lá com eles. Ninguém vai procurar vocês lá.

— Como vou saber que você está bem? – perguntou Annali.

— Quando tudo acabar, eu vou buscá-las.

— E se isso nunca acontecer?

— Eu vou buscá-las – disse Thomas com firmeza. – Agora vá. Não quero vocês viajando na mesma hora que os Vittra. É melhor não se meter com eles.

— Onde está Finn? – perguntou Annali. – Quero me despedir dele.

— Ele está com os outros rastreadores – disse Thomas. – Vá para casa. Arrume suas coisas. Eu o mando ir lá falar com você.

— Tudo bem – disse Annali, relutante. – Mas, quando for me buscar, acho bom você levar meu filho junto, vivo e intacto. Ou é melhor nem ir.

— Eu sei – disse ele, balançando a cabeça.

Annali encarou o marido por um instante, sem dizer nada.

— Ember, despeça-se do seu pai – disse Annali. Ember começou a reclamar e Annali puxou o braço dela. – Agora, Ember.

Ember obedeceu. Ela abraçou Thomas, e ele beijou a bochecha dela. Annali lançou mais um olhar para Thomas por cima do ombro antes que as duas saíssem pela porta da frente. Thomas ficou parado por um instante, o corpo inteiro encurvado.

Ele tinha mandado a família fugir para protegê-la. Vira o mesmo quadro que eu e sabia o nível de destruição em que o palácio ia ficar. Não era lugar para pessoas inocentes, que não participariam do combate.

Mas então um pensamento surgiu na minha cabeça. Eu estava tentando encontrar um jeito de impedir a cena do quadro de acontecer, um jeito de fazer algo que alterasse os eventos de maneira a evitar a morte de todos nós, e a resposta finalmente apareceu.

VINTE E DOIS

ofensa

— Vamos levar o combate até eles – falei, e a única resposta que obtive foram cinco olhares inexpressivos.

Thomas, Tove, Willa, Finn e Loki estavam na minha frente e nenhum deles pareceu ficar muito empolgado com a minha sugestão. Eu tinha chamado todos eles para a Sala de Guerra pra discutir a situação, mas até aquele momento eu é que tinha falado quase tudo.

— Essa é sua grande ideia? – perguntou Loki, parecendo um pouco confuso, o que foi a reação mais positiva que eu tive. – Sermos assassinados lá em vez de aqui?

— A ideia é não sermos assassinados em lugar algum – argumentei, e me encostei na mesa atrás de mim.

— Bom, se é mesmo isso que quer fazer, Wendy, eu apoio – disse Willa, parecendo relutante. – Mas não sei o quanto isso vai ajudar. Os Vittra vão ter a vantagem de lutar em casa.

— Loki conhece o palácio Vittra. – Apontei para Loki, que fez uma careta quando eu sugeri que ele mostrasse o caminho para nós. – E nós vamos surpreendê-los. Foi assim que Finn sobreviveu ao ataque dos hobgoblins.

– Eu sobrevivi por pouco, princesa – lembrou-me Finn. – E não podemos contar tanto com o elemento surpresa. Os Vittra estão prestes a vir para cá e conquistar o reino. Assim que souberem da sua ascensão ao trono, eles virão.

– É por isso que precisamos agir *agora* – insisti.

– Agora? – disseram Finn e Willa de uma vez só, os dois surpresos.

– Sim. – Balancei a cabeça. – Marquei minha coroação para daqui a duas horas. Vou me tornar rainha, e a minha primeira ordem como monarca reinante vai ser declarar guerra contra os Vittra. Nós vamos até eles, vamos atacar e ganhar.

– Quer atacá-los hoje à noite? – perguntou Tove.

– Sim, quando estiverem dormindo – argumentei. – É a melhor oportunidade que temos.

– Princesa, não sei se isso é possível. – Thomas balançou a cabeça. – Não podemos planejar um ataque dessa escala em apenas algumas horas.

– Assim que o rei descobrir que eu me tornei rainha, ele vai aparecer na nossa porta com um exército de hobgoblins. – Apontei para a porta para enfatizar o que estava dizendo. – Estamos falando de uma questão de dias. O que mais podemos fazer nos próximos dois dias que seja melhor do que atacar os Vittra num momento em que eles estão despreparados?

– Não sei – admitiu Thomas. – Mas isso não quer dizer que nós devamos embarcar numa missão suicida.

– Está mesmo falando de suicídio? – perguntei. – Você viu o quadro. Seu filho aparece morto. Tirando você, todo mundo nesta sala aparece morto. – Eu parei para que ele assimilasse aquilo. – Temos que fazer algo para mudar isso.

– Atacar o palácio Vittra só vai fazer com que a gente morra num lugar diferente – disse Finn.

– Talvez – concordei. – Mas e daí? Eu li livros e livros sobre a história dos Trylle. E sabe o que eles dizem? Que nós cedemos. Nós esperamos. Nós evitamos o conflito. Nós nunca resistimos. Nunca nos defendemos e enfrentamos o inimigo. E agora é hora de lutar. É a nossa última chance. Não apenas das pessoas aqui nesta sala, mas é a última chance que o reino inteiro tem para enfrentar os Vittra. Se não fizermos isso agora, eles vão nos conquistar.

– É uma pena – disse Willa, parecendo impressionada.

– O que é uma pena? – perguntei.

– Você ter usado esse discurso agora, em vez de tê-lo guardado para me ajudar a convencer os markis e marksinnas a lutar conosco hoje à noite – disse Willa.

– Então vocês concordaram? – perguntei.

– Você sabe que sempre vou apoiá-la – disse Tove. – Não importa o que aconteça.

Loki sorriu com amargura.

– Odeio dizer isso, mas sim, eu topo. Vou atacar os Vittra hoje à noite.

– Ainda acho que deve existir uma solução melhor – disse Thomas. – Mas não sei qual é. Se essa é a melhor opção que temos, então é o que devemos fazer.

– Há alguma coisa que vá convencê-la a ficar? – perguntou Finn.

Balancei a cabeça.

– Essa luta é tanto minha quanto sua, se não for mais. Eu vou.

– Tudo bem. – Finn suspirou. – Então eu também vou.

Queria sorrir. Senti que devia sorrir para oficializar o acordo, mas não o fiz. Meu estômago estava se revirando demais.

– Então temos algumas horas antes de partirmos? – perguntou Thomas.

– Sim – confirmei. – Será após a minha coroação.

– Acho que preciso informar a todos de como é o palácio – disse Loki.

– Sim, isso ajudaria – concordei.

Loki coçou a parte de trás do pescoço e olhou para Finn.

– Então vamos.

Loki, Finn e Thomas foram cuidar do esquema do ataque e Willa tinha o trabalho mais difícil: convencer os Trylle mais poderosos a lutar naquela noite. Tove tinha que ir comigo porque ele seria coroado rei.

Ficamos esperando nos nossos aposentos e conversamos um pouco sobre os Vittra, mas em boa parte do tempo não dissemos uma palavra. Havia tanto a fazer e tão pouco a ser dito.

O markis Bain veio para celebrar a coroação. Normalmente se fazia uma cerimônia grandiosa, um espetáculo enorme em que o reino inteiro comparecia, mas não tínhamos tempo para isso. Duncan ficou à nossa disposição como testemunha, e prestamos nossos juramentos perante Bain.

Com algumas palavras simples e uma rápida assinatura numa folha de papel, nos tornamos rei e rainha.

Tove foi embora imediatamente para falar com a mãe. Ele precisava convencê-la a participar do ataque aos Vittra. Seus poderes de cura teriam um valor inestimável durante a batalha. Duncan desceu para trabalhar com os rastreadores. Eu o procuraria em breve, mas antes precisava de um momento para respirar.

Fiquei olhando pela janela. A neve tinha parado de cair. A temperatura estava um pouco acima de zero, e o ar, pesado, devido à névoa de inverno. Havia uma camada grossa de gelo cobrindo os galhos, como se eles tivessem sido embrulhados por ela.

— Minha rainha — chamou Loki atrás de mim. Eu me virei e vi que ele estava sorrindo.

— Você é a primeira pessoa que me chama assim.

— E como está se sentindo? — perguntou ele, andando elegantemente em minha direção. Tocou num vaso sobre a mesa e olhou para mim. — Já está se sentindo como Vossa Alteza Real?

— Não sei — admiti. — Mas acho que nunca me senti assim.

— Vai ter que se acostumar — disse Loki com um sorriso afetado. — Eu prevejo um longo reinado à sua espera. Anos sendo tratada como Vossa Majestade, Vossa Graça, Vossa Excelência, minha rainha, minha querida.

— Não acho que essa última seja uma forma de tratamento formal — brinquei.

— Mas deveria ser. — Loki parou na minha frente, os olhos brilhando. — Você está maravilhosa, especialmente com esta coroa.

— A coroa. — Corei e a tirei. — Esqueci que estava com ela. — Era realmente linda, mas me fazia sentir ridícula. — Eu tive de usá-la para a cerimônia, mas... agora a cerimônia já acabou.

— É uma bela coroa. — Loki pegou-a das minhas mãos e ficou admirando os detalhes sofisticados por um momento antes de pô-la de lado. Ele deu um passo na minha direção e ficamos quase encostados. Olhei para ele.

– Como estão as coisas? – perguntei. – O nosso exército está entendendo como é o palácio Vittra?

– Não.

– Não?

– Não, eu não vou fazer isso – disse Loki com a voz firme, mas baixa. A mão dele foi até a minha cintura e dava para sentir seu calor até por baixo das camadas de tecido. – Tudo vai virar um inferno bem depressa, então eu queria um momento sem falarmos sobre isso. Fingindo que nada disso existe. Quero um último momento calmo com você.

– Não, Loki. – Balancei a cabeça, mas não me afastei. – Eu avisei que foi só uma noite e que não poderia se repetir nunca.

– E eu avisei que uma noite não seria o suficiente.

Loki inclinou-se para a frente, beijando-me profundamente e me pressionando contra si. Eu nem tentei resistir. Joguei os braços ao redor de seu pescoço. Não foi como tínhamos nos beijado antes, não havia tanto desejo e paixão. Era algo diferente, melhor.

Estávamos nos braços um do outro, sabendo que era a última vez que poderíamos fazer isso. Era doce e esperançoso e trágico, tudo ao mesmo tempo.

Ao parar de me beijar, ele encostou a cabeça na minha. Respirava como se estivesse tentando recobrar o fôlego. Estendi o braço e toquei seu rosto, sentindo a pele macia e fria na minha mão.

Loki ergueu a cabeça para me olhar nos olhos, e eu percebi que havia algo neles, algo que eu nunca tinha visto antes. Era puro e genuíno, e meu coração pareceu crescer junto com a intensidade do meu amor por ele.

Não sei como isso aconteceu, nem quando, mas eu tinha certeza absoluta. Eu tinha me apaixonado por Loki e nunca sentira algo tão intenso por ninguém.

– Wendy! – gritou Finn, tirando-me do meu momento com Loki. – O que está fazendo? Você é casada! E não com ele!

– Você repara em tudo, não é? – perguntou Loki.

– Finn – chamei, afastando-me de Loki. – Acalme-se.

– Não! – gritou Finn. – Não vou me acalmar! O que estava pensando? Estamos prestes a começar uma guerra e você está aqui traindo o seu marido?

– Nem tudo é exatamente o que parece – falei, mas havia culpa e arrependimento fazendo meu estômago revirar.

Meu casamento podia até ter acabado, mas tecnicamente eu ainda era casada com outro homem. E era para eu estar me ocupando com coisas mais importantes, não beijando Loki.

– Parecia que você estava com a língua na garganta dele. – Finn fulminou-nos com o olhar.

– Bom, então tudo é exatamente o que parece – disse Loki sem hesitar.

– Loki, pode nos deixar a sós por um instante? – perguntei. Ele suspirou e deu a impressão de que ia protestar. – Loki. Agora.

– Como desejar, minha rainha – murmurou Loki.

Ao sair do cômodo, ele passou por Finn lançando mais um olhar significativo na direção dele, mas nenhum dos dois falou nada. Loki fechou as portas, deixando-me a sós com Finn no meu quarto.

– O que estava pensando? – perguntou Finn, parecendo estar sem palavras.

— Estava pensando que estamos prestes a começar uma guerra e que minha mãe acabou de morrer. A vida é tão, tão curta e eu... eu o amo.

Finn estremeceu. Ele desviou o olhar e mordeu o interior da bochecha. Saber que eu o estava magoando partia meu coração, mas ele precisava escutar a verdade.

— Você mal o conhece – disse Finn com cuidado.

— Eu sei. – Balancei a cabeça. – Não sei explicar. Mas... é a verdade.

— É a verdade? – Ele riu sombriamente e revirou os olhos. – Então seu amor não significa muita coisa, pois você vive mudando de ideia. Não faz tanto tempo que você jurou exatamente isso para mim, e aqui está você...

— Aqui estou, casada com outro homem porque você não quis lutar por mim – respondi, interrompendo-o. – Eu amei você sim, Finn. E ainda gosto de você. Sempre vou gostar de você. Você é bom, é forte e fez o melhor que pôde por mim. Mas... você nunca quis ficar comigo de verdade.

— Do que está falando? – perguntou Finn. – O que eu mais queria era ficar com você! Mas eu não podia!

— É exatamente isso, Finn! – Gesticulei na direção dele. – Você não podia. Nós não podíamos. Eu não devia. Você sempre se guiou pelo valor aparente das coisas e nem sequer tentou.

— Nem sequer tentei? – perguntou Finn. – Como pode dizer isso?

— Porque é verdade, você não tentou. – Passei as mãos no cabelo e balancei a cabeça. – Você nunca lutou por mim. Eu lutei *tanto* por você. Estava disposta a abdicar de tudo para ficar com você. Mas você não abdicou de *nada*. Nem sequer me deixou abdicar de algo.

— Como isso é uma coisa ruim? — perguntou Finn. — Eu só queria o que era o melhor para você.

— Eu sei, mas você não é meu pai, Finn. Era para você ter sido meu... — Não terminei a frase. — Não sei o que era para você ter sido. Você nunca foi meu namorado. Você só queria ser alguma coisa minha quando via que eu estava interessada em outro.

— Só estava tentando protegê-la! — insistiu Finn.

— Isso não muda nada. — Respirei fundo. — Eu tenho lutado para mudar as coisas aqui, para tornar o reino um lugar melhor para os rastreadores e para todos os Trylle. E você tem lutado para deixar tudo como está. Você está satisfeito vivendo no meio dessa hierarquia ridícula.

— Não estou *satisfeito* — disse ele com firmeza.

— Mas não está fazendo nada para mudá-la! Está apenas aceitando tudo, e isso eu até entendo. Você está disposto a aceitar seu próprio destino. Mas você esperava que eu fizesse o mesmo, e isso eu não suporto, Finn. Eu quero mais. Eu *preciso* de mais.

— E você acha que Loki vai ser capaz de dar isso a você? — perguntou Finn, e boa parte do sarcasmo de sua voz havia desaparecido. Ele realmente queria saber se eu achava que Loki faria bem para mim.

— Sim, vai sim.

— E o que seu marido acha de tudo isso? — perguntou Finn.

— Não sei exatamente — respondi, o que era verdade. Tove parecia saber mais a respeito do que Loki e eu sentíamos um pelo outro do que nós mesmos sabíamos, mas a verdade é que eu não sabia o que ele achava disso tudo. — Mas depois que tudo for resolvido com os Vittra, Tove e eu vamos pedir a anulação do casamento.

— Você vai deixá-lo por causa de Loki? — perguntou Finn, com incredulidade na voz.

— Não, na verdade não — garanti. — Tove é que vai me deixar. Ele quer passar a vida com alguém que ele ame, e esse alguém não sou eu.

Seu corpo encurvou-se e ele ficou olhando para o chão. Finn passou a mão no cabelo, e me dei conta de que eu nunca mais passaria os dedos em seu cabelo. O que quer que tivesse acontecido entre nós dois tinha acabado. Ele não era mais meu. E, pela primeira vez, eu não tinha nenhum problema com isso.

— Desculpe — disse Finn baixinho.

— Perdão? — perguntei, achando que tinha escutado errado.

— Você tem razão, me desculpe. — Ele olhou para mim com os olhos em conflito. — Nunca lutei por você. Na verdade, o que fiz foi defender um sistema que me manteve separado de você. E... peço desculpas por isso. — Ele engoliu em seco. — Vou me arrepender disso para sempre.

— Também peço desculpas. — Mordi o lábio para impedir as lágrimas de caírem.

— Mas... — Finn suspirou e desviou o olhar novamente. — Pelo menos ele ama você.

— O quê? — perguntei.

— Loki. — Ele pronunciou o nome com amargura e balançou a cabeça. — Primeiro achei que fosse só alguma brincadeira, mas agora já passei mais tempo com ele e percebi como fala de você. — Finn trocou o pé em que estava se apoiando, parecendo pouco à vontade com aquela conversa. — Ele ama você de verdade.

Ele balançou a cabeça em um gesto afirmativo, mas fiquei sem saber o porquê. Finn suspirou tremulamente, e acho que estava se segurando para não chorar.

– Então... acho que dá pra viver com isso. – Ele massageou a testa.

Aproximei-me dele e coloquei a mão em seu braço, tentando consolá-lo de alguma maneira. Estávamos bem perto um do outro, mas eu não senti aquela atração que eu teria sentido antigamente. Quando levantou a cabeça, eu sorri de leve para ele.

– É melhor assim – falei. – Nós nunca teríamos dado certo. Você precisa de alguém para proteger. E eu preciso de alguém que me incentive a correr riscos; é assim que o reino vai andar para a frente.

– Há mais verdade nisso do que eu gostaria de admitir – disse ele.

Engoli em seco, percebendo algo que nunca tinha percebido antes.

– Eu nunca teria feito você feliz. Eu discutiria com você por causa de tudo, ficaria frustrada por você tentar me manter em segurança, tentar me conter. Nós teríamos sido bem infelizes.

– Se tivéssemos tido a oportunidade de ficarmos juntos. – Ele suspirou novamente.

– Desculpe – repeti.

Finn balançou a cabeça.

– Não peça desculpas. Você tem razão. É o melhor para nós dois. E... – Ele parou. – Contanto que você esteja feliz.

– Estou feliz. – Sorri. – E você vai ser bem mais feliz sem mim do que se tivéssemos ficados juntos.

Ele concordou balançando a cabeça, mas não sei se acreditou no que eu disse.

– Se me der licença, preciso descer e terminar de me arrumar para partirmos.

– Sim, claro. Eu também tenho muito a fazer.

Finn sorriu para mim mais uma vez antes de ir embora e, assim que ele saiu, eu suspirei profundamente. Não posso dizer que terminar com Finn me deixou com uma sensação boa. Era uma situação mais amarga do que isso. Mas eu me senti melhor por saber que ele afinal tinha escutado a verdade. As coisas entre nós tinham mesmo acabado – para nós dois – e agora eu poderia seguir em frente com minha vida. Se é que eu ia ter uma vida para viver depois desta noite.

VINTE E TRÊS

tempo

Durante a longa viagem de carro até Ondarike, não falamos praticamente nada. Fui com Tove, Loki, Duncan e Willa, e o medo era palpável. Eu não tinha certeza de que estávamos fazendo a coisa certa. Soei tão confiante ao falar com eles só porque aquela havia sido a melhor ideia que tive.

Antes de partirmos, analisei o plano de ataque com os líderes de cada equipe. Loki achou que seria melhor dividir o exército em equipes menores; cada uma entraria escondida por um local diferente do palácio Vittra.

Havia cerca de duzentos rastreadores no nosso exército, além da maioria dos Trylle de Oslinna. Mia tentou vir conosco, mas Finn a convenceu de que seria melhor ela ficar cuidando de sua filhinha, o que achei bom. Não queria que Hanna se tornasse órfã.

Umas duas ou três dúzias de markis e marksinnas também foram, inclusive a marksinna Laris. Prometi a mim mesma que seria mais bondosa com ela quando voltássemos. *Se* voltássemos.

Até alguns mänks foram como voluntários. Eu tinha mandado Rhys e Rhiannon saírem de Förening de manhã, e tentei convencer Matt a fazer o mesmo, contudo ele se recusou. Matt queria até lutar conosco, mas eu o convenci de que sua presença seria uma distração para mim e para Willa, então ele concordou em ficar.

Willa lideraria sua própria equipe de vinte rastreadores e dois markis. Eles entrariam por uma porta lateral da cozinha e Loki achava que eles talvez pudessem encontrar alguns hobgoblins lá, fazendo um lanche noturno. Mas, se fosse o caso, Willa seria capaz de assoprar para fazer as panelas voarem e o markis Bain, que controlava a água, poderia inundar o lugar.

Finn e Thomas lideravam duas equipes distintas, mas os dois fariam praticamente as mesmas coisas. Eles entrariam pela masmorra. Loki tinha escapado por uma parte da adega que era ligada à masmorra. A adega espalhava-se por baixo do palácio como um longo labirinto e, por seus túneis, Finn, Thomas e suas equipes seriam capazes de entrar discretamente sem ter que encontrar diversos hobgoblins.

Tove ofereceu-se para assumir a missão mais perigosa. Bain quis ir com ele, mas Tove insistiu para que Bain fosse na equipe de Willa. Tove entraria pelas portas da frente com uma equipe de cinquenta rastreadores. Seu objetivo era chamar a atenção e alertar todos os hobgoblins de sua presença. Assim, as outras equipes poderiam atacá-los por trás enquanto eles estivessem ocupados tentando se defender de Tove e sua equipe.

Duncan queria ter ido com a equipe de Tove, mas eu o coloquei na equipe de Willa. Até agora, a missão dela parecia a mais segura. Não que houvesse alguma parte do ataque que fosse de fato segura.

O trabalho de Loki era me fazer entrar no palácio e me levar até Oren, depois disso ele ajudaria Tove no combate. Ele não estava muito entusiasmado, mas sabia que era o que eu precisava fazer. Sozinha.

Em todo o longo passado dos Trylle, nós nunca atacáramos. Não importava o quanto fôssemos provocados. Era algo que Oren nunca esperaria, e talvez isso se tornasse uma vantagem capaz de nos fazer detê-lo.

Loki era quem conhecia melhor o palácio, então ele foi dirigindo o nosso SUV, e todos os outros Trylle foram atrás. Era uma caravana de Cadillacs indo em direção a Ondarike. Ao nos aproximarmos, ele desligou os faróis, e os carros atrás da gente fizeram o mesmo. Estacionou na base do monte, pois assim ficaríamos escondidos atrás da floresta morta, e a distância de lá para o palácio era a que ele achava a ideal.

— Tem certeza de que quer fazer isso? – sussurrou Loki para mim após sairmos do carro.

— Sim – confirmei. – E você, tem certeza?

— Não tanta quanto eu gostaria – admitiu ele.

— Leve-me até Oren, só isso.

Olhei para trás e vi os outros Trylle saindo dos carros. Finn já estava subindo o monte com alguns deles, mostrando-lhes como chegar lá dentro. Loki tinha estudado mapas detalhados com os líderes das equipes antes de partirmos, mas não tivéramos tempo suficiente de mostrá-los a todos os Trylle.

— Todo mundo sabe o que fazer? – perguntei olhando para Willa, Tove e Duncan.

— Sim, vamos ficar bem. – Willa estendeu a mão e apertou o meu braço. – Tome cuidado.

– A gente dá conta disso – disse Duncan, com um sorriso nervoso.

– Não banque o heroi – falei com severidade. – Proteja-se.

– Tome conta dela. – Tove pediu para Loki.

– Farei o melhor possível – respondeu Loki.

Quase todas as outras pessoas já tinham começado a subir o monte. Eu e Loki entraríamos por uma porta na outra lateral do palácio, longe deles. Faríamos um caminho diferente, sem passar pelos hobgoblins. Iríamos diretamente para o rei.

Seguimos entre as árvores, pisando na neve e nos galhos que se quebravam debaixo dos nossos pés. Ao chegarmos ao palácio, Loki levou-me até uma pequena porta de madeira escondida no meio das videiras. As videiras estavam marrons e mortas, mas também cobertas de espinhos pontiagudos que cortavam as mãos de Loki quando as afastava.

Ele abriu a porta, entrou e eu fui logo atrás. Entramos num corredor estreito e mal-iluminado. Havia tapetes de veludo vermelho cobrindo o chão, o que ajudou a silenciar os nossos passos. Enquanto ele me levava pelos corredores dos fundos, comecei a escutar pancadas e gritaria. O combate tinha começado.

Dei um pulo quando algo colidiu com a parede bem ao nosso lado, deixando uma rachadura enorme na madeira.

– O que fica do outro lado desta parede? – perguntei, apontando para a rachadura.

– O átrio principal. – Loki segurou minha mão e olhou para mim. – Se quiser mesmo fazer isso, precisamos nos apressar. Ele vai escutar os barulhos do combate.

Concordei com a cabeça e começamos a andar mais rápido. Passamos por algumas curvas dos corredores antes de nos depararmos com uma escada bastante estreita. Eu quase precisei me virar de lado para poder subir, e os degraus eram tão finos que tive que ficar na ponta dos pés.

No fim da escada havia uma porta, e, quando Loki a abriu, reconheci de imediato onde estávamos. Bem na nossa frente vi as portas dos aposentos de Oren. Havia videiras, fadas e trolls entalhados na madeira, representando uma cena de fantasia. O corredor estava deserto e o desarmônico ruído do combate parecia ter ficado mais distante.

Escutei um grito que pareceu bastante com o de Tove, e o palácio inteiro estremeceu.

— Vá — falei para Loki.

— Não quero deixar você enfrentar o rei sozinha.

— Não, eu dou conta disso. — Coloquei a mão no peito e me virei na direção dele. — Eles precisam de você lá embaixo. Eu me viro sozinha com o rei.

— Wendy, não — disse ele, balançando a cabeça.

— Loki, por favor. Você tem que ajudá-los. Você é forte. Eles precisam de você — pedi, sabendo que isso não o convenceria. — Eu até faria você sair voando pelo corredor, mas isso gastaria as minhas habilidades. Não quero fazer isso, mas, se for necessário, eu faço.

Os olhos dele procuraram os meus, e eu sabia que ele não queria me deixar. Mas eu não podia permitir que ele viesse comigo. Queria que ficasse seguro, ou pelo menos mais seguro do que ele estaria perto de Oren. E, mais importante ainda, meus amigos precisavam de sua ajuda na luta contra os hobgoblins.

— Eu dou conta disso — repeti. — Eu nasci para fazer isso.

Apesar de não querer, ele afinal cedeu. Me deu um beijo rápido e forte na boca.

– Vou ajudá-los e depois venho atrás de você – disse ele.

– Eu sei. Agora vá.

Ele concordou com um movimento de cabeça e saiu em disparada pelo corredor. Respirando fundo, eu me virei em direção às portas. Percorri o corredor, pronta para matar meu pai.

VINTE E QUATRO

começo do fim

Empurrei as portas sem saber exatamente o que esperar, mas com certeza não foi o que encontrei. Oren estava acordado, sentado no trono. Ele usava uma calça de cetim preta, e seu robe estava aberto, deixando à mostra o torso nu, então eu presumi que até pouco antes ele estivera dormindo.

Ele estava sentado relaxadamente, virado um pouco para o lado para apoiar a perna em cima do braço do trono. Seus dedos levavam pesados anéis de prata e ele segurava uma taça de vinho tinto, bebendo-a lentamente.

Dei uma olhada no quarto, procurando as espadas que Loki mencionara. As espadas de platina, capazes de cortar qualquer coisa. Nós tínhamos espadas em Förening, mas Loki achava que não teriam a força necessária para ferir Oren. Até sua carne e seus ossos eram mais fortes do que os dos Trylle e Vittra normais. Eu teria que usar as próprias armas do rei.

— Minha filha. — Oren sorriu para mim daquela maneira que fazia os pelos atrás do meu pescoço se arrepiarem. — Você veio para casa.

— Aqui não é minha casa — objetei, com o máximo de força e firmeza na voz.

Avistei as espadas. Na parede onde estavam penduradas, dava para ver os diamantes brilhando em seus cabos, o que me deixou um pouco mais confiante. Oren ignorou meu comentário.

— Estou vendo que trouxe convidados. — Ele girou a taça e ficou observando o vinho rodopiar dentro dela. — Normalmente os filhos esperam os pais viajarem para dar uma festinha.

Fiquei irritada com sua tentativa de fazer piada.

— Não estou dando uma festa. Você sabe bem por que estou aqui.

— Sei por que você *acha* que está aqui — esclareceu ele. Ele levantou-se e, num único gole rápido, esvaziou a taça. Ao terminar, arremessou-a para o lado, fazendo-a se esmagar contra a parede. — Mas, se eu fosse você, eu faria uma reavaliação.

— Reavaliação de quê? — perguntei.

— Do seu plano. — Oren veio em minha direção com o mesmo jeito sorrateiro de andar de sempre. — Você ainda tem tempo de obedecer ao acordo que fizemos. Ainda tem tempo de salvar a si mesma e a seus amigos, mas não muito. Não sou um homem muito paciente. — Ele andou à minha volta, formando um grande círculo. — Se não fosse minha filha, já estaria morta. Dei a você mais do que já dei a qualquer pessoa. Está na hora de você demonstrar um pouco de gratidão.

— Gratidão? — perguntei. — Pelo quê? Por me sequestrar? Por matar meu povo? Por conquistar meu reino?

— Por deixar você viver — respondeu ele, com a voz grave atrás de mim, bem no meu ouvido, e eu não sabia como tinha chegado tão perto de mim com tanta rapidez.

— Posso dizer a mesma coisa a seu respeito — retruquei, surpresa ao escutar tanta calma na minha voz. — Deixei você viver até agora e vou continuar deixando você viver. Se parar com isso. Deixe-nos livres. Deixe-nos em paz. Para sempre.

— E por que eu faria isso? — disse Oren, rindo.

— Se não fizer, eu não terei escolha — respondi, enquanto ele voltava para a minha frente, olhando para mim conforme eu falava: — Vou matar você.

— Esqueceu o nosso acordo? — perguntou Oren, com um sorriso malicioso nos lábios e algo sombrio brilhando nos olhos. — Esqueceu o que combinamos quando você me deu o seu reino?

— Não, não esqueci.

— Você simplesmente decidiu voltar atrás? — perguntou ele, abrindo mais o sorriso. — Sabendo o que isso custaria para você.

— Não vai me custar nada — falei com firmeza. — Vou derrotá-lo.

— Talvez. — Oren pareceu pensar mesmo nisso por um instante. — Mas só depois que tiver perdido tudo.

— Então é essa a sua resposta? — perguntei.

— Está perguntando se vou desistir e deixar você e seus amigos viverem felizes para sempre? — perguntou ele, com um tom condescendente na voz que se alterou logo depois. — *Eu* é que vou viver feliz para sempre, e não vou ceder às vontades de uma pirralha mimada como você. — Seu rosto estava sério e suas palavras vinham repletas de veneno.

— Então eu não tenho escolha.

Concentrei todos os meus poderes, focando em tudo que eu havia praticado. Estendi as mãos na direção dele, com as palmas para fora, e, usando todas as minhas forças, comecei a me concentrar. Sabia que não o mataria assim, mas esperava pelo menos deixá-lo incapacitado o suficiente para que eu conseguisse me aproximar.

O cabelo dele despenteou-se, e o seu robe até esvoaçou, mas não aconteceu nada além disso. Usei tudo o que havia dentro de mim, e um zunido na parte de trás da minha cabeça foi ficando mais doloroso conforme eu me esforçava para usar toda minha energia.

Mas Oren nem se mexeu. Seu sorriso só aumentou.

– Isso é tudo? – Ele jogou a cabeça para trás e gargalhou. O som reverberou por todo o recinto. – Está claro que eu a superestimei.

Eu fiquei forçando e forçando, recusando-me a desistir, mesmo quando a dor no meu crânio ficou insuportável. Tudo que havia no quarto, os móveis, os livros, tudo começou a voar pelos cantos como se houvesse um tornado, mas Oren continuou parado.

Senti algo quente e úmido nos meus lábios e percebi que meu nariz tinha começado a sangrar.

– Ah, princesa, querida – disse ele com o máximo de doçura possível. – Está se cansando demais. Odeio ver você sentir tanta dor. – Ele suspirou, tentando parecer arrependido. – Então vou acabar logo com seu sofrimento.

Ele deu um passo para a frente e ergueu a mão. O golpe atingiu meu rosto com tanta força que eu saí voando para o outro lado do aposento, e bati contra a parede. Tudo que eu tinha feito voar pelos ares caiu no chão ao meu redor.

Loki tentara me alertar a respeito da força de Oren, mas só naquele momento eu realmente entendi o que ele quis dizer. Era como ser golpeada por uma bola de demolição. A lateral do meu corpo que colidira com a parede doía imensamente e algumas das minhas costelas provavelmente estavam quebradas. A dor na minha perna era enorme e eu tive sorte de não ter quebrado o pescoço.

– Odeio fazer isso com você – disse Oren, e pelo menos ele não tinha um sorriso no rosto. – Mas eu avisei que era isso que aconteceria caso você decidisse me enfrentar.

Eu me ergui para sentar e fiquei encostada à parede. Ele estava de pé na minha frente, parecendo um gigante, e eu me preparei para ser golpeada outra vez. Mas, em vez disso, ele foi até as portas do aposento e as abriu.

– Tragam-no para mim! – gritou Oren para o corredor. Ele deixou as portas abertas e retornou. Ele agachou-se, e fitou-me com seus olhos pretos. – Eu avisei. Dei todas as oportunidades possíveis para você se juntar a mim. Eu queria você junto de mim, não contra mim.

– Prefiro morrer a servir a você – falei.

– Estou vendo. – Ele estendeu o braço, querendo enxugar o sangue da minha testa, mas eu me afastei, apesar de isso fazer a dor percorrer todo o meu corpo. – Bom, a notícia boa é que você não vai morrer sozinha.

Ele levantou-se e se afastou de mim. No mesmo instante, Kyra – a Vittra com quem eu já tinha lutado – e outro Vittra entraram no quarto carregando Loki. Eu nunca tinha visto nenhum outro Vittra antes, mas aquele era gigantesco, parecia um bárbaro.

Eles estavam literalmente arrastando Loki. Cada um segurava um de seus braços, e suas pernas nem se mexiam. A cabeça estava encurvada para a frente, e havia sangue pingando de sua têmpora.

— Não! – gritei, e Loki ergueu a cabeça ao escutar minha voz. Ele olhou para mim e percebi de imediato que ele tinha apanhado muito.

— Desculpe, Wendy – disse ele simplesmente. – Eu tentei.

— Não! – repeti, e me levantei com dificuldade. Meu corpo não estava se mexendo como eu queria, mas ignorei a dor. – Não, não o machuque. Eu faço qualquer coisa que você pedir.

— Tarde demais. – Oren balançou a cabeça. – Eu prometi a você que a faria assistir à morte dele. E sou um homem de palavra.

— Não, por favor – implorei. Fui cambaleando até uma cadeira e me apoiei nela, pois só assim conseguiria ficar em pé. – Faço qualquer coisa. *Qualquer coisa.*

— Desculpe – disse Oren novamente.

Ele aproximou-se da parede onde estavam as duas espadas, as únicas coisas ainda intactas depois que eu fiz tudo sair voando. Ele puxou uma para baixo, com a empunhadura incrustada de diamantes cobrindo sua mão.

Tentei usar meus poderes para detê-lo. Estendi a mão, tentando colocar para fora qualquer energia que ainda me restasse. Alguns dos objetos mais leves do quarto rodopiaram, como os papéis e uma cortina, e Kyra contorceu o rosto. Mas Oren permaneceu calmo e composto.

— Loki já conhece esta lâmina – disse Oren, admirando a espada. – E foi exatamente com ela que eu matei o pai dele. Até parece certo matar você com a mesma espada.

— Por favor. – Deixei a mão cair para o lado do corpo. – Eu obedeço às suas ordens. Faço qualquer coisa.

— Eu já disse. – Oren foi mais para trás, ficando diante de Loki. – É tarde demais.

Kyra e o outro Vittra ergueram Loki, o que o fez gemer. Havia lágrimas escorrendo pelo meu rosto, e eu não conseguia pensar em nada que pudesse fazer para deter Oren. Meus poderes não tinham nenhum efeito nele. Eu não era forte o suficiente para enfrentá-lo. E não tinha nada para negociar.

Ainda olhando para mim, Oren ergueu a espada e, com um gesto rápido, enfiou-a no coração de Loki.

VINTE E CINCO

mortalidade

Na mesma hora, Kyra e o outro Vittra largaram Loki, e ele desabou no chão. Os dois estavam com as mãos na cabeça, apertando-as, e de início eu não entendi o que estava acontecendo.

Não conseguia pensar nem sentir nada, exceto que eu tinha sido dilacerada. Parecia que Oren arrancara meu coração do peito. Nunca senti uma dor e uma raiva tão fortes.

Um negrume emergiu em mim com um intenso calor. Não fazia a mínima ideia do que estava acontecendo ao meu redor. Tudo parecia um borrão indefinido.

Foi então que avistei Oren estreitando os olhos, com a mão na cabeça, e me lembrei de uma coisa.

Eu fazia algo com a mente quando estava com raiva ou com medo. Tinha feito isso com Tove quando ele tentara me acordar e, numa escala menor, também quando Elora estava torturando Loki.

Aquela sensação – aquele medo ou ódio intenso – destravava algum poder dentro de mim. Eu fazia algo com a mente das pessoas, causando uma enorme agonia. Normalmente durava apenas alguns segundos, mas eu nunca sentira tanta raiva em toda a minha vida.

Assim que percebi o que estava fazendo, aproveitei a situação e concentrei-me em Oren. No início ele pareceu ficar confuso e só fez recuar. Ele não parava de estreitar os olhos e de inclinar a cabeça, como se estivesse olhando diretamente para alguma luz muito forte.

No fundo eu sabia que meu corpo devia estar doendo, mas não estava sentindo nada. Tentava ignorar qualquer dor. Calmamente fui andando em direção a Oren, e ele começou a segurar a cabeça. Caiu de joelhos. Ele estava gemendo e implorando, mas eu não conseguia entender nada do que estava dizendo.

Kyra e o outro Vittra estavam no chão, em posição fetal, e Kyra até soluçava. Aproximei-me de Loki sem querer realmente olhar para ele, sem querer acreditar que estava mesmo morto, e tirei a espada de seu peito.

Aproximei-me do meu pai, que permanecia de joelhos e encurvado para a frente. Suas mãos estavam grudadas na cabeça. Inicialmente ele murmurava, mas, quando ergui a espada por cima da minha cabeça, escutei os seus gritos.

– Pare com isso! – gritou Oren. – Por favor! Faça a dor parar!

– Vou acabar com seu sofrimento – urrei, e desci a espada, atravessando todo seu pescoço.

Eu me virei para não ver, mas escutei o som de sua cabeça batendo no chão.

Fiquei lá parada, ainda segurando a espada, e olhei em volta. O borrão havia desaparecido e a dor voltou a tomar conta do meu corpo. Em completa agonia, minhas pernas ameaçaram ceder. Kyra e o outro Vittra tinham parado de se contorcer e estavam sentados.

— Vão — ordenei, recobrando o fôlego com dificuldade. — Digam a eles que o rei está morto.

Kyra olhou para o cadáver de Oren com os olhos arregalados e não questionou minhas ordens. Ela e o outro Vittra levantaram-se depressa e saíram correndo do quarto, deixando-me a sós com Loki.

Soltei a espada e fui para perto dele o mais rápido que pude. Ajoelhei ao seu lado e coloquei sua cabeça no meu colo, mas ela tombou para o lado. Havia sangue em seu peito e eu coloquei a mão por cima da ferida, tentando fazer com que a vida voltasse a ele.

— Não, Loki, por favor — implorei enquanto as lágrimas escorriam pelo meu rosto. — Loki, fique comigo. Por favor. Eu amo você. Não pode me abandonar assim.

Mas ele não se mexeu. Ele não respirou. Eu me encurvei, beijando sua testa e soluçando de tanto chorar, e eu não tinha nem palavras para descrever a dor que estava sentindo. Sem ter mais o que fazer, eu caí aos prantos de vez.

— Meu Deus, cheguei tarde demais — disse alguém. Eu me virei e vi que era Sara, perto da porta. Ela olhou para o rei morto, seu marido.

Loki havia salvado a vida dela uma vez e ela era uma curadora. Era a única chance que eu tinha de salvá-lo.

— Me ajude — implorei e tentei erguer Loki na direção dela. — Por favor. Você tem que ajudá-lo.

— Eu... — Sara não respondeu por um segundo, mas depois correu em nossa direção e se ajoelhou do outro lado de Loki. — Não sei se sou capaz. Talvez ele já tenha morrido.

— Por favor! — gritei. — Você tem que tentar!

Ela respirou fundo e concordou com a cabeça.

– Você ainda tem alguma energia? – perguntou Sara.

– Não sei – admiti. Estava me sentindo fraca e esgotada. Enfrentar Oren tinha exaurido todas as minhas forças.

– Bom, me ajude se puder – disse ela. Ela colocou a mão em cima da minha, que estava cobrindo o buraco no peito de Loki. – Me dê toda a energia que tiver. Eu preciso do máximo possível.

Concordei e fechei os olhos, concentrando-me nela e em Loki. Um formigamento percorreu minha mão, uma sensação que eu já conhecia de quando eu havia sido curada. Mas algo mais também aconteceu. Eu senti nas minhas veias, havia algo fluindo dentro delas, sendo levado para fora de mim. Era como se houvesse algum líquido quente escapando pelas pontas dos meus dedos.

Foi então que escutei. Loki arfou ruidosamente e eu abri os olhos.

Ele respirou fundo algumas vezes e lágrimas de alívio escorreram pelas minhas faces. A mão de Sara ainda estava em cima da minha e sua pele tinha ficado enrugada e flácida. Seu cabelo agora tinha alguns fios cinzentos e dava para perceber que seu rosto envelhecera. Sara tinha dado muito de sua própria vida para poder salvar Loki.

– Loki – chamei.

– Oi, princesa. – Ele sorriu confusamente ao olhar para mim. – O que há de errado?

– Nada. – Sorri e balancei a cabeça. – Agora não tem mais nada de errado.

– O que é isso? – Ele pegou meu cabelo e o estendeu para que eu pudesse enxergá-lo. Havia um cacho na frente completamente grisalho. – É só eu dar um cochilo que você já fica com cabelo branco?

– Você não estava dando um cochilo. – Eu ri. – Não lembra do que aconteceu?

Ele franziu a testa, tentando lembrar, e pelos seus olhos pude perceber que entendeu o que havia acontecido.

– Eu lembro... – Loki tocou meu rosto. – Lembro que amo você. – Eu me abaixei, dei um beijo nele e ele colocou os braços ao meu redor.

VINTE E SEIS

em casa

— Wendy! – Willa estava quase gritando, e eu tentei me levantar depressa. O pânico em sua voz era tanto que eu quase esqueci o quanto estava fraca. Eu teria caído no chão se Loki não tivesse me segurado.

— Calma, princesa – disse Sara, olhando-me de onde estava ajoelhada. Loki havia se levantado e estava com o braço ao redor da minha cintura, segurando-me. – Hoje você gastou muito da sua energia vital.

Queria agradecer por ter me ajudado e perguntar por que o havia feito. Loki já tinha me explicado o quanto os dois eram próximos, mas eu não fazia a mínima ideia do que ela acharia do fato de eu ter acabado de matar seu marido.

Antes que eu pudesse lhe dizer qualquer coisa, Willa apareceu na entrada dos aposentos do rei. Ela estava com as roupas molhadas, o cabelo desarrumado e sangue no rosto.

— Wendy! – gritou Willa novamente correndo até mim, jogando os braços ao meu redor. Ela teria me derrubado se Loki não estivesse lá.

— Willa, acalme-se. — Loki afastou-a de mim delicadamente para que ela não me sufocasse.

— Que bom que você está bem. — Ela afastou-se de mim e olhou o quarto. Seus olhos fixaram-se na cabeça do rei, que estava no chão, com seus cabelos longos cobrindo-a como um manto. — Então é mesmo verdade? O rei está morto? A guerra acabou?

— O rei está morto. — Balancei a cabeça e me virei para Sara para ver sua reação. Afinal, ela era a rainha Vittra e poderia dar continuidade à guerra, se quisesse.

Loki acompanhou meu olhar, e seus olhos encontraram os dela.

— A guerra acabou — disse ele, mas eu não sabia se ele estava simplesmente dizendo isso para ela ou se estava declarando isso.

— O reino de terror do rei já durou o suficiente — disse Sara. Ela levantou-se devagar e deu um leve sorriso para nós. — A nossa guerra acabou e vou ficar muito contente se não houver nenhuma outra.

— Ótimo. — Willa sorriu, aliviada. — Quando aquele rastreador apareceu lá embaixo e disse que o rei estava morto, os hobgoblins bateram em retirada. Vários correram para fora.

— Eles gostam mais de viver na floresta do que em lugares fechados — explicou Sara.

— E como nos saímos? — perguntei para Willa, sentindo um aperto no coração ao pensar em como o nosso exército teria se saído na batalha. — Todos sobreviveram?

A expressão de Willa ficou mais séria. Ela contraiu os lábios e balançou a cabeça.

— Não sei ao certo. Assim que soube que o rei estava morto, eu vim procurar você. Mas... sei que nem todo mundo sobreviveu.

— Quem? — perguntei.

Ela hesitou antes de responder:

— Alguns rastreadores. Não sei ao certo.

Como Willa não soube me dizer, eu tinha que ir ver com meus próprios olhos. Comecei a andar, esquecendo mais uma vez que minhas pernas mal funcionavam. Dessa vez, quando elas cederam, Loki me colocou no colo, carregando-me nos braços.

Queria protestar e insistir que eu conseguia andar por mim mesma, mas a verdade era que eu não conseguiria. Então o melhor que pude fazer foi dizer para ele me levar até o átrio central, onde, segundo Willa, havia acontecido a pior parte da carnificina.

Loki carregou-me para fora do quarto, com Willa ao nosso lado e Sara alguns passos atrás de nós. O primeiro andar não parecia tão ruim, mas eu duvidava que a luta tivesse se espalhado até ali. Passamos por um hobgoblin escondido debaixo de uma pequena mesa e, ao nos ver, ele saiu em disparada na direção oposta, com suas pernas curtas movendo-se o mais rápido possível.

Ao chegarmos no topo da escada, pedi para Loki parar e me colocar no chão. Era dali que eu enxergaria melhor o átrio central. O topo da escada ficava a seis metros de altura, o que me possibilitaria analisar todo o local.

— Wendy, não acho que... — Loki tentou me segurar, mas eu me contorci para me soltar e ele me colocou no chão com relutância.

Segurei-me no corrimão e olhei para baixo. O átrio havia sido lindo — tapetes vermelhos felpudos, quadros pendurados e a mobília inteira feita de mogno escuro, combinando com as paredes.

Tudo fora destruído, tudo mesmo. Os quadros estavam rasgados; as cadeiras, quebradas; os tapetes, queimados. Até as paredes ficaram rachadas. A maioria dos cristais do candelabro se despedaçara, mas ele ainda estava pendurado no teto, iluminando o local.

Havia corpos espalhados pelo chão, a maioria Trylle, mas também alguns hobgoblins. Felizmente, uma boa parte parecia estar apenas ferida, mas nem todos tinham sobrevivido. Eu conhecia todos os mortos – não muito bem, mas sabia quem eram. A maioria eram rastreadores ou mänks, os menos preparados para enfrentar os hobgoblins, e eu me perguntei se teria mesmo feito a coisa certa ao permitir que participassem dessa guerra.

Aurora estava circulando pelo local, cuidando dos feridos, e fiquei contente ao ver que ela ia de um markis para um rastreador sem parecer se preocupar com a posição social deles. Ela ajudava quem quer que estivesse mais ferido.

Laris não tinha nenhuma ferida visível, então ela estava ajudando a organizar os feridos e auxiliando no cuidado de quem tinha os machucados mais leves, enfaixando braços, por exemplo.

Bain encostara-se a uma parede. Suas roupas estavam ensopadas e havia sangue em sua camisa, mas ele conversava com Tove, então devia estar bem. Tove agachara-se na frente dele. Ele tinha rasgado a manga da camisa e estava colocando-a ao redor da perna de Bain, mas, fora isso, Tove não parecia muito melhor.

Enquanto eu investigava todo o local, procurando cada uma das pessoas e assimilando as perdas com uma dor no coração, percebi que Finn não estava lá – nem entre os vivos, nem entre os mortos.

– Onde estão as outras pessoas? – perguntei a Willa sem desviar o olhar do átrio central.

– Hum, não sei – disse ela. – Nós dissemos para todos virem para o átrio central após o fim da luta.

— Se a pessoa não estiver aqui, o que isso significa? — perguntei, já temendo o pior a respeito de Finn.

Meu coração já tinha entrado em pânico quando a porta da masmorra escancarou-se. Finn subiu pela escada e entrou no átrio amparando o pai. Thomas não parecia estar nada bem, mas ao menos conseguia aguentar um pouco do próprio peso, o que já era um bom sinal.

O rosto de Finn estava machucado e ensanguentado, mas, quando ele olhou para mim do topo da escada, avistei uma mistura de orgulho e alívio em seus olhos. Sorri para ele, feliz de ver que estava vivo. Só porque eu tinha terminado tudo com ele, não queria dizer que eu lidaria bem com sua morte.

Finn e Thomas passaram mancando ao lado de uma mesa de bufê virada e chegaram ao local onde Aurora estava tratando as pessoas. Meus olhos seguiram os dois, e foi então que percebi pernas debaixo da mesa. Era alguém que estava vestindo uma calça skinny, e eu só conhecia uma pessoa ridícula o suficiente para vestir uma calça skinny numa batalha.

— Duncan! — gritei e desci a escada em disparada. Felizmente a adrenalina tinha voltado a tomar conta de mim, fazendo minhas pernas se mexerem, apesar da dor.

Mesmo assim, tropecei ao chegar no último degrau, mas Loki estava bem ao meu lado e me ajudou a levantar. Ao chegar na mesa, caí ao lado dela e tentei erguê-la imediatamente. Claro que eu não tinha forças para isso, mas Loki a ergueu com facilidade.

Era exatamente o que eu temia. Duncan tinha sido esmagado pela mesa. Enquanto Loki a removia, arrastei-me para perto da cabeça de Duncan e me ajoelhei ao seu lado. Seu peito estava ensanguentado e dava até para ver um osso saindo pela lateral do corpo.

– Duncan – sussurrei, com lágrimas escorrendo pelas faces. Afastei o cabelo de sua testa e tentei não soluçar. Eu tinha tentado protegê-lo e o fizera prometer que faria de tudo para se salvar. Tudo em vão.

De repente ele tossiu, e sangue escorreu pela sua boca.

– Aurora! – gritei e olhei para ela por cima do ombro. – Aurora, estou precisando de você!

– Princesa? – Duncan abriu os olhos e sorriu confuso para mim. – Nós vencemos?

– Sim. – Concordei veementemente, ninando sua cabeça em minhas mãos. – Sim, nós vencemos.

– Ótimo. – Ele fechou os olhos outra vez.

– Duncan, fique comigo – implorei, tentando não chorar para que minhas lágrimas não caíssem em seu rosto. – Duncan, é uma ordem. Você tem que ficar comigo.

– Aurora! – gritou Loki, apressando-a.

Duncan tossiu de novo, desta vez com mais força, e finalmente Aurora apareceu ao meu lado. Suas mãos já estavam cobertas de sangue por ter ajudado outros Trylle, e ela pressionou-as contra o osso que perfurava a pele dele.

Quando ela fez isso, ele gemeu alto e tentou escapar para o outro lado, mas eu o segurei. Aurora empurrou a lateral de seu corpo e, assim que o osso voltou para dentro dele, com a pele curada cobrindo-o, ela afastou as mãos.

– Não posso curá-lo completamente – disse Aurora enquanto Duncan respirava fundo. – Preciso guardar energia para ajudar os outros.

— Obrigada. — Sorri para ela. — Eu entendo.

— Precisa da minha ajuda? — perguntou Aurora, estendendo as mãos em minha direção, mas eu balancei a cabeça. — Tem certeza?

— Vou ficar bem — insisti. — Pode ir cuidar dos outros.

Ela concordou e se afastou para fazer justamente isso. Duncan se remexeu um pouco, mas eu disse para ele descansar. Ela o tinha curado o suficiente para que não morresse, mas isso não significava que ele estava bem.

Willa tinha ido pegar ataduras com Sara, que pelo jeito também passara a ajudar os feridos, e começou a cuidar de Duncan, enfaixando suas feridas.

Quando eu gritara por Aurora, Tove saíra de perto de Bain para ver se podia ajudar. Assim que Duncan sentiu-se mais estável, eu me virei para Tove. Ele estendeu a mão e me ajudou a levantar. Tive que me segurar nele para me apoiar, e, caso eu precisasse de mais ajuda, Loki estaria por perto.

— Sabe, é quase uma pena nós dois não nos amarmos — disse Tove, com o braço envolvendo meus ombros. — Nós formamos um time e tanto.

— Não tenho tanta certeza disso. — Dei uma olhada em volta, em todos os Trylle feridos e até nos hobgoblins.

— Toda guerra tem vítimas — disse Tove, entendendo o que eu queria dizer. — E não quero dizer que não esteja triste pelas vidas que foram perdidas hoje, mas nós conseguimos pôr fim a uma guerra que já durava séculos. Imagine só quantas vidas isso vai poupar no futuro.

Percebi que ele tinha razão. Quer dizer, eu já sabia disso — por isso que declarara guerra em primeiro lugar —, mas, quando se via toda aquela devastação, era fácil esquecer.

Naquele momento, contudo, enquanto eu estava ali parada com Tove, eu me senti bem. Apesar de todas as perdas, de todos os danos, tínhamos conseguido. Tínhamos nos libertado, e também o povo Vittra, do reinado opressor de Oren. Estávamos livres.

– Fizemos a coisa certa. – Olhei para ele, cujos olhos cor de musgo estavam excepcionalmente claros.

– Sim, fizemos. – Ele apertou meu ombro e me beijou com delicadeza na têmpora. – Estou orgulhoso do que conseguimos fazer.

– Eu também.

– Mas o que acha de darmos o fora daqui? – perguntou Tove. – Vamos fazer o que der pela nossa gente e levar todos para casa.

– Parece fantástico.

– Vou ver se minha mãe precisa de ajuda. – Tove me soltou e foi em direção à mãe.

Consegui ficar em pé sozinha e vi Loki a cerca de um metro de distância, ajudando Willa a cuidar da perna quebrada de outro rastreador.

– Ei, Tove – chamei enquanto ele se afastava. Ele parou e se virou para mim. – Só porque não estamos mais casados não quer dizer que não podemos mais formar um time. Ainda quero que você trabalhe comigo lá no palácio.

– Eu também quero exatamente isso. – Tove sorriu. – E, vá por mim, eu tenho *muitas* ideias de como administrar as coisas.

Ajudei o nosso povo o máximo que pude, mas não tinha forças para fazer muito. Felizmente, Loki estava dando mais de cem por cento de si e conseguiu ajudar bastante. Aurora se dedicou muito, dando mais atenção aos casos piores, e os demais ferimentos foram cuidados e enfaixados. Quando voltássemos ao palácio, pediríamos mais ajuda.

Assim que foi possível, começamos a encher os carros e a enviar a caravana Trylle de volta para Förening. Tivemos o cuidado de levar aqueles que não tinham sobrevivido, pois eles mereciam um enterro de verdade em seus lares.

Apesar de ferida, insisti em ser a última a sair. Queria ter certeza de que ninguém tinha ficado para trás.

Conversei brevemente com Sara antes de ir embora, e ela me assegurou de que não haveria mais ataques contra os Trylle; não por parte dos Vittra. Em alguns dias nós nos encontraríamos para assinar um novo tratado de paz, mas, por ora, nós duas precisávamos descansar e organizar as nossas comunidades.

Fui no carro que Willa dirigiu, e Duncan estava sentado ao lado dela, dormindo profundamente. Tove decidira seguir no carro de Bain e eles saíram um pouco antes de nós. Tove ficara conosco até o fim, assegurando-se de que todos estavam em segurança.

O sol começava a nascer enquanto voltávamos para casa, e o céu acima do horizonte parecia mais rosa e roxo do que azul.

Eu me encurvei no banco de trás ao lado de Loki, com seu braço me envolvendo e minha cabeça em seu ombro. Meu corpo estava todo dolorido, mas era bom estar ao lado dele. Loki beijou o topo da minha cabeça e eu me aproximei mais. Ele estava me ajudando no palácio, mas nós esperamos chegar no carro para sermos carinhosos um com o outro. Willa ergueu a sobrancelha ao nos ver, mas não falou nada. Mais tarde, quando estivéssemos em Förening, ela faria as suas mil perguntas. Mas, naquele instante, ela nos deixou ter o nosso momento particular.

– Não vejo a hora de chegar em casa – confessei.

– *Em casa* – disse Loki, e riu um pouco.

– O que foi? – Ergui a cabeça e olhei para ele. – Achou graça em quê?

– Em nada. – Ele balançou a cabeça. – É que... acho que nunca senti que tinha uma casa de verdade, um lar. – Ele sorriu para mim. – Só quando conheci você.

Loki inclinou-se para baixo e me beijou delicadamente na boca. Tinha certeza de que ele queria me beijar mais profundamente, mas estava com medo de me machucar. Ele continuou me beijando com carinho e eu me segurei nele com o máximo de firmeza conforme um calor rodopiava pelo meu corpo.

Depois, ele encostou a testa na minha e inspirou profundamente.

– Não vejo a hora de chegar em casa com você, princesa.

– Agora eu sou a rainha, sabe? – falei, brincando. Ele riu e me beijou novamente.

epílogo: quatro meses depois

As primeiras semanas após a batalha foram duras. Eu havia quebrado várias costelas, além de ter deslocado o ombro. Eram tantas pessoas precisando dos poderes de cura de Aurora e de Sara que eu me neguei a recebê-los. Eu teria que sarar da maneira tradicional.

Não demorou para que todos salientassem que eu era capaz de sarar muito mais rapidamente por causa do meu sangue Vittra, mas mesmo assim foram umas duas semanas de dureza. Algumas coisas boas aconteceram, entretanto. Como Loki cuidar de mim o tempo inteiro. Ele mal saiu do meu lado.

O funeral da minha mãe foi feito assim que eu estava bem o suficiente para comparecer. O reino inteiro esteve presente, e, para minha surpresa, o rei e a rainha dos Kanin compareceram, assim como a rainha dos Omte. Eles vieram em respeito a Elora, mas também para nos agradecer por termos acabado com a tirania Vittra.

O alvo principal de Oren eram os Trylle, mas não éramos os únicos. Só durante o funeral, quando vi a quantidade de pessoas presentes – a multidão chegava até a rua –, percebi a importância do que tínhamos conseguido fazer.

Também tive a oportunidade de escutar de outros Trylle, e até de outras tribos, o que minha mãe fizera para protegê-los. Os acordos, as coisas de que abdicara, e todo o trabalho que tivera para manter a paz. Elora tinha entregado muito de si mesma para o povo e era extremamente comovente ver o quanto eles davam valor a isso.

Perder Elora me fez compreender ainda mais a importância de ter uma mãe e a enorme perda que Rhys tivera. Apesar da maneira como minha mãe "hospedeira", Kim, me tratou, eu sabia que ela havia feito tudo por amor, por amor a uma criança que nunca sequer conheceu.

Matt levou Rhys para ver Kim, que ainda está no manicômio. Matt continua bem relutante quanto a querer melhorar a sua relação com ela, mas estar disposto a vê-la já é um grande passo.

Rhys está planejando estudar numa universidade próxima ao manicômio a partir do outono. Assim ele poderá conhecê-la mais um pouco. Matt diz que Kim está um pouco melhor e que, se continuar se recuperando, ela poderá até ser liberada um dia.

Matt voltou para Förening, contudo. Ele diz que a casa dele é aqui e eu fico contente com isso. Sei que agora sou adulta e tenho meu próprio reino, mas não sei se seria capaz de morar tão longe do meu irmão.

Oslinna ainda está sendo reconstruída e Matt tem passado um bom tempo ajudando no processo. Seus projetos são belíssimos e tem sido ótimo para o povo Trylle ver um mänks fazendo algo tão bem.

A questão do preconceito ainda está sendo trabalhada, e eu sei que vai demorar para eles aceitarem por completo a ideia de que as pessoas podem se casar com quem quiserem, independentemente de serem Trylle ou não, e que não há nada de errado nisso. Mas estamos no caminho certo.

Antes de pendurar minha coroa, tenho certeza de que vamos tornar legal o casamento de todas as pessoas, quem quer que sejam. Willa está torcendo para que isso aconteça logo, claro, mas desde os oito anos que ela já está à procura de seu vestido de noiva.

Ela passou a desempenhar um papel bem mais importante na nossa sociedade. Assim que voltamos, quando eu estava de repouso, Willa assumiu boa parte do trabalho do dia a dia ao lado de Tove. Ele continua sendo uma das pessoas em que mais confio, além de ser bastante inteligente, e trabalha comigo o tempo inteiro.

Logo após o funeral, Tove e eu anulamos o nosso casamento. Ele insistiu, dizendo que minha aura e a de Loki o estavam deixando cego. Terminou sendo um processo bem complicado, mas, graças à nossa vitória recente contra um inimigo tão importante, o povo Trylle estava bem mais disposto a aceitar as nossas ideias.

Tove parece estar lidando melhor com a anulação do que com o nosso casamento. Graças a seus esforços durante a campanha, ele conseguiu fazer com que Bain fosse eleito chanceler, o que é uma melhora e tanto em comparação ao último chanceler. Tanto Tove quanto Bain têm trabalhado bastante para melhorar a comunidade Trylle.

Tove conheceu alguém, mas ele não quer falar quem é de jeito nenhum. Apesar de ele não revelar o nome, eu tenho uma ideia de quem essa pessoa especial pode ser. Ele ainda teme a reação que a comunidade teria ao saber que é gay, mas acho que logo ele poderá ser mais aberto quanto a isso.

Após derrotarmos os Vittra, Thomas foi embora e se juntou à sua família na tribo dos Kanin, e acho que ele não vai voltar. Finn ficou e assumiu os deveres do pai como chefe dos rastreadores.

Ainda é um pouco estranho ver Finn pelo palácio. Eu não o amo mais, não como amava, apesar de que acho que nunca serei capaz de deixar de sentir carinho por ele. Ele foi meu primeiro amor e teve uma importância imensa para que eu me tornasse a rainha que sou hoje.

No início, ele agiu de maneira fria e distante, mas o gelo entre nós dois parece estar derretendo. Estamos no caminho certo para sermos amigos novamente, o que já é alguma coisa.

Vi Finn conversando com Mia, passando tempo com ela e sua filhinha. Quando ele está perto delas, parece tão relaxado, e eu nunca o vi assim perto de mim. Apesar de gostar de mim na época, não acho que ele tenha sido capaz de relaxar de verdade ao meu lado, de ser quem realmente é. Mas quando ele está com Hanna no colo, rindo ao lado de Mia... fica feliz como nunca o vi.

Ela está dando a ele algo que eu nunca seria capaz de dar, e fico eternamente grata por isso. Finn merece ser feliz e amar de verdade alguém que possa corresponder a esse amor.

E Loki... bem, Loki mal saiu do meu lado desde que voltamos, mas eu não compartilharia minha cama com ele novamente até oficializarmos a nossa relação por meio do matrimônio. E foi exatamente isso que fizemos.

Duas semanas atrás, no jardim, debaixo das flores de primavera, nós fizemos uma pequena cerimônia, bem diferente da primeira. Dessa vez, apenas os meus amigos mais próximos estavam presentes, incluindo minha tia Maggie. Eu até participei do planejamento, e tudo ficou exatamente como eu queria.

Mas a maior diferença de todas foi que eu queria esse casamento e que eu me casei com um homem que amo imensamente.

Maggie está passando algumas semanas conosco e tem sido maravilhoso. Ela ainda não entendeu tudo por completo, mas simpatizou com Rhys desde o primeiro momento. Felizmente, ele tem passado a última semana entretendo-a, assim eu e Loki estamos podendo ter um tempo só nosso.

Mas nunca é suficiente. As noites parecem bastante curtas e o sol toda vez parece se levantar cedo demais quando eu ainda estou abraçada com ele na cama. Normalmente ele gosta de dormir mais, assim como eu, mas hoje não.

Ele abriu as cortinas, e a forte luz da manhã entra no quarto. Eu fecho os olhos e afundo o rosto no travesseiro.

– Ah, Wendy. – Loki ajoelha-se no chão ao meu lado e afasta o cabelo dos meus olhos. – Você sabia que o dia de hoje ia chegar.

– Eu sei, mas não queria que ele chegasse. – Abro os olhos para poder vê-lo. Ele está sorrindo para mim, apesar da tristeza em seus olhos. – Eu não devia ter deixado você concordar com isso.

Loki ri.

– Você não "deixou" que eu concordasse. Eu sou o rei. Ninguém manda em mim.

– Isso é o que você acha – zombo, e ele ri mais ainda.

– Mas, é sério, meu amor; você vai se levantar para se despedir de mim? – pergunta Loki. Ele segura minha mão e a beija. – Mas claro que não precisa. Eu mesmo posso fazer a cerimônia, e sei como têm sido as suas manhãs.

– Não, se você vai embora, eu quero me despedir – digo, suspirando. – Mas é melhor voltar logo.

– Assim que puder. – Ele sorri. – Nada no mundo será capaz de me deixar longe da minha rainha.

Saio de baixo das cobertas e entro no closet para me vestir. Nós vamos fazer uma cerimônia de despedida para Loki, então tenho que escolher um vestido elegante e devo até usar a coroa. Eu evito colocá-la na maior parte do tempo, pois me sinto boba com ela; mas em ocasiões especiais eu preciso usá-la.

Loki já está vestido. Percebo que ele se levantou há cerca de uma hora. Mas eu continuava dormindo, pois tenho me sentido muito cansada ultimamente. Eu adoraria dizer que a exaustão foi causada pela lua de mel, e, apesar de isso ser verdade, não é o motivo principal.

– Como está se sentindo esta manhã? – pergunta Loki. Ele encosta na porta do closet, observando-me colocar um vestido esmeralda-escuro.

– Estou triste, mas estou bem. – Coloco o vestido, mas não consigo fechar o zíper, então fico de costas para ele. – Uma ajudinha, por favor.

– Você devia arranjar uma dama de companhia, algo assim – diz Loki, atrapalhando-se com o zíper. – É impossível fechar essas coisas.

– É para isso que servem os maridos – brinco.

Ele continua brigando com o zíper até finalmente conseguir fechá-lo. Mas eu sei qual é o problema, eu sei por que meus vestidos não fecham mais direito.

Enquanto está atrás de mim, Loki coloca a mão na minha barriga e beija meu ombro.

— Vamos ter que contar em breve – diz Loki, abraçando-me.

— Eu sei – respondo, suspirando. – Mas só quando você voltar, está bem? Só quero enfrentar toda a conversa e todas as perguntas quando você estiver comigo. – Eu me viro para olhar para ele. – Então vai ter que voltar logo.

— Até parece que preciso de mais uma razão para isso. – Ele sorri e brinca com meu cacho prateado, que sempre se nega a ficar no lugar.

Loki beija-me profundamente, abraçando-me, e ele ainda faz meus joelhos ficarem bambos. Sempre acho que essa sensação vai desaparecer, mas toda vez que ele me toca eu a sinto de novo.

Descemos até a sala do trono, onde será a cerimônia. Sara nos espera, assim como Finn na posição de chefe dos rastreadores e Bain na de chanceler. Tove também está lá, mais por uma questão de apoio moral. Sara está aqui desde ontem à noite, para poder acompanhar Loki num gesto de solidariedade.

Loki e eu nos sentamos nos nossos tronos e esperamos todos chegarem antes de a cerimônia começar. Eu me reunira com o chanceler Bain na noite anterior e ele me ensinara as palavras exatas que eu devia dizer. Unir os reinos é algo que acontece muito raramente na nossa história, mas aparentemente mesmo assim existe um protocolo a ser seguido.

Após a chegada de todos, Loki e Sara sentam-se à minha frente. Eu me levanto e procuro recitar o melhor possível as palavras que Bain me ensinou. Acho que me atrapalho na parte do meio, mas a ideia básica é que nós estamos unindo os Vittra e os Trylle, jurando trabalhar juntos e tudo o mais.

Como parte do acordo, Loki voltará para os Vittra para ajudar na reconstrução. A sociedade deles começou a enfraquecer depois que matei o rei. Sara tem feito o que pode para mantê-los unidos, mas, se não houver nenhuma intervenção, não vai demorar para que tudo desmorone.

– Como vocês concordaram em trabalharmos juntos em paz e com respeito, declaro que a união está completa – digo, encerrando a cerimônia. – Podem agora... trabalhar juntos.

– Obrigada. – Sara junta a saia e faz uma reverência.

– Obrigado. – Loki faz uma reverência com um sorriso no rosto.

– E você vai passar só duas semanas fora? – pergunto.

– Duas semanas no máximo absoluto, e então volto em disparada para seu lado – assegura-me Loki.

– Prometo não mantê-lo lá mais do que o necessário – acrescenta Sara.

Ela sorri para mim com ternura em seus olhos. Não queria emprestar meu marido para ela, mas ela salvou a vida dele. E é bom ver os Vittra trabalhando para se tornarem nossos aliados, não nossos inimigos.

Loki me beija, apesar de isso não ser muito apropriado. O rei e a rainha nunca devem demonstrar afeto em público, mas Loki desobedece essa regra sempre que tem a oportunidade. Apesar de que, para ser sincera, eu não tento impedi-lo.

– Volte correndo para mim – sussurro.

– Como desejar – diz Loki, sorrindo.

Enquanto ele se vira para ir embora, eu sinto aquela sensação familiar na barriga. Não a de amor por Loki, mas a de que há algo vivo dentro de mim. Coloco a mão na barriga, segurando-a como se para acalmar o bebê.

A noite que eu e Loki passamos juntos enquanto eu ainda estava casada com Tove resultou nessa pequena surpresa. Eu havia contado para Loki há algumas semanas e, apesar de nós dois termos ficado assustados, também ficamos bastante entusiasmados. Seremos pais de primeira viagem, mas também seremos os primeiros pais da realeza Trylle. Meu bebê não será um changeling.

Sei que o conceito de changeling não vai desaparecer do dia para a noite. A nossa sociedade ainda precisa ser reestruturada antes que as coisas mudem e que nós possamos deixar de depender do dinheiro que os changelings trazem.

Mas estamos trabalhando nisso todos os dias, Loki e eu, e Willa, Tove, e até mesmo Finn. Vamos transformar a sociedade Trylle no que ela deveria ter sido desde o princípio. Um povo maravilhoso que dá muito valor a cada um de seus membros e à vida como um todo.

Vou fazer este mundo ficar melhor, queiram eles ou não. Afinal, esta é a parte divertida de ser uma rainha.

GLOSSÁRIO DE TERMINOLOGIA TRYLLE

aura – Um campo de radiação sutil e luminosa que cerca uma pessoa ou objeto. Auras de cores diferentes denotam características emocionais diferentes.

cegonha – Gíria para rastreador; termo derrogatório. "Os humanos contam às crianças que as cegonhas trazem os bebês, mas aqui são os rastreadores que os trazem."

changeling – Uma criança trocada secretamente por outra.

família hospedeira – A família com quem o changeling é deixado. Essas famílias são escolhidas de acordo com sua posição na sociedade humana, sendo a riqueza o principal fator levado em consideração. Quanto mais importantes os membros na hierarquia da sociedade Trylle, mais poderosa e próspera é a família com quem o changeling deles é deixado.

Förening – A capital e a maior cidade da sociedade Trylle. Um condomínio que fica bem no meio das ribanceiras ao longo do rio Mississipi, em Minnesota, e onde se encontra o palácio.

hobgoblin – Um troll feio e deformado que não tem mais de um metro de altura.

Kanin – Uma das tribos de trolls mais poderosas que ainda existem. Eles são considerados um povo pacífico e calmo. São conhecidos por suas habilidades de disfarce e, assim como os camaleões, a pele deles é capaz de mudar de cor para se camuflar em um ambiente. Assim como os Trylle, eles ainda mantêm a prática dos changelings, mas com bem menos frequência. Apenas um de cada dez bebês nascidos é deixado como changeling.

mänsklig – Abreviado com frequência para mänks. A tradução literal da palavra mänsklig é "humano", mas ela passou a descrever a criança humana que é criada em substituição ao filho ou filha Trylle.

markis – Título da realeza masculina nas sociedades Trylle e Vittra. Similar ao título de um duque, é concedido a trolls com habilidades superiores. Eles têm uma posição mais alta na hierarquia do que o Trylle comum, mas estão abaixo do rei e da rainha. A hierarquia da sociedade Trylle é a seguinte:

Rei/rainha
Príncipe/princesa
Markis/marksinna
Cidadãos Trylle
Rastreadores
Mänskligs
Famílias hospedeiras
Humanos (que não foram criados na sociedade troll)

marksinna – Título da realeza feminina nas sociedades Trylle e Vittra. O equivalente feminino de um markis.

Omte – Com uma população apenas um pouco maior do que os Skojare, a tribo Omte de trolls é conhecida por ser rude e um tanto esquentada. Eles ainda utilizam a prática dos changelings, mas escolhem famílias menos abastadas do que os Trylle. Diferentemente de outras tribos, os Omte costumam ser menos atraentes fisicamente.

Ondarike – A capital dos Vittra. O rei e a rainha, assim como a maioria dos Vittra poderosos, moram no palácio que fica lá. Localiza-se ao norte do Colorado.

persuasão – Forma leve de controle da mente. A habilidade de, com os pensamentos, fazer outra pessoa agir de certa maneira.

precognição – Conhecimento de algo antes de sua ocorrência, em especial por percepção extrassensorial.

psicocinese – Termo geral para a produção ou controle de um movimento, em especial de objetos remotos e inanimados, supostamente ao se exercerem poderes psíquicos. Pode incluir controle da mente, precognição, telecinese, cura biológica, teletransporte e transmutação.

rastreador – Membro da sociedade Trylle treinado especificamente para rastrear changelings e trazê-los de volta para casa. Os rastreadores não têm habilidades paranormais, a não ser a capacidade de se conectar a um único troll em particular. Eles são capazes de sentir se o troll sob seus cuidados está em perigo e de determinar a distância entre ele e o troll. O nível mais baixo da hierarquia Trylle, exceto pelos mänskligs.

Skojare – Tribo de trolls mais aquática, que está quase extinta. Eles precisam de uma quantidade enorme de água doce para sobreviver, e um terço da população possui guelras e é capaz de respirar dentro d'água. Apesar de já terem sido bastante numerosos, hoje em dia há apenas cerca de cinco mil Skojare em todo o planeta.

Trylle (pronunciado "trill") – Belos trolls com poderes de psicocinese cuja sociedade tem como pilar a prática de changeling. Como todos os trolls, são geniosos, astutos e frequentemente egoístas. Embora antes fossem numerosos, a população está diminuindo, assim como suas habilidades, mas ainda são uma das maiores tribos de trolls. São considerados um povo pacífico.

tryllic – Língua antiga em que os Trylle escreviam para ocultar dos humanos e dos Vittra o significado de documentos importantes. Seus símbolos são diferentes do alfabeto em latim padrão e são similares em aparência ao árabe ou ao cirílico.

Vittra – Facção mais violenta de trolls, cujos poderes se baseiam em força física e longevidade, apesar de uma psicocinese moderada não ser incomum. Eles também sofrem constantemente de infertilidade. Embora os Vittra geralmente tenham uma bela aparência, mais de cinquenta por cento de seus filhos nascem hobgoblins. São das poucas tribos de trolls a terem hobgoblins em sua população.

Para sempre

UM CONTO INÉDITO DE AMANDA HOCKING

UM

chegadas

— Mas você gostava quando eu fazia para você – insistiu Matt, perplexo.

Ele estava na minha frente, do outro lado da ilha da cozinha, com um bolo Chiffon de cobertura branca e uma vela azul isolada no meio. Eu meio que odiava ter de contar a verdade, pois ele parecia arrasado, mas eu queria que o dia fosse perfeito.

– Wendy estava mentindo, querido – disse Willa para ele. Ela passou perto dele com uma tigela cheia de mirtilos e parou para dar um beijo em seu rosto, como se para compensar a confissão recente.

– Mas... – Matt parecia não entender direito e balançou a cabeça. – Por quê?

– Ela não queria magoar você – explicou Willa. – E agora ela quer que tudo fique perfeito, então a verdade tinha que vir à tona. – Ela virou-se na direção dele, com o maior jeito de quem pede desculpas. – Todos nós *odiamos* o gosto do seu bolo de aniversário.

— Mas vocês todos comem o bolo! — Matt passou de confuso para indignado e ficou olhando para mim e para Willa. — Fiz bolos para vocês duas! Até fiz um para Loki, e ele comeu!

— Matt, eu te amo — disse Willa, tocando seu ombro. — E mais tarde a gente pode discutir sobre o bolo. Mas não temos tempo para isso agora. As pessoas vão começar a chegar a qualquer momento.

Como se estivesse obedecendo Willa, a campainha tocou no saguão da frente.

— Eu abro — ofereceu-se Willa, pegando várias bananas para levar com os mirtilos.

— Vou num instante — falei para ela, mas primeiro fui para perto do meu irmão. — Desculpe, Matt. Era para eu ter contado antes, mas sempre dei muito valor ao trabalho que você tinha com o bolo. Não queria estragar isso para você.

— Tudo bem. — Ele olhou para o bolo, colocou o dedo na cobertura e lambeu de má vontade. — Só estou mais desapontado porque queria que o bolo ficasse especial para ele.

— Ele não precisa de um bolo especial. — Sorri para Matt. — Ele só precisa passar um tempo com o tio preferido.

Matt sorriu, aparentemente sentindo-se melhor com a situação. Escutei vozes vindo do saguão, e um pânico familiar tomou conta de mim. Eu tinha passado a semana inteira exausta, tentando planejar uma festa de aniversário especial para meu filho, e claro que no último minuto tudo parecia estar dando errado.

— Mas agora tenho que ir — falei, começando a me afastar de Matt. — Pode pegar o iogurte antes de subir?

— Claro. — Matt balançou a cabeça.

Peguei o copo infantil e uma garrafa de suco de uva em cima do balcão, pois era isso que eu tinha ido buscar na cozinha. Willa fora lá pegar frutas para servir na festa e nós descobrimos Matt fazendo um bolo como surpresa de aniversário, então tivemos que contar que nenhum Trylle ou Vittra em canto algum gosta do bolo dele.

Quando cheguei à rotunda, Willa já abrira a porta para Rhys e Rhiannon entrarem. Rhys soltou a bolsa de viagem no chão, mas Rhiannon continuou com a sua pendurada no ombro.

– Vocês vieram! – Fiquei felicíssima e corri até eles. – Que bom que vieram. Da última vez que nos falamos, vocês ainda não sabiam se conseguiriam vir.

Rhys sorriu.

– Ah, é o aniversário do meu sobrinho. Até parece que eu perderia.

Abracei-o desajeitadamente por estar com uma garrafa de suco na mão, mas ele não se importou e me abraçou com força mesmo assim. Quando me soltou, dei um abraço rápido em Rhiannon.

– Deixe eu ajudar você – pediu Rhys, pegando a garrafa na minha mão.

– Não sabia que a festa ia ser tão formal – disse Rhiannon ao olhar para mim. Ela passou a mão no cabelo ruivo, deixando cair uma folha laranja de bordo que tinha grudado nele. – Você está tão bonita.

– O quê? – Olhei para mim mesma. Estava com um vestido, mas era menos formal do que os meus longos normais. Mas, em comparação às calças jeans de Rhys e Rhiannon, eu provavelmente parecia bem arrumada. – Desculpe. É por eu ser a rainha, eu acho. E me acostumei a usar vestidos, acho até que me sentiria estranha se não estivesse usando um.

Havia quase dois anos que eu tinha me tornado rainha, e eu me acostumara a todas as formalidades que me pareceram tão estranhas na época em que cheguei aqui. Com certeza eu estava longe de ter a mesma graça e classe de Elora, mas estava chegando mais perto de ser o tipo de mulher de quem minha mãe teria orgulho.

— Não, não precisa pedir desculpas. — Rhiannon gesticulou. — Você está linda.

— Você também — falei, fazendo-a rir. — Mas é melhor eu subir para a festa. Vocês querem se acomodar primeiro? Seu quarto antigo está todo pronto para recebê-los.

— É melhor a gente deixar nossas coisas lá — disse Rhys, e pegou sua bolsa. — Onde é a festa?

— Na sua antiga sala de brinquedos — respondi enquanto subíamos a escada curva. — Nós redecoramos um pouco o ambiente, e ficou perfeito para ele.

— Bom, fico feliz de ver que tem alguém aproveitando a sala. — Rhys riu.

— E o curso na faculdade, como está indo? — Olhei por cima do ombro, pois ele estava um degrau atrás de mim. — Teve algum problema você perder algumas aulas para poder vir?

— O curso está ótimo. — Rhys balançou a cabeça, confirmando. — Não posso perder muitas aulas, então tenho que ir embora depois de amanhã.

Franzi a testa.

— Que visita mais curta. Mas fico contente por vocês terem conseguido vir. Tenho certeza de que vocês dois estão muito ocupados.

— Não tanto quanto você, imagino – salientou Rhys, e eu ri.

— Ah, você nem imagina.

Às vezes ser uma esposa recente *e* uma mãe recente e uma rainha recente era exaustivo. Para governar o reino eu estava dormindo menos de cinco horas por dia praticamente desde a coroação. Apesar de estarmos nos encaminhando para uma nova era de paz, havia diversos territórios inexplorados, o que significava muito mais trabalho por parte da rainha.

Não que eu não tivesse uma equipe de apoio maravilhosa. Com Tove, Willa, Garrett e o chanceler Bain trabalhando como meus conselheiros, nós fomos capazes de fazer mudanças reais para os Trylle. Admito que Loki passava muito tempo em casa cuidando do nosso filho enquanto eu trabalhava, mas Willa e Matt adoravam ficar de babá toda vez que pedíamos.

Parei na antiga sala de brinquedos de Rhys para entrar na festa, e Rhys e Rhiannon seguiram pelo corredor para guardar as coisas no quarto. Ele me devolveu o suco e eu agradeci.

Antes mesmo de abrir a porta, ouvi a risada do meu filho. Ele devia ser um dos bebês mais felizes do mundo. Tinha um sorriso contagiante e bochechas gordas. Seus olhos eram dourados como os do pai e ele herdara meu cabelo escuro e rebelde.

Entrei na sala de brinquedos e imediatamente percebi por que meu filho estava gargalhando tanto. Usando suas habilidades, Tove o fazia flutuar no ar, balançando-o um pouco. Seus braços e pernas dançavam e ele ria tanto que sua pele bronzeada tinha ficado vermelha.

— Tove! – exclamei. Coloquei o suco no chão e fui pegar meu filho. – O que foi que eu falei sobre isso?

— Desculpe, Wendy – disse Tove, sorrindo encabulado. – É que ele gosta tanto.

— Deixa, Wendy — opinou Loki.

Ele estava próximo, ajudando Bain a decorar a mesa de presentes. Bain colocava fitas verdes e azuis ao redor dela e Loki lhe entregava a fita adesiva. Já havia na mesa várias caixas cobertas com papéis de embrulho brilhantes. Imaginei que fossem os presentes de Bain, Tove, Willa e Matt, pois até então só eles estavam na festa — e também havia alguns presentes meus e de Loki, claro.

— Você sabe que Tove nunca deixaria nada acontecer com Oliver — disse Loki.

— E olha que eles passam horas brincando — acrescentou Bain.

Olhei para o bebê nos meus braços e Oliver começou a balbuciar imediatamente. Ele só dizia algumas palavras, como ma-ma e pa-pa, mas acho que sua palavra preferida era Dodo — sua tentativa de pronunciar Tove. Na verdade, acho que Tove provavelmente era a pessoa preferida dele, pois não tinha nada que ele gostasse mais do que sair voando pelos cantos. Eu também seria capaz de fazer o mesmo, claro, mas isso me deixaria nervosa demais.

— Você quer brincar com tio Tove, não é? — perguntei para Oliver, e tentei soar zangada. Mas era difícil fingir, pois ele estava tão feliz. Suspirei e entreguei meu filho para Tove. — Mas tome cuidado com ele, e só faça por alguns minutos. Se Maggie vir, ela vai surtar.

Tove obedeceu com um sorriso.

— Entendido.

Não duvido que ele gostasse de brincar com Oliver tanto quanto Oliver gostava de brincar com ele.

Loki aproximou-se de mim e colocou o braço na minha cintura. Beijando meu rosto, ele disse:

— Não fique tão preocupada.

— Não estou preocupada – menti e me virei para meu marido. — É que não consigo acreditar que já se passou um ano. Como é que isso aconteceu?

— O tempo voa quando estamos nos divertindo – afirmou Loki, sorrindo.

Beijei-o rapidamente na boca.

— Tenho que terminar de organizar a festa. Rhys e Rhiannon já chegaram.

Peguei o suco no chão e fui até a mesa para derramá-lo na tigela de ponche. Willa já estava lá, organizando as frutas que tinha levado, assim como os outros lanches.

No sábado, no salão de baile principal, nós faríamos uma festa de aniversário gigantesca para Oliver. O reino inteiro fora convidado. Como Oliver era o primeiro membro da realeza em séculos que não era um changeling, os Trylle estavam apaixonados por ele.

Quando contei para o reino que não o deixaria ser um changeling, algumas pessoas ficaram furiosas. Mesmo depois de todo esse tempo, havia quem ainda não aceitasse isso. Mas eu estava determinada a fazer mudanças; para evoluirmos como reino, nós mesmos precisávamos criar nossas crianças, ensinando-lhes os nossos costumes, só assim a probabilidade de elas nos abandonarem diminuiria.

Os Trylle acabaram cedendo, e acho que isso aconteceu em boa parte porque eles tinham passado a confiar em mim. Após eu ter derrotado o rei Vittra e unido os dois reinos pacificamente, eles começaram a perceber que eu realmente poderia ser capaz de ajudá-los.

Claro que houve um pouco de tumulto até mesmo quando anunciei a gravidez, pois fazia apenas um mês que tinha me casado com Loki e eu já estava grávida de cinco meses. A mãe de Tove suspeitou que o filho talvez fosse dele, mas Tove garantiu para ela que não era.

Quanto à maioria dos Trylle, quaisquer receios que tivessem a respeito de Oliver desapareceram no instante em que o viram. Fizemos o batizado quando ele estava com algumas semanas, e o reino compareceu em peso. Todos se apaixonaram por ele, assim como eu. Era difícil resistir.

Eu juro, nenhuma outra criança na história dos Trylle tinha sido tão amada quanto Oliver.

Por mais que eu estivesse contente por ver que os Trylle gostavam tanto dele, eu queria dar uma festa pequena, apenas com as pessoas mais próximas, antes da festa gigantesca no sábado. Como eu estava planejando duas festas simultaneamente, boa parte da preparação desta tinha sido feita por Willa e Bain, que aceitaram o trabalho com alegria.

Depois que Rhys foi para a universidade no ano passado, nós redecoramos a sala de brinquedos para o bebê. Não precisamos mudar muita coisa, mas a enchemos com todo tipo de brinquedo e retocamos o mural de nuvens no teto. Willa e Bain tinham-na enfeitado naquela manhã, enfeitando tudo com serpentinas coloridas e espalhando balões pelos cantos.

A porta da sala de brinquedos se abriu e de imediato eu me virei e fulminei Tove com o olhar, e ele colocou Oliver no chão delicadamente. Era apenas Matt, com o iogurte que eu tinha pedido, e Rhys e Rhiannon logo atrás.

Assim que Tove colocou Oliver no chão, ele deu um gritinho e foi cambaleando até Loki. Ele quase caiu de tanta pressa, mas Loki o pegou e o colocou nos braços.

— Aqui está o meu garoto – disse Loki, e beijou suas bochechas gorduchas.

Matt estava conversando seriamente com Rhys a respeito de seus estudos, então Willa foi até ele e pegou o iogurte. Ela o colocou na mesa atrás de mim e ficou parada ao meu lado, observando a sala.

— Bom, acho que não tem mais nada para fazer de decoração – disse Willa.

Bain terminara a mesa de presentes, então aparentemente ele achava o mesmo. Ele estava ao lado de Tove, que colocou o braço por cima dos ombros de Bain. Tove não tinha assumido ainda – não oficialmente –, mas também não estava mais escondendo nada. Qualquer pessoa que passasse algum tempinho com Bain e Tove perceberia o quanto eles se amavam.

— Você fez um ótimo trabalho. – Sorri para Willa. – Obrigada.

— À sua disposição – disse Willa. – E quando a festa vai começar?

Olhei para o relógio decorado com estrelas e luas.

— Hum, agora, na verdade.

— Quem falta chegar? – perguntou Willa.

Abri a boca para responder, mas Maggie entrou na sala com seu entusiasmo de sempre. Garrett apareceu depois, carregando vários presentes enormes.

— Onde está o aniversariante? – perguntou ela, e, antes mesmo que Loki tivesse tempo para responder, ela aproximou-se e roubou Oliver dele. – Ah, você está tão grande!

— Obrigado, tenho malhado muito. – Loki sorriu para ela, que deu um tapinha em seu ombro.

— Estava falando do seu filho lindo. – Maggie ficou admirando Oliver, que começara a balbuciar alegremente para ela. – Também estava com saudades de você, Oliver.

Após passar algum tempo no palácio, Maggie tinha voltado a viajar. Ela havia passado os últimos meses pintando na França, algo que sempre quisera fazer, mas a oportunidade nunca surgira antes. É por isso que ela não parava de dizer em francês tudo que Oliver era.

Garrett começou a levar os presentes para a mesa, mas Bain e Tove aproximaram-se e os pegaram. Eu pedira para Garrett buscar Maggie no aeroporto, pois todos nós estávamos bem ocupados. E também porque Garrett e Maggie pareciam gostar da companhia um do outro, e ele estava bem carente desde que minha mãe morrera.

Assim que se livrou dos presentes, Garrett foi até Rhiannon e a abraçou. Ele a tinha criado, e, apesar de ela ser uma mänks, sempre fora como uma filha para ele.

Willa aproximou-se e ficou conversando com o pai e com Rhiannon. Elas não eram muito próximas, mas, desde que Willa começara a namorar Matt, elas tinham se aproximado mais. Elas nunca seriam como irmãs, mas eram amigas.

Maggie provavelmente adoraria passar a tarde inteira falando em francês com meu filho, mas eu decidi perguntar como ela estava. Ela me abraçou quando cheguei perto, quase esmagando Oliver entre nós.

— Você está tão linda! — disse, empolgada, quando afinal me soltou. — A maternidade está fazendo bem a você. Você está radiante!

— Obrigada. — Gesticulei para ela. — E você também está ótima. A França combina com você.

— Ah, lá é maravilhoso — disse Maggie dramaticamente. — Você e sua família deviam nos visitar.

Duncan chegou alguns momentos depois, carregando o bolo especial que eu mandara fazer numa padaria de Förening. Estava cheio de coisas de que Oliver realmente gostava e sem nada processado que fosse fazer ele cuspir.

— Eu o pego. — Matt pegou o bolo das mãos de Duncan. — Vou colocar junto com as comidas, mas já digo logo que não tem como este bolo ser melhor do que o meu de jeito nenhum.

— Não sei — disse Duncan, entregando-o a Matt. — Provei um pedaço enquanto esperava colocarem este na caixa e achei delicioso.

Maggie perguntou que discussão era aquela e Willa pôs-lhe a par da grande controvérsia do bolo.

Duncan andava pela sala usando mais a perna esquerda. Agora ele mancava, o que era uma lembrança da batalha no palácio dos Vittra. Ele também tinha algumas cicatrizes, mas elas ficavam escondidas debaixo da roupa. Ainda assim, eu sofria toda vez que as via.

Duncan ainda trabalhava como meu guarda-costas e como babá em meio período, mas havia recebido um aumento significativo. Na verdade, todos os rastreadores que trabalhavam em

Förening tiveram aumentos e passaram a ter plano de saúde. Era parte da minha iniciativa de tratar aqueles que nos protegiam e que cuidavam de nós da maneira como deviam ser tratados.

Eu tinha conseguido fazer muitas mudanças, mas infelizmente não fui capaz de fazer todas as que queria ter feito até então. Ver a mão de Willa sem nenhuma aliança era uma triste lembrança disso.

Tínhamos feito algum progresso para permitir legalmente que os Trylle amassem quem quisessem amar. O relacionamento semiaberto de Tove era prova disso, assim como o de Willa com meu irmão, Matt. Agora eles não escondiam mais nada, mas ela tivera que abdicar de seu título de marksinna para que isso acontecesse.

Eu estava determinada a fazer com que eles pudessem se casar *e* com que o título dela fosse restituído. Toda vez que eu ficava frustrada com coisas desse tipo, Tove rapidamente me lembrava que nem haviam se passado dois anos. O progresso era algo demorado e, após certo tempo, nós chegaríamos aonde queríamos.

Ouvimos uma pequena batida na porta da sala, então Loki foi abri-la. A pequena Hanna apareceu com seu cabelo escuro preso em duas marias-chiquinhas.

— Ela está na fase de bater nas portas — explicou Mia com um sorriso recatado.

— Ah, é melhor se preparar — disse Loki. — Ouvi falar que a próxima é a de tocar a campainha e fugir.

Oliver soltou um grito ao ver Hanna, pedindo para ser colocado no chão, e Maggie finalmente cedeu. Hanna correu para o meio da sala ao vê-lo, e imediatamente eles iniciaram alguma espécie de bate-papo infantil que eu não consegui acompanhar.

Não havia nenhuma outra criança Trylle com quem ele pudesse brincar, e na verdade ele tinha muitos poucos amigos. Hanna provavelmente era sua melhor amiga, apesar de ela ser um ano e meio mais velha.

– Pode brincar o quanto quiser, mas daqui a pouco vai ser Oliver fazendo exatamente isso – alertou Finn para Loki com um sorriso. – E junto com a fase de bater nas portas vem a fase de dar foras e chutar.

Loki riu.

– Não vejo a hora.

– Onde coloco isto? – perguntou Finn, que estava segurando um presente para Oliver.

– Eu pego – ofereceu-se Loki.

– Obrigada por terem vindo – falei quando me aproximei para cumprimentá-los. – Não sabia se vocês conseguiriam vir.

Finn tinha tirado a última semana de férias para ir com Mia e Hanna até Oslinna, para visitar os parentes delas. Era bom ver Finn tirando folga para fazer coisas com a família, ver que ele finalmente estava colocando algo acima do trabalho. Ou que ele talvez simplesmente tivesse encontrado algo que amasse o suficiente para colocar acima do trabalho.

– Não podíamos perder a festa do príncipe. – Mia massageou a barriga grande distraidamente. Ao fazer isso, o pequeno diamante de sua aliança reluziu. – Além do mais, Hanna ficaria tão triste se não viéssemos.

– Meu Deus! – Rhiannon ficou boquiaberta. – Mia! Não tinha percebido que você estava grávida! Quando vai nascer?

– Daqui a três meses – disse Mia, sorrindo e corando um pouco.

— Nossa. — Rhiannon balançou a cabeça, como se não estivesse acreditando. — Parece que o casamento de vocês foi ontem. Vocês devem estar tão contentes.

Mia e Finn trocaram olhares cheios de amor e de alegria.

— Estamos felicíssimos — disse ela.

Willa mencionou um chá de bebê, e bastou. Rhiannon roubou Mia para que todas elas pudessem conversar animadamente sobre os planos para o chá.

Loki agora conversava com Tove, Bain e Duncan sobre uma reunião que tínhamos na semana seguinte com o rei Kanin, e Matt e Garrett estavam conversando com Rhys sobre a faculdade. Assim, fiquei ao lado de Finn por um instante, observando Oliver e Hanna empurrarem uma grande bola.

— Vocês já escolheram o nome? — perguntei para Finn.

— Sim. Estamos pensando em Liam Thomas.

— Então é um menino? — perguntei.

Finn concordou com um movimento de cabeça.

— A gente quis descobrir logo, não conseguimos esperar.

— Eu também não. — Sorri. — Liam é um nome bonito. Simples e elegante.

— Bom, não chega aos pés de Oliver Matthew Loren Staad, o primeiro — brincou Finn, zombando do trabalho que Loki e eu tivemos para escolher o nome do nosso filho. Acabamos decidindo que ele teria dois nomes do meio, pois não conseguimos escolher um só.

Fingi que estava ofendida.

— Ei, é um nome bonito.

— É sim — concordou Finn, rindo um pouco.

Para sempre

— Que bom que vocês vieram — repeti e olhei para ele mais seriamente. Seus olhos escuros encontraram os meus e foi inevitável perceber o quanto eles estavam mais felizes. Antes eles sempre eram tão tumultuados, mas agora pareciam estar brilhando.

— Também achei bom — disse Finn, sorrindo para mim.

Voltei a olhar para os nossos filhos brincando juntos.

— Quando nos conhecemos, você imaginou que as coisas terminariam assim?

— Não. — Finn balançou a cabeça. — De jeito nenhum. Mas fico feliz por elas terem terminado assim.

— Pois é, eu também — concordei.

De repente, Hanna veio correndo para Finn e segurou a mão dele.

— Papai, vem ver!

— O dever está chamando — disse Finn sorrindo enquanto Hanna o puxava para longe.

Claro que Finn não é o verdadeiro pai de Hanna, mas ele é o único pai de quem ela se lembra. Quando Hanna começou a chamá-lo de "papai", Finn até teve uma longa conversa com Loki, perguntando-lhe o que ele acharia se, caso ele morresse, Oliver passasse a chamar o padrasto de pai.

Eu não estava presente na hora, mas depois Loki me contou. Ele disse que, se um homem fosse capaz de cuidar de Oliver e de amá-lo tanto quanto ele o amava, além de cuidar de mim e de me amar tanto quanto ele me amava, então esse homem merecia ser chamado assim. E disse para Finn que, se ele realmente sentisse isso, seria para deixar Hanna chamá-lo de pai. E foi o que ele fez.

Finn tinha se casado com Mia havia mais de seis meses, e, para ser sincera, eu nunca o vira tão feliz. Ele sorria com bem mais frequência, sua risada era mais relaxada e Mia parecia contente. Eu tinha ficado mais próxima dela e ela era mesmo tão meiga e cuidadosa quanto imaginei no instante em que a conheci.

Eles complementavam um ao outro de uma maneira que Finn e eu nunca nos complementamos; um fazia o melhor do outro aflorar. Ao pensar nisso, até parecia bobagem Finn e eu termos tentado ficar juntos.

Hanna estava ocupada mostrando algo para Finn, Oliver então se aproximou de mim com os braços esticados. Eu o ergui, abraçando-o.

Era em momentos como esse que eu percebia do quanto minha mãe tinha abdicado. Se Elora realmente me amava – o que tenho certeza que era verdade –, então me deixar partir deve ter sido devastador. Até mesmo antes de Oliver nascer eu já sentia um amor por ele crescendo dentro de mim. Quando ele nasceu e eu o coloquei em meus braços, senti algo quase insuportavelmente forte.

Nunca amei de verdade o tanto quanto eu amo meu filho. E, estranhamente, sinto como se a minha vida só tivesse realmente começado quando ele nasceu. Foi como se uma parte essencial de mim estivesse adormecida, inativa, até ele chegar e despertá-la.

Por mais que eu amasse todas as pessoas na minha vida, e por mais que eu amasse Loki, o amor que uma mãe sente pelo filho é completamente incomparável. Nada no mundo jamais terá tanta importância para mim quanto Oliver.

Ele estava sentado no meu colo e eu o envolvera com os braços, virando-o para o outro lado para que ele visse as novidades da sala: um quadro enorme de Elora, jovem e impressionantemente bonita, sentada no jardim de trás, usando um longo azul, no início de sua gravidez de mim. Foi a única foto em que a achei feliz.

– Quem é aquela? – perguntei para Oliver. Apontei para o quadro, então ele fez o mesmo. – Quem é aquela no quadro? – Ele balbuciou um pouco, mas não disse nenhuma palavra de verdade. – É a vovó Elora. E ela o ama muito, mesmo sem ter conhecido você.

– Oliver! – chamou Hanna atrás de mim, e Oliver começou a se contorcer nos meus braços. – Oliver!

Beijei-o na testa antes de colocá-lo no chão.

– Vá brincar.

Eu me virei e dei uma boa olhada na sala, nas pessoas que faziam parte da minha vida. Maggie estava com a mão na barriga de Mia, presumivelmente para tentar sentir o bebê. Matt, Rhys e Rhiannon conversavam.

Willa estava sentada no chão enquanto Hanna colocava uma tiara rosa de plástico no cabelo e, por alguma razão, Oliver entregava blocos de brinquedo para ela. Finn e Loki estavam por perto e riram quando Oliver começou a amarrar uma serpentina azul em Willa.

Tove estava sentado no sofá ao lado de Bain, mas depois se levantou e se aproximou das crianças para fazer os blocos voarem, e Oliver e Hanna ficaram olhando encantados. Duncan foi mancando juntar-se a eles e tirou os blocos do ar para fazer malabarismos.

Loki percebeu que eu estava sozinha e veio até mim, ainda sorrindo, mas havia uma preocupação em seus olhos.

— Algum problema, minha rainha?

— Não, de jeito nenhum. — Balancei a cabeça e sorri para ele. — Na verdade, é o contrário. Estou feliz.

— Ótimo. — Ele inclinou-se para a frente, beijando-me carinhosamente na boca, depois segurou minha mão e deu um passo para trás. — Vamos. Vamos festejar.

DOIS

sempre

Willa e Rhiannon acabaram me mandando ir embora. Eu estava tentando ajudá-las a limpar depois que a festa acabou e os convidados haviam se retirado, mas elas insistiram que eu já tinha feito o bastante. Loki e Oliver tinham saído uma meia hora antes de mim porque Oliver precisava dormir. Para ser bem sincera, eu também precisava, e foi provavelmente por isso que Willa e Rhiannon me fizeram ir embora.

Enquanto percorria o longo corredor, fui tirando confetes soltos do cabelo e do vestido, resquícios da pinhata. Apesar de ter tentado bastante, Oliver não conseguiu quebrá-la, por isso Loki o ajudou. Infelizmente, às vezes ele não sabe medir a própria força, então os doces e os confetes explodiram pela sala como se fossem fogos de artifício.

A porta do quarto de Oliver estava entreaberta e dava para escutar o tom suave da voz de Loki cantando para o nosso filho. Quando ele cantava alto, junto com o rádio, Loki podia até desafinar. Mas, quando se tratava de canções de ninar, sua voz ficava suave e cheia de amor, e havia algo de espetacularmente bonito naquilo.

— Sozinho eu ando pelos caminhos que conheço, procurando algum rosto familiar — cantou Loki. — Eu procuro você, você a quem dei meu coração inteiro. Quero ver você mais uma vez, e dançar com você mais uma vez, meu amor.

Empurrei a porta do quarto mais um pouco, dei uma espiada e vi exatamente o que esperava. Loki levava Oliver nos braços, com a cabeça do bebê apoiada no peito, ninando-o para a frente e para trás.

Loki contou-me que sua mãe costumava cantar aquela canção de ninar para ele, mas apenas quando ela o estava segurando, balançando-o nos braços como se os dois estivessem dançando. Então ele fazia o mesmo com o nosso filho.

Todas as luzes do quarto de Oliver estavam desligadas, exceto por uma pequena lâmpada noturna que fazia estrelas se formarem no teto. Loki e Oliver estavam diante das janelas, com o brilho da lua fazendo uma luz azul iluminá-los.

Ver Loki ninando o nosso filho daquele jeito, cantando carinhosamente perto de seu cabelo escuro e grosso, fez o amor avassalador que eu sentia pelos dois tomar conta de mim.

Loki amava Oliver profundamente. Assim como eu, ele não pensaria nem por um segundo em se separar dele. Uma das primeiras coisas que Loki disse quando eu contei que estava grávida foi:

— O bebê não vai poder ser um changeling. Ele é nosso e nós é que vamos criá-lo.

Quando casei com Loki, não imaginei que eu seria capaz de amá-lo mais do que o amava naquela época. Mas ao vê-lo com o nosso filho eu me apaixonei completamente por Loki mais uma vez. Eu vi um outro lado dele surgir, deixando à mostra um homem que era paciente, que gostava de cuidar. Não dava para desejar um pai ou marido melhor.

— Ei — sussurrou Loki ao me perceber entrando escondida no quarto. — Acho que ele dormiu.

— Imagino que sim. — Eu me aproximei e fiquei ao lado de Loki. — Depois do tanto que ele correu, fico surpresa por ter aguentado tanto tempo acordado.

— Pelo menos ele deve passar a noite inteira dormindo — disse Loki com um sorriso.

— Acho que isso nem sonhando — retruquei, e Loki riu baixinho. Estendi as mãos para ele. — Eu posso colocá-lo para dormir.

— Tudo bem. — Loki beijou a cabeça de Oliver e o entregou para mim. Após o bebê estar seguro nos meus braços, Loki me deu um beijo rápido no rosto. — Vou colocar meu pijama.

— Chegarei em um minuto — falei para ele, que saiu silenciosamente.

Fiquei segurando Oliver por um instante, apenas curtindo a sensação de tê-lo nos braços. Mia tinha me avisado várias vezes para aproveitar esses momentos à medida que eles aconteciam, pois os bebês crescem rápido demais, mas agora eu já sabia disso. Não acreditava o quanto o primeiro ano tinha passado rápido, nem que meu filho agora era capaz de andar e até de falar um pouco.

Cuidadosamente, coloquei Oliver no berço. Ele mexeu-se um pouco, estendendo um braço, mas não chegou a abrir os olhos.

Curvei-me, beijando-o delicadamente na testa, e sussurrei:

— Boa noite, meu pequeno príncipe.

Quando entrei no quarto que dividia com meu marido, ele já tinha colocado o pijama, que era apenas uma calça de cetim, sem camisa, e estava sentado na beira da cama. Muitas de suas cicatrizes tinham desaparecido graças a seu sangue forte de Vittra, mas algumas eram permanentes.

A mais perceptível era a que ficava no peito, onde Oren enfiara a espada. Às vezes eu ficava com lágrimas nos olhos só de olhar para ela. Apenas lembrar a sensação de perdê-lo, mesmo que apenas por um segundo, já era algo esmagador.

– Ele deitou direitinho? – perguntou Loki para mim. – Não acordou de novo?

– Não, ele apagou mesmo. – Fui até a bancada de joias na lateral do quarto e comecei a tirar os brincos e o colar. – Acho que vai dormir por um bom tempo.

Meu filho era um garoto meigo e querido, praticamente perfeito de todas as maneiras, exceto por se recusar totalmente a dormir a noite inteira. Era sorte se ele dormia quatro horas direto durante a noite. Felizmente, talvez hoje fosse uma dessas noites.

– Agora ele já tem um ano – salientou Loki. – Ele não é mais um bebê. Talvez ele a surpreenda.

– Talvez. – Dei de ombros e me virei para ele, pensando no que eu havia dito para Finn mais cedo naquele dia. – Em algum momento você achou que tudo terminaria assim?

– Como assim? – perguntou Loki, inclinando a cabeça.

– Quando me conheceu. – Aproximei-me dele. Quando cheguei perto o suficiente, ele segurou minhas mãos e me puxou mais para perto ainda, mas eu continuei em pé na frente dele. – Achou que as coisas iam terminar assim?

– Não – admitiu Loki com um meio-sorriso. – Mas torci para que terminassem.

– Mesmo no instante em que me conheceu? – perguntei. – Quando estava tentando me sequestrar e Kyra estava me batendo?

— Mesmo naquele instante. Por que acha que eu a detive?

— Não acredito. – Balancei a cabeça. – Como é que você podia saber que a gente ia terminar juntos?

— Eu não *sabia*. – Ele envolveu minha cintura, puxando-me para perto de si, e eu coloquei os braços ao redor de seu pescoço enquanto olhava para ele. – Mas assim que olhei nos seus olhos... – Ele parou, escolhendo as palavras certas. – Você vai achar que estou inventando tudo.

— Inventando tudo o quê? – perguntei.

— O que estou prestes a dizer. Parece idiotice, mas é verdade. – Ele respirou fundo. – Eu vi meu mundo inteiro nos seus olhos.

Eu sorri para ele, sem saber como interpretar aquilo.

— O que isso significa?

— Não sei como explicar. – Ele deu de ombros. – Eu olhei nos seus olhos para fazer você desmaiar, para poder levá-la em segurança de volta para Ondarike. Mas quando os nossos olhos se encontraram, eu simplesmente... eu vi *isso*. Não isso exatamente, mas vi o tanto de amor que nós dois poderíamos compartilhar.

— Sério? – perguntei.

— Bom, eu não percebi na hora o quanto eu poderia amar você e Oliver – corrigiu-se Loki. – Mas desde o momento em que a conheci, mesmo naquele primeiro segundo, eu já estava me apaixonando por você.

— Quando teve certeza? – perguntei.

— De que amava você? – perguntou Loki, e eu confirmei balançando a cabeça. Ele ficou olhando para cima por um instante, pensando. – Quando você escapou de Ondarike pela primeira vez. Nós estávamos no corredor da masmorra e você parou e ficou só olhando para mim. Então alguém chamou seu nome e você saiu correndo, e não me lembro de ficar com o coração tão partido quanto naquele momento. Quer dizer, fiquei contente por você ter escapado – prosseguiu Loki. – Eu sabia que era o melhor para você. Mas eu percebi o quanto eu ia sentir sua falta, e olha que tínhamos passado pouquíssimos momentos juntos. – Ele afastou um fio de cabelo do meu rosto. – Acho que nunca amei ninguém de verdade antes de conhecer você, Wendy.

Eu me inclinei, beijando-o, e seus braços me apertaram mais firmemente, pressionando-me com uma força que eu tinha passado a amar. Ele me puxou para a cama e me deitou para que pudesse ficar em cima de mim.

Normalmente, quando tínhamos um momento a sós em nossos aposentos e não estávamos completamente exaustos, nos apressávamos para fazer amor, sabendo que teríamos apenas alguns minutos preciosos antes que o bebê chorasse ou que alguém nos interrompesse com alguma notícia importante relacionada ao reino. Duncan tinha nos pegado no flagra mais do que algumas vezes.

Desta vez, Loki estava indo com mais calma, beijando-me profundamente e me abraçando de uma maneira que fazia um grande frio se espalhar pela minha barriga. Ele beijou meu pescoço, deixando os lábios percorrerem minha clavícula e fazendo-me estremecer.

Então ele parou. Apoiando-se no braço, ele ergueu um pouco o corpo. Depois sorriu para mim e afastou o cacho prateado da minha testa.

– Você não respondeu a sua própria pergunta – salientou Loki. – Você achou que as coisas iam terminar assim?

– Nem nos meus sonhos mais loucos – respondi. – Nunca imaginei que eu pudesse ser tão feliz.

– Humm. – Loki estreitou os olhos, com um sorriso brincalhão nos lábios. – Boa resposta. – Estendi o braço para puxá-lo para perto de mim, mas ele segurou minha mão e ficou mantendo-a presa à cama. – Não tão rápido. Você não respondeu a outra pergunta.

– Que pergunta?

– Quando se apaixonou por mim?

Abri a boca para responder, mas percebi que o que estava prestes a dizer não era completamente verdadeiro. O momento em que eu percebi que o amava foi quando nos beijamos na minha coroação, mas acho que eu já tinha me apaixonado por ele antes disso. Só estava com medo de admitir para mim mesma.

– No meu casamento – falei finalmente. – Não no *nosso* casamento, mas quando eu me casei com Tove. Você apareceu e dançou comigo, e eu fiquei me sentindo como se... como eu nunca tinha me sentido antes. Não queria ter parado de dançar com você nunca.

– Vamos dançar agora? – sugeriu Loki.

– Não. Acho que tem outra coisa que prefiro fazer. – Eu sorri e o puxei para perto de mim, beijando-o apaixonadamente na boca.

Impressão e Acabamento:
GRÁFICA STAMPPA LTDA.
Rua João Santana, 44 - Ramos - RJ